Coleção Melhores Crônicas

João do Rio

Direção Edla van Steen

Coleção Melhores Crônicas

João do Rio

Seleção e Prefácio
Edmundo Bouças e Fred Góes

São Paulo
2009

©Global Editora, 2009
1ª Edição, Global Editora, São Paulo 2009

Diretor Editorial
JEFFERSON L. ALVES

Gerente de Produção
FLÁVIO SAMUEL

Coordenadora Editorial
DIDA BESSANA

Assistentes Editoriais
ALESSANDRA BIRAL
JOÃO REYNALDO DE PAIVA

Revisão
LUICY CAETANO
MIRTES LEAL
TATIANA Y. TANAKA

Projeto de Capa
VICTOR BURTON

Editoração Eletrônica
ANTONIO SILVIO LOPES

Dados Internacionais de Catalogação na Publicação (CIP)
(Câmara Brasileira do Livro, SP, Brasil)

Rio, João do
  Melhores crônicas João do Rio / seleção e prefácio Edmundo Bouças e Fred Góes. – 1. ed. São Paulo : Global, 2009. – (Coleção Melhores Crônicas / direção Edla van Steen)

  Bibliografia.
  ISBN 978-85-260-1329-2

  1. Crônicas brasileiras I. Bouças, Edmundo. II. Góes, Fred. III. Steen, Edla van. IV. Título. V. Série.

08-09482   CDD-869.93

Índices para catálogo sistemático:

1. Crônicas : Literatura brasileira 869.93

Direitos Reservados

GLOBAL EDITORA E DISTRIBUIDORA LTDA.

Rua Pirapitingui, 111 – Liberdade
CEP 01508-020 – São Paulo – SP
Tel.: (11) 3277-7999 – Fax: (11) 3277-8141
e-mail: global@globaleditora.com.br
www.globaleditora.com.br

Colabore com a produção científica e cultural.
Proibida a reprodução total ou parcial desta obra sem a autorização do editor.

Nº DE CATÁLOGO: **2505**

Melhores Crônicas

João do Rio

O CRONISTA E AS MÁSCARAS DA "CABEÇA URBANA DO PAÍS"

Construtor de uma obra extensa, de uma poligrafia instigante, suscitadora de debates, Paulo Barreto (João do Rio) – nas atuações como jornalista, repórter, cronista,[1] romancista, dramaturgo e contista – fez circular, como temário de praticamente todos os seus textos, as representações do cotidiano urbano carioca diante das poses da modernização, assomadas ao enfrentamento do "Bota-Abaixo", ao receituário do reclame "O Rio civiliza-se". Pois, como se sabe, a remodelação da cidade do Rio de Janeiro, no início do século XX, revestiu-se de um conjunto de manobras levadas a termo pelo prefeito Pereira Passos, com o propósito de instituir, na "cabeça urbana do país",[2] uma versão tropical da

---

[1] As crônicas desta coletânea foram recolhidas de: *A alma encantadora das ruas*; *Cinematographo:* crônicas cariocas; *Vida vertiginosa*; *Os dias passam...*; *Crônicas e frases de Godofredo de Alencar; Pall-Mall Rio de José Antonio José:* inverno mundano de 1916.

[2] Utilizamos aqui algumas expressões tiradas dos livros de Jaime Larry Benchimol: *Pereira Passos:* um Haussmann tropical (Rio de Janeiro: Secretaria Municipal de Cultura, Turismo e Esporte, Divisão de Editoração, 1990); José Murilo de Carvalho: *Os bestializados*. O Rio de Janeiro e a República que não foi (São Paulo: Companhia das Letras, 1989); Jurandir Freire Costa: *Ordem médica e norma familiar* (Rio de Janeiro: Graal, 1989); Margareth Rago: *Do cabaré ao lar*. A utopia da cidade disciplinar: Brasil 1890-1930 (Rio de Janeiro: Paz e Terra, 1987).

Paris planejada pelo barão de Haussmann, mentor dos padrões do urbanismo moderno.

Seguramente, a crônica constitui o gênero no qual João do Rio concentrou o esforço mais sedimentado de sua produção. Ao se perceber diante das exigências de uma nova dinâmica no território da imprensa diária, com o intuito de documentar noções mutáveis de temporalidades da técnica, ele soube mover o deslocamento da crônica-folhetim para a crônica-reportagem, efetuando inventividades de escrita que lhe permitiram triunfar como uma das referências mais representativas do que tenha sido tal gênero na *Belle Époque* literária brasileira, num convívio enlaçado com o estilo *art nouveau*.

Sob o fluxo de renovação da crônica, João do Rio fez com que o cenário da Capital ganhasse em seus textos uma encenação paralela, uma espécie de "reflexo tumultuário"; enfocando as transformações da cidade diante do *script* de consolidar o espetáculo por meio do qual a sociedade imaginava absorver as representações do moderno e do cosmopolita, na percepção cenográfica do espaço urbano, sensações referendadas pelos artifícios com que o cronista textualizou as ribaltas da própria teatralidade na superposição de suas muitas máscaras, nas posturas com que também se exibiu como Joe, Paulo José, João Coelho, Caran d'Ache, Claude, José Antonio José, Máscara Negra, Godofredo de Alencar, Barão de Belfort, entre outros tantos pseudônimos e disfarces do *alter ego*.

Intencionalmente polêmicas, as "tramas" de certas crônicas de João do Rio provocam sempre novos roteiros de leitura, assim como diferentes modalidades de interpretação.

---

3 Apoiamo-nos, reflexivamente, nos trabalhos de Antonio Arnoni Prado ("Mutilados da *Belle Époque*. Notas sobre as reportagens de João do Rio"); Flora Süssekind (*Cinematógrafo de letras:* literatura, técnica e modernização no Brasil); Gentil de Faria (*A presença de Oscar Wilde na Belle Époque literária brasileira*); João Carlos Rodrigues

Atualmente, na produção[3] de estudiosos como Antonio Arnoni Prado, Flora Süssekind, Gentil de Faria, João Carlos Rodrigues, Mônica Pimenta Velloso, Orna Messer Levin, Raúl Antelo e Renato Cordeiro Gomes encontramos informações que colocam em destaque o quanto Paulo Barreto tinha consciência de estar concretizando certas originalidades, certos recortes inovadores, especialmente na mostragem do projeto de apreender, pelo hibridismo da crônica, o híbrido desdobramento da sociedade carioca; ou seja, a tentativa de fixar um traçado entre as variadas compilações da forma literária e as variadas frações do social, como irradiação de testemunho das grandes alterações sofridas pela "cabeça urbana do país".

Numa montagem paralela à pressa do cotidiano urbano, suas crônicas se apresentam sustentadas pelo fugaz, pela ligeireza, ou seja, indicando que somente uma escrita ágil poderia consignar anotações sobre as flagrantes e aceleradas modificações da cidade. Excitado pelas interrogações do dia a dia vinculadas a novos dados sobre a construção da identidade carioca, João do Rio – no cumprimento de suas tarefas como cronista – testou diferentes miradas a respeito de como retratar as *contradições* trazidas pelo apontado urbanismo progressista. De modo singular, como "visadas" de alguns textos, ele flagrou o efêmero, o mutável, o provisório, o sempre outro, permitindo-lhe falar de um mesmo lugar, mas habilidosamente nutrindo-se de variantes recursos do próprio ponto de vista, direcionado inclusive à tentativa de sugerir diferentes "eus" sobre a própria caricatura, alargando uma originalidade de cruzamento entre o jornalismo e a literatura.

(*João do Rio:* uma biografia); Mônica Pimenta Velloso (*As tradições populares na Belle Époque carioca*); Orna Messer Levin (*As figurações do dândi*. Um estudo sobre a obra de João do Rio); Raúl Antelo (*João do Rio:* o dândi e a especulação); Renato Cordeiro Gomes (*João do Rio*. Vielas do vício, ruas da graça). Ver Bibliografia Básica.

As crônicas de João do Rio alinham cidade e escrita numa parecença indissociável, revelando o comportamento de um escritor empenhado na incorporação dos ícones de sua época. Ao assumir o pseudônimo João do Rio, o cronista passou a conjugar, acentuadamente, a ligação entre o nome do sujeito e o nome da cidade, no instigador alegórico de se exibir como letra de uma urbana corporeidade, de arremessar no *corpus* da escrita o "corpo da cidade". Na esteira dessa correlação, ele pretendeu conferir as marcas da visualidade citadina com trechos descritivos cujas anotações estendem-se atentas a detalhes que refinam a apreensão do *modus vivendi* urbano, na avidez por discorrer especialmente sobre como simbolizar as estéticas do cosmopolitismo, diante da execução dos planos impactantes expostos pelo saneamento e embelezamento da cidade.

Emblematicamente, a rua se fez objeto da aventura do cronista. Pleno de curiosidades, ele procurou fitar o "espetáculo variado do fugaz", no enfoque dos conflitos, dos sucessivos desajustes do cotidiano, impondo a suas crônicas o desafio de percorrer os contingentes de composição do "caleidoscópio da rua". No texto de abertura das crônicas-reportagens formadoras do livro *A alma encantadora das ruas*, editado em 1908, João do Rio transcreve uma conferência que proferiu sob o título "A rua", enfatizando como, diante do eixo "encantatório da *urbs*", caberia ao cronista cumprir as especificidades da interessante "arte de flanar":

> Flanar! Aí está um verbo universal sem entrada nos dicionários, que não pertence a nenhuma língua! Que significa flanar? Flanar é ser vagabundo e refletir, é ser basbaque e comentar, ter o vírus da observação ligado ao da vadiagem. Flanar é ir por aí, de manhã, de dia, à noite, meter-se nas rodas da população [...]. É vagabundagem? Talvez. Flanar é a distinção de perambular com inteligência. Nada como o inútil para ser artístico.

Com efeito, o cronista-andarilho – na dinâmica do espaço público, sob contundentes desejos de circulação – não se ateve a um foco único, mas a visões convulsivas de uma mirada plural, antevendo relatividades da "distinção de perambular com inteligência", detectando pelo *flirt* da "musa das ruas" os indicadores que sugeriam como igualmente cravar a composição de um certo estudo sobre a "psicologia urbana". Pela envergadura do "olhar-repórter", ele desdobrou a experiência de abastecer o fôlego de sua *flânerie* como uma investida disposta a mobilizar estratégias de visibilidade que identificassem, nos fragmentos aligeirados da crônica, a atuação de um "cinematógrafo de letras" – constituído mediante analogias traçadas na *Introdução* do livro *Cinematographo:* crônicas cariocas, publicado em 1909:

> A crônica evolui para a cinematografia. Era reflexão e comentário, o reverso desse sinistro animal de gênero indefinido a que chamam: o artigo de fundo. Passou a desenho e a caricatura. Ultimamente era fotografia retocada mas sem vida. Com o delírio apressado de todos nós, é agora cinematográfica – um cinematógrafo de letras, o romance da vida do operador no labirinto dos fatos, da vida alheia e da fantasia – mas romance em que o operador é personagem secundário arrastado na torrente dos acontecimentos.

Precisamente consciente de novas investidas a serem consolidadas pelo "sinistro animal de gênero indefinido", João do Rio – num esforço vigilante – evidencia os caracteres de refletir e indicar como a "crônica evolui para a cinematografia", montando a cuidadosa tarefa de apresentar ao leitor uma escrita que se faça atenta a debruçar-se sobre a torrente dos acontecimentos. O que leva o cronista, na página final do livro *Cinematographo*, a perguntar se o leitor gostou de alguma das "fitas" por ele engendradas como "aparelho fantasista" de fatos, ideias e comentários sobre o ano de 1908:

E tu leste, e tu viste tantas fitas [...] Se gostaste de alguma, fica sabendo que foram todas apanhadas ao natural e que mais não são senão os fatos de um ano, as ideias de um ano, os comentários de um ano – o de 1908, apanhados por um aparelho fantasista e que nem sempre apanhou o bom para poder sorrir à vontade e que nunca chegou ao muito mau para não fazer chorar. A sabedoria está no meio termo da emoção.

Expressando, de modo operatório, as intenções que dirigem a sua produtividade, João do Rio – na apresentação de *Vida vertiginosa*, em que reúne 25 crônicas que lançou, na maioria, entre 1905 e 1911 na *Gazeta* e em *A Notícia* – mostra-se voltado a acentuar os indícios da sua "preocupação do momento", redigindo o compromisso de contribuir para a análise do que aponta como o "mais curioso período da nossa vida social que é o da transformação atual de usos, costumes e ideias":

> Este livro, como quantos venho publicando, tem a preocupação do momento. Talvez mais que os outros. O seu desejo ou a sua vaidade é trazer uma contribuição de análise à época contemporânea, suscitando um pouco de interesse histórico sob [sic] o mais curioso período da nossa vida social que é o da transformação atual de usos, costumes e ideias.

Trata-se, portanto, de se apresentar como um cronista-espectador afeito a ilustrar as substâncias do circunstancial, cônscio de sua revolucionária modificação histórica, voltado a expandir para o interior de seus textos o ritmo veloz, o labirinto da drástica modernização do Rio de Janeiro, que passou a viver a experiência de como o automóvel – "monstro transformador" que seduz e traumatiza – se fez emblema da cidade moderna.

> Vivemos inteiramente presos ao Automóvel. O Automóvel ritmiza a vida vertiginosa, a ânsia das velocidades, o desvario de

chegar ao fim, os nossos sentimentos de moral, de estética, de prazer, de economia, de amor.

Diante das repercussões causadas pela reforma, ao descrever os *liftings* do espaço urbanístico, o cronista aponta como a Avenida Central, inaugurada pelo Presidente Rodrigues Alves, em 15 de novembro de 1905, efetivou-se como o "grande mostruário" de ilustração das mudanças, como um *boulevard* alegórico da implementação do moderno, como um dos principais símbolos do "Rio civilizado".

> A civilização do Brasil divide-se em duas épocas: antes e depois da Avenida Central. Entre a Rua do Ouvidor e a Avenida vai uma distância assim como de Sabará a Marselha.

Tal exclamação é do bizarro "fazedor de frases" Godofredo de Alencar, também mencionado como habilidoso no "*sport* das palavras", personagem cujas opiniões fomentam traços intencionalmente provocadores. No tônus da construção de Godofredo de Alencar, assim como na do Barão André de Belfort, João do Rio modula os dois principais dândis que flexionam sua obra. São tipificações de personagens *alter ego* que, segundo Flora Süssekind, correspondem aos dois *raisonneurs* favoritos do escritor, presentes em diversos de seus textos. Sob a fruição de sensações inusitadas e distorções desnaturalizantes, as propostas que conduzem as presenças desses dândis e a carga de recirculação de seus discursos não se constituem em simples ou mecânicas repetições, mas em reapresentações quase que no sentido teatral, em reaparições que revertem faturas de uma *mise-en-scène* projetada na própria escrita. Os manejos de tais procedimentos deixam evidente a habilidade com que João do Rio materializou do dandismo não apenas as regras superficiais e os tiques aligeirados de efeito, mas também as premissas de seus jogos internos e as dosagens polêmicas de sua pose.

Apontado por Gentil de Faria como o "Wilde brasileiro", João do Rio – paralelamente além de se encarregar de traduzir importantes obras do escritor irlandês –, numa *espécie* de seguidor de fantasmagorias repassadas pelo Decadentismo, buscou princípios ordenadores das conjunções entre o ético e o estético, a serem referendados como pareceres visionários ao dramatizar o palco da cidade. Para Orna Messer Levin, a bricolagem decadentista de João do Rio atiçou o reconhecimento de um esforço de aclimatação dos paradoxos do dândi às peculiaridades da tardia *Belle Époque* carioca, numa tentativa de deslindar os ajustes de sua diferença, percorrer os contornos de sua performance tropical e sintonizar providências de constituir pelo dandismo um "desmascaramento das contradições sociais".

A figura de Salomé *legenda* o preenchimento de várias crônicas de João do Rio. Aclamado tradutor da *Salomé* de Oscar Wilde, ele não intimidou o desejo de reiterar a tomada estetizante que facultou ao decadentista lapidar, na beleza meduseia da dançarina bíblica, o tema de configuração da mulher fatal; bem como o de imprimir tal modelo em diversas personagens femininas que protagonizam seus textos, voltados a retraçar a "mulher-serpente" no circuito dos artifícios da capital brasileira do início do século XX. Como ele mesmo canaliza, na crônica "As opiniões de Salomé", "Salomé está em todas as mulheres e todas as mulheres estão em Salomé". Desse modo, o cronista assume contornos que tomam de empréstimo metáforas peculiares às descrições tecidas por Huysmans, no quinto capítulo do *À Rebours*, em torno das aparições de *Salomé*, coreografadas nas telas de Gustave Moreau. Em "Gente de *music-hall*", pelas artimanhas do Barão Belfort – "tipo muito curioso, que posa para alarmar toda essa gente" – o cronista expande a sua atração por Salomé:

> Como ela dança! A dança é tudo, é o desejo, a súplica, a raiva, a loucura... Ela dança como uma sacerdotisa, como uma estrela perdida nas nuvens [...] Ao vê-la recorda a gente Salomé diante de Herodes, dançando a dança dos sete véus para obter a cabeça de São João; diante desse ondear de vida que no ar se desfaz em sensualidades, sonha-se o tetrarca de Wilde, ébrio de amor: "Salomé! Salomé! Os teus pés, a dançar, são como as rosas brancas que dançam sobre as árvores!".

Com especiais condições de se decidir pelos traçados da crônica audiente ao aceno do novo, ele não poderia deixar de prestigiar os meneios da dança, exalando a apreensão do público feminino, que notabilizou um percentual significativo de sua obra.

> Dança é o poema da mulher, é a purificação sensual da cadência, é o meneio da volúpia prometendo, é arrepio do tigre e *ruflu* de asa de pombas, *incensário* celeste, todas as perversidades.

Como marcadores de certos textos, numa *espécie* de contracorrente, João do Rio reaqueceu o dandismo sob as pistas de um caráter desafiador, mobilizando um conjunto de imagens capaz de enfrentar, como aponta Raúl Antelo, o "discurso biopolítico e suas técnicas dissuasivas de conduta", uma vez que sugere a retirada do corpo do monopólio oficial, para ensaiar uma prática em aberta oposição aos enquadramentos disciplinares a serviço da ordem e do progresso. Na exortação do tratamento entre dandismo e escrita, o cronista erigiu indicativos de um enfoque que, por um lado, formulou o dândi na experiência de espevitamento, do orgulho e desfrute de si mesmo, por outro, externou um elenco de denúncias, colando à singularidade de sua manifestação os componentes de uma reação política e social.

Impelido por credenciais de um parecer irônico, o cronista menciona: "A futilidade é o único mal do mundo que não faz mal a ninguém" – afirmação que protocola não apenas a concepção de sua crônica mundana, assim como a cadência de grande parte da sua escrita; no ponto de vista da marcação cênica e cínica do dândi, na retórica responsável pelo tom de conversa que reconduz seus desempenhos, atiçando discursos de redobras e efeitos do paradoxo. Sob aparente atenção ao supérfluo, aparente valorização do fútil sobre o grave, João do Rio imbuiu às reapresentações do dândi uma intenção desconstrutora, um componente capaz de se aproximar das preocupações que operam a disposição radicalizadora da encenação dos "manuais de futilidade", exibidos pela "Frívola-City". No prefácio de *Pall-Mall Rio de José Antonio José:* inverno mundano de 1916, o cronista comenta, explicativo, os "pequenos fatos frívolos" que acentuam as ideias norteadoras de sua crônica mundana, apontando como o seu livro se fez, conscientemente, espelho guardador de imagens para o historiador futuro:

> Sou da opinião que para exprimir a metafísica e a ética da cidade só um livro seria completo: o que desse uma lista enorme de nomes de cuja influência dependessem os pequenos fatos frívolos – que são os únicos importantes. E esse livro não seria apenas para a meditação filosófica. Seria também o espelho capaz de guardar imagens para o historiador futuro.

Fermentando moldes sinalizados por Oscar Wilde e por Jean Lorrain, João do Rio leva a impostação decadentista a frequentar os bastidores da *Belle Époque*, a circular entre as farsas do ato republicano de armações do espetáculo transformador da fisionomia urbana e social da capital do país, que descrevia, segundo a ótica dos sanitaristas, a mudança da "cidade suja e colonial" para a "cidade civilizada e moderna". Na maquinação dessa passagem, redige as demandas que ajuízam o triunfalismo da cena oficial na escalada dos elegantes e poderosos, como também manobra passadas que caricaturam a figuração de seu próprio papel como espectador atônito, no oco de um acontecimento que ele mesmo designa como *encenação movediça*. A iniciativa deflagra-se a partir das reinvenções com que o cronista agilizou o perfil de ser um observador *in loco*, apto a consolidar uma prática em que os comandos da reportagem levaram-no a ativar novas miradas de apreensão, cujas *montagens* favoreceram-lhe construir um conjunto de sutis oposições à cena autorizada.

Numa travessia indicadora de novas cumplicidades entre a articulação literária e a jornalística, João do Rio assumiu a tarefa de dramatizar os enredos com os quais a euforia do cosmopolitismo fez o poder da Primeira República ostentar a "cabeça urbana do país" como vinculada aos padrões dos contextos civilizados. Se, por um lado, no registro das radiantes "fachadas do embelezamento" urbano, o cronista exibe os ingredientes patenteados pelo *slogan* "O Rio civiliza-se", modulando as *féeries* dos espaços destinados ao desfrute da grã-finagem, ao lazer das classes dominantes. Por outro, procura mostrar criaturas que preenchem "repúblicas marginais", sondando as desigualdades, as diferentes camadas do "entulho humano", a atmosfera de uma "população sufocada", o segmento de inúmeros corpos proscritos, dados que encontramos em diversas crônicas, como "Os livres acampamentos da miséria", "As mulheres mendigas", "As crianças que matam", "Um mendigo original", "O povo e o momento", "As mariposas do luxo", "Os humildes", "O trabalho e os parasitas". Ao apontar para o *bas-fonds* da *Belle Époque*, para os becos de seus "mutilados" – como sublinha Antonio Arnoni Prado –, João do Rio desalinhou o modelo explicitamente ordenado pelas utopias da cidade higiênica, escarnando o subterrâneo da cidade, num comportamento que, de certa forma, põe sob suspeita os enquadramentos disciplinares a serviço dos aparatos do progresso e de seus promotores. Como documentação de uma contracena conflituosa das fachadas do novo, o cronista visita os "escombros da cidade velha", territórios escondidos, logradouros tidos como indesejáveis, assim como rememora pontos das tradições populares, das reminiscências coloniais, afetados pela "operação da cirurgia urbana", como vemos na crônica "O velho mercado":

> Acabou de mudar-se ontem a Praça do Mercado. [...] A mudança! Nada mais inquietante do que a mudança – porque leva a gente amarrada essa esperança, essa tortura vaga que é a saudade. Aquela mudança era, entretanto, maior do que todas, era uma operação da cirurgia urbana, era para modificar inteiramente o Rio de outrora, a mobilização do próprio estômago da cidade para outro local. Que nos resta mais do velho Rio antigo, tão curioso e tão característico? Uma cidade moderna é como todas as cidades modernas.

Renato Cordeiro Gomes considera que João do Rio – nos recursos textuais adotados para estampar a leitura da metamorfose carioca – mostrou ter incorporado, pela "mistificação do moderno", os indicadores de atuação dos próprios disfarces e dissimulações, podendo "falar em nome da cidade, na escrita que é também máscara". O ensaísta acentua o comportamento ambíguo a partir do qual João do Rio empreendeu um enfoque conjugador das figurações do "cronista adandinado" às dicções do "radical de ocasião" (expressão de Antonio Candido), vivenciando as turbulentas montagens que determinavam "a cena e a obscena" do Rio de Janeiro. Pelas rotas de uma conjunção textual, João do Rio fez as poses do dândi como cúmplices do gosto das incursões do *flâneur*, alternando os registros do "repórter andarilho" com os do "cronista mundano". Assim, nos entrechos de amplas inquietações – mensuradas por novas conquistas da crônica –, João do Rio registrou a operação urbanística que demarcava uma Capital cindida entre a vitrine e o escombro, ao exibir de um lado as cintilações do ostensivo triunfo republicano, de outro, o amontoamento de uma cidadania que se viu excluída, imperativos de um cosmopolitismo cênico que levou o cronista a especular ora o mundanismo dos salões, ora o submundo carioca, os redutos periféricos, testemunhando as contradições dos anseios de cidade moderna transbordados pelas máscaras do projeto ideológico de remodelação da "cabeça urbana do país".

Edmundo Bouças e Fred Góes

CRÔNICAS

A ALMA ENCANTADORA DAS RUAS
(1908)

A PINTURA DAS RUAS

*H*á duas coisas no mundo verdadeiramente fatigantes: ouvir um tenor célebre e conversar com pessoas notáveis. Eu tenho medo de pessoas notáveis. Se a notabilidade reside num cavalheiro dado à poesia, ele e Lecomte de Lisle, ele e Baudelaire, ele e Apolonius de Rodes desprezam a crítica e o Sr. José Veríssimo; se o sucesso acompanha o indivíduo dado à crítica, este país é uma cavalariça sem palafreneiros; e se por acaso a Fama, que os romanos sábios confundiam com o falso boato, louva os trabalhos de um pintor, ele como Mantegna, ele como Leonardo Da Vinci, ele como todos os grandes, tem uma vida de tormentos, de sacrifícios, de ataque aos seus processos; e jamais se julga recompensado pelo governo, pelo país, pelos contemporâneos, de ter nascido numa terra de bugres e numa época de revoltante mercantilismo. É fatigante e talvez pouco útil. Um homem absoluta, totalmente notável só é aceitável através do cartão-postal – porque afinal fala de si, mas fala pouco. Foi, pois, com susto que ontem, domingo, recebi a proposta de um amigo:

– Vamos ver as grandes decorações dos pintores da cidade?

– Hein? Estás decididamente desvairando. As grandes decorações? Uma visita aos *ateliers*?

– Não; a outros locais.

– E havemos de encontrar celebridades?
– Pois está claro. Não há cidade no mundo onde haja mais gente célebre que a cidade de S. Sebastião. Mas não penses que te arrasto a ver algum Vítor Meireles, alguns Castagnetto apócrifos ou os trabalhos aclamados pelos jornais. Não! Não é isso. Vamos ver, levemente e sem custo, os pintores anônimos, os pintores da rua, os heróis da tabuleta, os artistas da arte prática. É curiosíssimo. Há lições de filosofia nos borrões sem perspectiva e nas "botas" sem desenho. Encontrarás a confusão da populaça, os germes de todos os gêneros, todas as escolas e, por fim, muito menos vaidade que na arte privilegiada.

Era domingo, dia em que o trabalho é castigar o corpo com as diversões menos divertidas. Saí, devagar e a pé, a visitar bodegas reles, lugares bizarros, botequins inconcebíveis, e vim arrasado de confusão cerebral e de encanto. Quantos pintores pensa a cidade que possui? A estatística da Escola é falsíssima. Em cada canto de rua depara a gente com a obra de um pintor, cuja existência é ignorada por toda a gente.

O meu amigo começou por pequenas amostras da arte popular, que eu vira sempre sem prestar atenção: os macacos trepados em pipas de parati, homens de olho esbugalhado mostrando, sob o verde das parreiras, a excelência de um quinto de vinho, umas mulheres com molhos de trigo na mão apainelando interiores de padarias e talvez recordando Ceres, a fecunda. Depois iniciou a parte segunda:

– Vamos entrar agora nas composições marinhas. Os pintores populares afirmam a sua individualidade pintando a Guanabara e a praia de Icaraí. Por essas pinturas é que se vê quanto o "ponto de vista" influi. Há o Pão de Açúcar redondo como uma bola, no Estácio; há o Pão de Açúcar do feitio de uma *valise* no Andaraí; e encontras o mesmo Pão, comprido e fino, em S. Cristóvão. O povo tem uma alta noção dos nossos destinos navais; a sua opinião é exatamente a mesma que a do ministro da marinha – *rumo ao mar!*

Por isso, não há Guanabara pintada pelos cenógrafos da calçada que não tenha à entrada da barra um vaso de guerra. A parreira como o bêbado tem uma conclusão fatal: carga ao mar!

– E depois?

– Depois entramos nas grandes telas, as grandes telas que a cidade ignora.

Estávamos na Rua do Núncio. O meu excelente amigo fez-me entrar num botequim da esquina da Rua S. Pedro e os meus olhos logo se pregaram na parede da casa, alheio ao ruído, ao vozear, ao estrépito da gente que entrava e saía. Eu estava diante de uma grande pintura mural comemorativa. O pintor, naturalmente agitado pelo orgulho que se apossou de todos nós ao vermos a Avenida Central, resolveu pintá-la, torná-la imorredoura, da Rua do Ouvidor à Prainha. A concepção era grandiosa, o assunto era vasto – o advento do nosso progresso estatelava-se ali para todo o sempre, enquanto não se demolir a Rua do Núncio. Reparei que a Casa Colombo e o Primeiro Barateiro eram de uma nitidez de primeiro plano e que aos poucos, em tal arejamento, os prédios iam fugindo numa confusão precipitada.

Talvez esse grande trabalho tivesse defeitos. O dos "salões" de toda a parte do mundo também os têm. Mas quantos artigos admiráveis um crítico poderia escrever a respeito! Havia decerto naquele deboche de casaria o início da pintura moral intuitiva, da pintura política, da pintura alegórica... Indaguei, rouco:

– Quem fez isto?

– O Paiva, pintor cuja fama é extraordinária entre os colegas.

Voltei-me e de novo fiquei maravilhado. Aquele café não era café, era uma catedral dos grandes fatos. Na parede fronteira, entre ondas tremendas de um mar muito cinzento rendado de branco, alguns *destroyers* rasgavam o azul denso do céu com projeções de holofotes colossais.

– Há coisas piores nos museus.
– Mas isto é digno de uma pinacoteca naval...

O amador, que é o dono do botequim, e o artista cheio de imaginação, que é o Paiva, não se haviam contentado, porém, com essas duas visões do progresso: a avenida e o holofote. Na outra parede havia mais uma verdadeira orgia de paisagem: grutas, cascatas, rios marginados de flores vermelhas, palmas emaranhadas, um pandemônio de cores.

Quando me viu inteiramente assombrado, esse excelente amigo levou-me ao café Paraíso, na Avenida Floriano.

– Já viste a arte-reclamo, a arte social. Vamos ver a arte patriótica.

– E depois?

– Depois ainda hás de ver os artistas que se repetem, a arte romântica e infernal.

A arte patriótica, ou antes regional, dos pintores da calçada é o desejo, aliás louvável, de reproduzir nas paredes trechos de aldeia, trechos do estado, trechos da terra em que o proprietário da casa, ou o pintor, viu a luz. No café Paraíso, o artista, que se chama Viana, pintou a cidade de Lourenço Marques, vista em conjunto, mas, como qualquer sentimento de amor naquela elaboração difícil brotasse de súbito no seu coração, Viana colocou à entrada de Lourenço Marques um couraçado desfraldando ao vento africano o pavilhão do Brasil. Dessas pinturas há uma infinidade – e eu vi não sei quantas pontes metálicas do Douro ao atravessar algumas ruas.

– Entremos nesse botequim, aqui à esquina da Rua da Conceição. Vais conhecer o Colon, pintor espanhol. Colon tem estilo: este painel é um exemplo. Que vês? Uma paisagem campestre, arvoredo muito verde, e lá ao fundo um castelo com a bandeira da nacionalidade do dono da casa. É sempre assim. Há outros mais curiosos. O Oliveira completa os trabalhos sempre com cortinas iguais às que se usavam nos antigos panos de boca dos teatros. O trabalho é o abuso do azul, desde o azul claro ao azul negro.

– Mas estás a contar os tiques de grandes pintores.

– São parecidos. Eu conheço muitos mais: o velho Marcelino, que tem a especialidade de pintar os homens no pifão; o Henrique da Gama, o primeiro dos nossos fingidores, que se faz um metro de mármore em cada cinco minutos; o Francisco de Paula, que adora os papagaios e faz caricaturas; o Malheiros, que reúne gatos, cachorros, cascatas e caboclos em cada tela... É o ideal da arte! São eles os autores dos estandartes dos cordões; são eles que enriquecem! Já entraste num desses *ateliers*, no Cunha dos PP, no Garcia Fernandes da Rua do Senhor dos Passos? Pois é como um desses *studios* da Flandres antiga, em que os grandes artistas assinavam os trabalhos dos discípulos, é como se entrasse na grande manufatura da pintura assinada. Vamos ao Cunha.

– Não, não, por hoje basta...

– Mas pelo menos vem admirar na Rua Frei Caneca 166 o famoso trabalho do Xavier.

– O famoso trabalho?

Se os outros, que não eram famosos e não eram de Xavier, tanta admiração me haviam causado, imaginem esse, sendo de Xavier e sendo famoso. Precipitei-me num bonde, saltei comovido como se me assegurassem que eu iria ver a *Joconda* de Da Vinci, e, quando os meus olhos sôfregos pousaram na criação do pintor, uma exclamação abriu-me os lábios e os braços. Era simplesmente um incêndio, o incêndio de uma cidade inteira, a chama ardente, o fogo queimando, torcendo, destruindo, desmoronando a cidade do vício. Tudo desaparecia numa violentação rubra de fornalha candente. Seria o fogo sagrado, a purificar como em Gomorra, ou o fogo da luxúria, o símbolo devastador das paixões carnais, a reprodução alegórica de como a licença dos instintos devora e queima a vida?

Xavier fora mais longe. Aquele mar de incêndio, aquele braseiro desesperado e perene era a fixação do fogo maldito da luxúria, era o fogo de Satanás, porque Satanás, em pessoa, no primeiro plano, completamente cor de pitanga, com as pernas tortas e o ar furioso, abatia a seus pés, vestida de azul-celeste, uma pobre senhora.

Esse último painel punha-me inteiramente tonto. Mas não é uma das grandes preocupações da Arte comover os mortais, comovê-los até não mais poder? Xavier comovia, eu estava comovido. Nem sempre é possível obter tanta coisa nas exposições anuais. O meu amigo levou o excesso a apresentar-me o ilustre artista.

– Aqui está o Xavier.

Voltei-me.

– Os meus sinceros cumprimentos. Há sopro romântico, há imaginação, há ardência nesta decoração, fiz com o ar dogmático dos críticos ignorantes de pintura.

Ingenuamente, Xavier olhou para mim e, primeiro homem que não se julga célebre neste país, balbuciou:

– Eu não sei nada... Isto está para aí... Se soubesse fazer alguma coisa de valor até ficava triste – só com a ideia de que um dia talvez a levassem do meu país...

VISÕES D'ÓPIO

– Os comedores de ópio?
Era às seis da tarde, defronte do mar. Já o sol morrera e os espaços eram pálidos e azuis. As linhas da cidade se adoçavam na claridade de opala da tarde maravilhosa. Ao longe, a bruma envolvia as fortalezas, escalava os céus, cortava o horizonte numa longa barra cor de malva e, emergindo dessa agonia de cores, mais negros ou mais vagos, os montes, o Pão de Açúcar, São Bento, o Castelo apareciam num tranquilo esplendor. Nós estávamos em Santa Luzia, defronte da Misericórdia, onde tínhamos ido ver um pobre rapaz eterômano, encontrado à noite com o crânio partido numa rua qualquer. A aragem rumorejava em cima a trama das grandes mangueiras folhudas, dos tamarindeiros e dos *flamboyants*, e a paisagem tinha um ar de sonho. Não era a praia dos pescadores e dos vagabundos tão nossa conhecida, era um trecho de Argel, de Nice, um panorama de visão sob as estrelas douradas.

– Sim – dizia-me o amigo com quem eu estava – o éter é um vício que nos evola, um vício de aristocracia. Eu conheço outros mais brutais – o ópio, o desespero do ópio.

– Mas aqui!

– Aqui. Nunca frequentou os chins das ruas da cidade velha, nunca conversou com essas caras cor de goma que param detrás do necrotério e são perseguidas, a pedrada, pelos ciganos exploradores? Os senhores não conhecem esta grande cidade que Estácio de Sá defendeu um dia dos franceses. O Rio é o porto de mar, é cosmópolis num caleidoscópio, é a praia com a vasa que o oceano lhe traz. Há de tudo. Vícios, horrores, gente de variados matizes, niilistas rumaicos, professores russos na miséria, anarquistas espanhóis, ciganos debochados... Todas as raças trazem qualidades que aqui desabrocham numa seiva delirante. Porto de mar, meu caro! Os chineses são o resto da famosa imigração, vendem peixe na praia e vivem entre a Rua da Misericórdia e a Rua Dom Manuel. Às cinco da tarde deixam o trabalho e metem-se em casa para as tremendas *fumeries*. Quer vê-los agora?

Não resisti. O meu amigo, a pé, num passo calmo, ia sentenciando:

– Tenho a indicação de quatro ou cinco casas. Nós entramos como fornecedores de ópio. Você veio de Londres, tem um quilo, cerca de 600 gramas de ópio de Bombaim. Eu levo as amostras.

Caminhávamos pela Rua da Misericórdia àquela hora cheia de um movimento febril, nos corredores das hospedarias, à porta dos botequins, nas furnas das estalagens, à entrada dos velhos prédios em ruínas.

O meu amigo dobrou uma esquina. Estávamos no Beco dos Ferreiros, uma ruela de cinco palmos de largura, com casas de dois andares, velhas e a cair. A população desse beco mora em magotes em cada quarto e pendura a roupa lavada em bambus nas janelas, de modo que a gente tem a perene impressão de chitas festivas a flamular no alto. Há portas de hospedarias sempre fechadas, linhas de fachadas tombando, e a miséria besunta de sujo e de gordura as antigas pinturas. Um cheiro nauseabundo paira nessa ruela desconhecida.

O meu amigo para no nº 19, uma rótula, bate. Há uma complicação de vozes no interior, e, passados instantes, ouve-se alguém gritar:

– Que quer?

– João, João está aí?

João e Afonso são dois nomes habituais entre os chins ocidentalizados.

– João não mora mais...

– Venha abrir – brada o meu guia com autoridade.

Imediatamente a rótula descerra-se e aparece, como tapando a fenda, uma figura amarela, cor de gema de ovo batida, com um riso idiota na face, um riso de pavor que lhe deixa ver a dentuça suja e negra.

– Que quer, senhor?

Tomamos um ar de bonomia e falando como a querer enterrar as palavras naquele crânio já trabucado.

– Chego de Londres, com um quilo de ópio, bom ópio.

– Ópio?... Nós compramos em farmácia... Rua São Pedro...

– Vendo barato.

Os olhos do celeste arregalam-se amarelos, na amarelidão da face.

– Não compreende.

– Decida, homem...

– Dinheiro, não tem dinheiro.

Desconfiará ele de nós, não acreditará nas nossas palavras? O mesmo sorriso de medo lhe escancara a boca e lá dentro há cochichos, vozes lívidas... O meu amigo bate-lhe no ombro.

– Deixa ver a casa.

Ele recua trêmulo, agarrando a rótula com as duas mãos, dispara para dentro um fluxo cuspinhado de palavrinhas rápidas. Outras palavrinhas em tonalidades esquisitas respondem como *pizzicatti* de instrumentos de madeira, e a cara reaparece com o sorriso emplastrado:

– Pode entrar, meu senhor...

Entramos de esguelha, e logo a rótula se fecha num quadrado inédito. O nº 19 do Beco dos Ferreiros é a visão oriental das lôbregas bodegas de Xangai. Há uma vasta sala estreita e comprida, inteiramente em treva. A atmosfera pesada, oleosa, quase sufoca. Dois renques de mesas, com as cabeceiras coladas às paredes, estendem-se até o fundo cobertas de esteirinhas. Em cada uma dessas mesas, do lado esquerdo, tremeluz a chama de uma candeia de azeite ou de álcool.

A custo, os nossos olhos acostumam-se à escuridão, acompanham a candelária de luzes até o fim, até uma alta parede encardida, e descobrem em cada mesa um cachimbo grande e um corpo amarelo, nu da cintura para cima, um corpo que se levanta assustado, contorcionando os braços moles. Há chins magros, chins gordos, de cabelo branco, de caras despeladas, chins trigueiros, com a pele cor de manga, chins cor de oca, chins com a amarelidão da cera dos círios.

As lâmpadas tremem, esticam-se na ânsia de queimar o narcótico mortal. Ao fundo um velho idiota, com as pernas cruzadas em torno de um balde, atira com dois pauzinhos arroz à boca. O ambiente tem um cheiro inenarrável, os corpos movem-se como as larvas de um pesadelo, e essas 15 caras estúpidas, arrancadas ao bálsamo que lhes cicatriza a alma, olham-nos com o susto covarde de *coolies* espancados. E todos murmuram medrosamente, com os pés nus, as mãos sujas:

– Não tem dinheiro... não tem dinheiro... faz mal!

Há um mistério de explorações e de horrores nesse pavor dos pobres celestes. O meu amigo interroga um que parece ter 20 e parece ter 60 anos, a cara cheia de pregas, como papel de arroz machucado.

– Como se chama você?

– Tchang... Afonso.

– Quanto pode fumar de ópio?

– Só fuma em casa... um bocadinho só... faz mal! Quanto pode fumar? Duzentas gramas, pouquinho... Não tem dinheiro.

Sinto náuseas e ao mesmo tempo uma nevrose de crime. A treva da sala torna-se lívida, com tons azulados.

Há na escuridão uma nuvem de fumo e as bolinhas pardas, queimadas à chama das candeias, põem uma tontura na furna, dão-me a imperiosa vontade de apertar todos aqueles pescoços nus e exangues, pescoços viscosos de cadáver onde o veneno gota a gota dessora.

E as caras continuam emplastradas pelo mesmo sorriso de susto e de súplica, multiplicado em 15 beiços amarelos, em 15 dentaduras nojentas, em 15 olhos de tormento!

– Senhor, pode ir, pode ir? Nós vamos deitar: pode ir? – suplica Tchang.

Arrasto o guia, fujo ao horror do quadro. A rótula fecha-se sem rumor. Estamos outra vez num beco infecto de cidade ocidental. Os chins pelas persianas espiam-nos. O meu amigo consulta o relógio.

– Este é o primeiro quadro, o começo. Os chins preparam-se para a intoxicação. Nenhum deles tinha uma hora de cachimbo. Agora, porém, em outros lugares devem ter chegado ao embrutecimento, à excitação e ao sonho. Tenho duas casas no meu *booknotes*, uma na Rua da Misericórdia, onde os celestes se espancam, jogando o monte com os beiços rubros de mastigar folhas de bétel, e à Rua Dom Manuel nº 72, onde os *fumeries* tomam proporções infernais.

Ouço com assombro, duvidando intimamente desse fervilhar de vício, de ninguém ainda suspeitado. Mas acompanho-o.

A Rua Dom Manuel parece a rua de um bairro afastado. O necrotério, com um capinzal cercado de arame, por trás do qual os ciganos confabulam, tem um ar de subúrbio. Parece que se chegou, nas pedras irregulares do mau calçamento, olhando os pardieiros seculares, ao fim da cidade. Nas esquinas, onde larápios, de lenço no pescoço e andar gingante, estragam o tempo com rameiras de galho de arruda na carapinha, veem-se pequenas ruas, nascidas dos socalcos do Castelo, estreitas e sem luz. A noite, na opala do crepúsculo, vai apagando em treva o velho casaredo.

— É aqui.

O 72 é uma casa em ruína, estridentemente caiada, pendendo para o lado. Tem dois pavimentos. Subimos os degraus gastos do primeiro, uns degraus quase oblíquos, caminhamos por um corredor em que o soalho balança e range, vamos até uma espécie de caverna fedorenta, donde um italiano fazedor de botas mastiga explicações entre duas crianças que parecem fetos saídos de frascos de álcool. Voltamos à primeira porta, junto à escada, entramos num quarto forrado imoralmente com um esfarripado tapete de padrão rubro. Aí, um homenzinho, em mangas de camisa, indaga com a voz aflautada e sibilosa:

— Os moços desejam?...
— É você o encarregado?
— Para servir os moços.
— Desejamos os chins.
— Ah! isso, lá em cima, sala da frente. Os porcos estão se opiando.

Vamos aos porcos. Subimos uma outra escada que se divide em dois lances, um para o nascente outro para o poente. A escada dá num corredor que termina ao fundo numa porta, com pedaços de pano branco, à guisa de cortina. A atmosfera é esmagadora. Antes de entrar é violenta a minha repulsa, mas não é possível recuar. Uma voz alegre indaga:

— Quem está aí?

O guia suspende a cortina e nós entramos numa sala quadrada, em que cerca de dez chins, reclinados em esteirinhas diante das lâmpadas acesas, se narcotizam com o veneno das dormideiras.

A cena é de um lúgubre exotismo. Os chins estão inteiramente nus, as lâmpadas estrelam a escuridão de olhos sangrentos, das paredes pendem pedaços de ganga rubra com sentenças filosóficas rabiscadas a nanquim. O chão está atravancado de bancos e roupas, e os chins mergulham a plenos estos na estufa dos delírios.

A intoxicação já os transforma. Um deles, a cabeça pendente, a língua roxa, as pálpebras apertadas, ronca estirado, e o seu pescoço amarelo e longo, quebrado pela ponta da mesa, mostra a papeira mole, como à espera de lâmina de uma faca. Outro, de cócoras, mastigando pedaços de massa cor de azinhavre, enraivece um cão gordo, sem cauda, um cão que mostra os dentes, espumando. E há mais: um com as pernas cruzadas, lambendo o ópio líquido na ponta do cachimbo; dois outros deitados, queimando na chama das candeias as porções do sumo enervante. Estes tentam erguer-se, ao ver-nos, com um idêntico esforço, o semblante transfigurado.

– Não se levantem, à vontade!

Sussurram palavras de encanto, tombam indiferentes, esticam com o mesmo movimento a mão cadavérica para a lâmpada e fios de névoa azul sobem ao teto em espirais tênues.

Três, porém, deste bando estão no período da excitação alegre, em que todas as franquezas são permitidas. Um deles passeia agitado como um homem de negócios. É magro, seco, duro.

– Vem vender ópio? Bom, muito bom... Compro. Ópio bom que não seja de Bengala. Compro.

Logo outro salta, enfiando uma camisola:

– Ah! ah! Traz ópio? Donde?

– Da Sonda...

Os três grupam-se ameaçadoramente em torno de nós, estendendo os braços tão estranhos e tão molemente mexidos naquele ambiente em que eu recuo como se os tentáculos de um polvo estivessem movendo na escuridão de uma caverna. Mas do outro lado ouve-se o soluço intercortado de um dos opiados. A sua voz chora palavras vagas.

– Sapan... sapan... Hanoi... tahi...

O chin magro revira os olhos:

– Ele está sonhando. Afal está sonhando. Ópio dá sonho... terra da gente namorada... Bonito! Bonito!... Deixa ver amostra.

O meu amigo recua, um corpo baqueia – o do chinês adormecido – e os outros bradam:
– Amostra... você traz amostra!
Sem perder a calma, esse meu esquisito guia mete a mão no bolso da calça, tira um pedaço de massa envolvido em folhas de dormideira, desdobra-o. Então o delírio propaga-se. O magro chin ajoelha, os outros também, raspando a massa com as unhas, mergulhando os dedos nas bocas escuras, num queixume de miséria.
– Dá amostra... não tem dinheiro... deixa a amostra!
Miseravelmente o clamor da súplica enche o quarto na névoa parda estrelejada de hóstias sangrentas. Os chins curvam o dorso, mostram os pescoços compridos, como se os entregassem ao cutelo, e os braços sem músculos raspam o chão, pegando-nos os pés, implorando a dádiva tremenda. Não posso mais. Câimbras de estômago fazem-me um enorme desejo de vomitar. Só o cheiro do veneno desnorteia. Vejo-me nas ruas de Tientsin, à porta das *cagnas*, perseguido pela Guarda Imperial, tremendo de medo; vejo-me nas bodegas de Cingapura, com os corpos dos celestes arrastados em jinriquixás, entre malaios loucos brandindo *kriss* assassinos! Oh! o veneno sutil, lágrima do sono, resumo do paraíso. Grande Matador do Oriente! Como eu o ia encontrar num pardieiro de Cosmópolis, estraçalhando uns pobres trapos das províncias da China!
Apertei a cabeça entre as mãos, abri a boca numa ânsia.
– Vamos, ou eu morro!
O meu amigo, então, empurrou os três chins, atirou-se à janela, abriu-a. Uma lufada de ar entrou, as lâmpadas tremeram, a nuvem de ópio oscilou, fendeu, esgueirou-se, e eu caí de bruços, a tremer diante dos chins apavorados e nus.
Fora, as estrelas recamavam de ouro o céu de verão...

CORDÕES

Oh! abre ala!
Que eu quero passá
Estrela d'Alva
Do Carnavá!

Era em plena Rua do Ouvidor. Não se podia andar. A multidão apertava-se, sufocada. Havia sujeitos congestos, forçando a passagem com os cotovelos, mulheres afogueadas, crianças a gritar, tipos que berravam pilhérias. A pletora da alegria punha desvarios em todas as faces. Era provável que do Largo de S. Francisco à Rua Direita dançassem 20 cordões e 40 grupos, rufassem 200 tambores, zabumbassem 100 bombos, gritassem 50 mil pessoas. A rua convulsionava-se como se fosse fender, rebentar de luxúria e de barulho. A atmosfera pesava como chumbo. No alto, arcos de gás besuntavam de uma luz de açafrão as fachadas dos prédios. Nos estabelecimentos comerciais, nas redações dos jornais, as lâmpadas elétricas despejavam sobre a multidão uma luz ácida e galvânica, que enlividescia e parecia convulsionar os movimentos da turba, sob o panejamento multicolor das bandeiras que adejavam sob o esfarelar constante dos *confetti,* que, como um irisamento do ar, caíam, voavam, rodopiavam. Essa iluminação violenta era ainda aquecida pelos braços de luz *auer,* pelas vermelhidões de incêndio e as súbitas explosões azuis e verdes dos fogos de bengala; era como que arrepiada pela corrida diabólica e incessante dos archotes e das pequenas lâmpadas portáteis. Serpentinas riscavam o ar; homens passavam empapados d'água, cheios de *confetti*; mulheres de chapéu de papel curvavam as nucas à etila dos lança-perfumes, frases rugiam cabeludas, entre gargalhadas, risos, berros, uivos, guinchos. Um cheiro estranho, misto de perfume barato, *fartum*, poeira, álcool, aquecia ainda mais o baixo instinto de promiscuidade. A rua personalizava-se, tornava-se uma e parecia, toda ela policromada de serpentinas e *confetti*, arlequinar o pincho da loucura e do deboche. Nós íamos indo, eu e o meu amigo, nesse pandemônio. Atrás de nós, sem colarinho, de pijama, bufando, um grupo de rapazes acadêmicos, futuros diplomatas e futuras glórias nacionais, berrava furioso a cantiga do dia, essas cantigas que só aparecem no Carnaval:

> Há duas coisa
> Que me faz chorá
> É nó nas tripa
> E bataião navá!

De repente, numa esquina, surgira o pavoroso *abre-alas*, enquanto, acompanhado de urros, de pandeiros, de *xequeres*, um outro cordão surgia.

> Sou eu! Sou eu!
> Sou eu que cheguei aqui
> Sou eu Mina de Ouro
> Trazendo nosso Bogari.

Era intimativo, definitivo. Havia porém outro. E esse cantava adulçorado:

> Meu beija-flor
> Pediu para não contar
> O meu segredo
> A Iaiá.

> Só conto particular.
> Iaiá me deixe descansar
> Rema, rema, meu amor
> Eu sou o rei do pescador.

Na turba compacta o alarma correu. O cordão vinha assustador. À frente um grupo desenfreado de quatro ou cinco caboclos adolescentes com os sapatos desfeitos e grandes arcos pontudos corria abrindo as bocas em berros roucos. Depois um negralhão todo de penas, com a face lustrosa como piche, a gotejar suor, estendia o braço musculoso e nu sustentando o tacape de ferro. Em seguida gargolejava o grupo vestido de vermelho e amarelo com lantejoulas d'oiro a chispar no dorso das casacas e grandes cabeleiras de cachos, que se confundiam com a epiderme num empastamento nauseabundo. Ladeando o bolo, homens em tamancos ou de pés nus iam por ali, tropeçando, erguendo archotes, carregando serpentes vivas sem os dentes, lagartos enfeitados, jabutis aterradores com grandes gritos roufenhos.

Abriguei-me a uma porta. Sob a chuva de *confetti*, o meu companheiro esforçava-se por alcançar-me.

– Por que foges?
– Oh! estes cordões! Odeio o cordão.
– Não é possível!
– Sério!

Ele parou, sorriu:

– Mas que pensas tu? O cordão é o carnaval, o cordão é vida delirante, o cordão é o último elo das religiões pagãs. Cada um desses pretos ululantes tem por sob a belbutina e o reflexo discrômico das lantejoulas, tradições milenares; cada preta bêbada, desconjuntando nas tarlatanas amarfanhadas os quadris largos, recorda o delírio das procissões em Biblos pela época da primavera e a fúria rábida das bacantes. Eu tenho vontade, quando os vejo passar zabumbando, chocalhando, berrando, arrastando a

apoteose incomensurável do Rumor, de os respeitar, entoando em seu louvor a "prosódia" clássica com as frases de Píndaro – salve grupos floridos, ramos floridos da vida...
    Parei a uma porta, estendo as mãos.
    – É a loucura, não tem dúvida, é a loucura. Pois é possível louvar o agente embrutecedor das cefalgias e do horror?
    – Eu adoro o horror. É a única feição verdadeira da Humanidade. E por isso adoro os cordões, a vida paroxismada, todos os sentimentos tendidos, todas as cóleras a rebentar, todas as ternuras ávidas de torturas... Achas tu que haveria Carnaval se não houvesse os cordões? Achas tu que bastariam os préstitos idiotas de meia dúzia de senhores que se julgam engraçadíssimos ou esse pesadelo dos três dias gordos intitulado – máscaras de espírito? Mas o Carnaval teria desaparecido, seria hoje menos que a festa da Glória ou o "bumba meu boi" se não fosse o entusiasmo dos grupos da Gamboa, do Saco, da Saúde, de S. Diogo, da Cidade Nova, esse entusiasmo ardente, que meses antes dos três dias vem queimando como pequenas fogueiras crepitantes para acabar no formidável e total incêndio que envolve e estorce a cidade inteira. Há em todas as sociedades, em todos os meios, em todos os prazeres, um núcleo dos mais persistentes, que através do tempo guarda a chama pura do entusiasmo. Os outros são mariposas, aumentam as sombras, fazem os efeitos.
    Os cordões são os núcleos irredutíveis da folia carioca, brotam como um fulgor mais vivo e são antes de tudo bem do povo, bem da terra, bem da alma encantadora e bárbara do Rio.
    Quantos cordões julgas que há da Urca ao Caju? Mais de 200! E todos, mais de duas centenas de grupos, são inconscientemente os sacrários da tradição religiosa da dança, de um costume histórico e de um hábito infiltrado em todo o Brasil...

— Explica-te! bradei eu, fugindo para outra porta, sob uma avalanche de *confetti* e velhas serpentinas varridas de uma sacada.

Atrás de mim, todo sujo, com fitas de papel velho pelos ombros, o meu companheiro continuou:

— Eu explico. A dança foi sempre uma manifestação cultual. Não há danças novas; há lentas transformações de antigas atitudes de culto religioso. O bailado clássico das bailarinas do Scala e da Ópera tem uma série de passos do culto bramânico, o minueto é uma degenerescência da reverência sacerdotal, e o *cakewalk* e o *maxixe*, danças delirantes, têm o seu nascedouro nas correrias de Dionísios e no pavor dos orixalás da África. A dança saiu dos templos; em todos os templos se dançou, mesmo nos católicos.

O meu amigo falava intercortado, gesticulando. Começava a desconfiar da sua razão. Ele, entretanto, esticando o dedo, bradava no torvelinho da rua:

— O Carnaval é uma festa religiosa, é o misto dos dias sagrados de Afrodita e Dionísios, vem coroado de pâmpanos e cheirando a luxúria. As mulheres entregam-se; os homens abrem-se; os instrumentos rugem; e estes três dias ardentes, coruscantes são como uma enorme sangria na congestão dos maus instintos. Os cordões saíram dos templos! Ignoras a origem dos cordões? Pois eles vêm da festa de N. Sr.a do Rosário, ainda nos tempos coloniais. Não sei por que os pretos gostam da N. Sr.a do Rosário. Já naquele tempo gostavam e saíam pelas ruas vestidos de reis, de bichos, de pajens, de guardas, tocando instrumentos africanos, e paravam em frente à casa do Vice-Rei a dançar e cantar. De uma feita, pediram ao Vice-Rei um dos escravos para fazer de rei. O homem recusou a lisonja que dignificava o servo, mas permitiu os folguedos. E esses folguedos ainda subsistem com simulacros de batalha, e quase transformados, nas cidades do interior. Havia uma certa conexão nas frases do cavalheiro que me acompanhava; mas, cada vez mais receoso da apologia, eu andava agora quase a correr. Tive, porém, de parar. Era o "Grêmio Carnavalesco Destemidos do Inferno", arrastando seis estandartes cobertos de coroas de louro. Os homens e as mulheres, vestidos de preto, amarelo e encarnado, pingando suor, zé-pereiravam:

> Os roxinóis estão a cantar
> Por cima do caramanchão
> Os Destemidos do Inferno
> Tenho por eles paixão.

E logo vinha a chula:

> Como és tão linda!
> Como és formosa!
> Olha os destemidos
> No galho da rosa.

– Como é idiota!
– É admirável. Os poetas simbolistas são ainda mais obscuros. Ora escuta este, aqui ao lado.

Vinte e sete bombos e tambores rufavam em torno de nós com a fúria macabra de nos desparafusar os tímpanos. Voltei-me para onde me guiava o dedo conhecedor do Píndaro daquele desespero e vi que cerca de 40 seres humanos cantavam com o lábio grosso, úmido de cuspo, estes versos:

> Três vezes nove
> Vinte e sete
> Bela morena
> Me empresta seu leque
> Eu quero conhecer
> Quem é o treme terra?
> No campo de batalha
> Repentinos dá sinal da guerra.

Entretanto, os Destemidos tinham parado também. Vinham em sentido contrário, fazendo letras complicadas pela rua forrada de papel policromo, sob a ardência das lâmpadas e dos arcos, o grupo da "Rainha do Mar" e o grupo dos "Filhos do Relâmpago do Mundo Novo". Os da Rainha cantavam em bamboleios de onda:

> Moreninha bela
> Hei de te amar
> Sonhando contigo
> Nas ondas do mar.

Os do Relâmpago, chocalhando chocalhos, riscando xequedês, berravam mais apressados:

> No triná das ave
> Vem rompendo a aurora
> Ela de saudades
> Suspirando chora.
> Sou o Ferramenta
> Vim de Portugá
> O meu balão
> Chama Nacioná.

Senhor Deus! Era a loucura, o pandemônio do barulho e da sandice. O fragor porém aumentava, como se concentrando naquele ponto, e, esticando os pés, eu vi por trás da "Rainha do Mar" uma serenata, uma autêntica serenata com cavaquinhos, violões, vozes em ritornelo sustentando fermatas langorosas. Era a "Papoula do Japão":

> Toda a gente pressurosa
> Procura a flor em botão
> É uma flor recém-nascida
> A papoula do Japão

> Docemente se beijava
> Uma... rola
> Atraída pelo aroma
> Da... papoula...

– Vamos embora. Acabo tendo uma vertigem.

– Admira a confusão, o caos ululante. Todos os sentimentos, todos os fatos do ano reviravolteiam, esperneiam, enlanguescem, revivem nessas quadras feitas apenas para acertar com a toada da cantiga. Entretanto, homem frio, é o povo que fala. Vê o que é para ele a maior parte dos acontecimentos.

– Quantos cordões haverá nesta rua?

– Sei lá – 40, 80, 100, dançando em frente à redação dos jornais. Mas, caramba! olha o brilho dos grupos, louva-lhes a prosperidade. O cordão da Senhora do Rosário passou ao cordão de Velhos. Depois dos Velhos os Cucumbis. Depois dos Cucumbis os Vassourinhas. Hoje são 200.

– É verdade, com a feição feroz da ironia que esfaqueia os deuses e os céus – fiz eu recordando a frase apologista.

– Sim, porque a origem dos cordões é o *Afoxé* africano, dia em que se debocha a religião.

– O *Afoxé*? insisti, pasmado.

– Sim, o *Afoxé*. É preciso ver nesses bandos mais do que uma correria alegre – a psicologia de um povo. O cordão tem antes de tudo o sentimento da hierarquia e da ordem.

– A ordem na desordem?

– É um lema nacional. Cada cordão tem uma diretoria. Para as danças há dois fiscais, dois mestres-salas, um mestre de canto, dois porta-machados, um *achinagu* ou homem da frente, vestido ricamente. Aos títulos dos cordões pode-se aplicar uma das leis de filosofia primeira e concluir daí todas as ideias dominantes na populaça. Há uma infinidade que são caprichosos e outros teimosos. Perfeitamente pessoal da lira:

– Agora é capricho! Quando eu teimo, teimo mesmo!

Nota depois a preocupação de maravilhar, com ouro, com prata, com diamantes, que infundem o respeito da riqueza – Caju de Ouro, Chuveiro de Ouro, Chuva de Prata, Rosa de Diamantes, e às vezes coisas excepcionais e únicas – Relâmpago do Mundo Novo. Mas o da grossa população é a flor da gente, tendo da harmonia a constante impressão das gaitas, dos cavaquinhos, dos violões, desconhecendo a palavra, talvez apenas sentindo-a como certos animais que entendem discursos e sofrem a ação dos sons. Há quase tantos cordões intitulados Flor e Harmonia, como há Teimosos e Caprichosos. Um mesmo chama-se Flor da Harmonia, como há outro intitulado Flor do Café.

– Não te parece? Vai-se aos poucos detalhando a alma nacional nos estandartes dos cordões. Oliveira Gomes, esse ironista sutil, foi mais longe, estudou-lhes a zoologia. Mas, se há Flores, Teimosos, Caprichosos e Harmonias, os que querem espantar com riquezas e festas nunca vistas, há também os preocupados com as vitórias e os triunfos, os que antes de sair já são Filhos do Triunfo da Glória, Vitoriosos das Chamas, Vitória das Belas, Triunfo das Morenas.

– Acho gentil essa preocupação de deixar vencer as mulheres.

– A morena é uma preocupação fundamental da canalha. E há ainda mais, meu amigo, nenhum desses grupos intitula-se republicano, Republicanos da Saúde, por exemplo. E sabe por quê? Porque a massa é monarquista. Em compensação abundam os reis, as rainhas, os vassalos, reis de ouro, vassalos da aurora, rainhas do mar, há patriotas tremendos e a ode ao Brasil vibra infinita.

Neste momento tínhamos chegado a uma esquina atulhada de gente. Era impossível passar. Dançando e como que rebentando as fachadas com uma "pancadaria" formidável, estavam os do "Prazer da Pedra Encantada" e cantavam:

> Tanta folia, Nenê!
> Tanto namoro;
> A "Pedra Encantada" ai! ai!
> Coberta de ouro!

E o coro, furioso:

> Chegou o povo, Nenê Floreada
> É o pessoal, ai! ai!
> Da "Pedra Encantada".

Mas a multidão, sufocada, ficava em derredor da "Pedra" entaipada por outros quatro cordões que se encontravam numa confluência perigosa. Apesar do calor, corria um frio de medo; as batalhas de *confetti* cessavam; os gritos, os risos, as piadas apagavam-se, e só, convulsionando a rua, como que sacudindo as casas, como que subindo aos céus, o batuque confuso, epiléptico, dos atabaques, "xequedés", pandeiros e tambores, os pancadões dos bombos, os urros das cantigas berradas para dominar os rivais, entre trilos de apitos, sinais misteriosos cortando a zabumbada delirante como a chamar cada um dos tipos à realidade de um compromisso anterior. Eram a "Rosa Branca", negros lantejoulantes da Rua dos Cajueiros, os "Destemidos das Chamas", os "Amantes do Sereno" e os "Amantes do Beija-flor"! Os negros da "Rosa", abrindo muito as mandíbulas, cantavam:

> No Largo de S. Francisco
> Quando a corneta tocou
> Era o triunfo "Rosa Branca"
> Pela Rua do Ouvidô.

Os "Destemidos", em contraposição, eram patriotas:

> Rapaziada, bate,
> Bate com maneira
> Vamos dar um viva
> À bandeira brasileira

Os "Amantes do Sereno", dengosos, suavizavam:

> Aonde vais, Sereno
> Aonde vais, com teu amor?
> Vou ao Campo de Santana
> Ver a batalha de flô.

E no meio daquela balbúrdia infernal, como uma nota ácida de turba que chora as suas desgraças divertindo-se, que soluça cantando, que se mata sem compreender, este soluço mascarado, esta careta d'Arlequim choroso elevava-se do "Beija-Flor":

> A 21 de janeiro
> O "Aquidabã" incendiou
> Explodiu o paiol de pólvora
> Com toda gente naufragou

E o coro:

> Os filhinhos choram
> Pelos pais queridos
> As viúvas soluçam
> Pelos seus maridos.

Era horrível. Fixei bem a face intumescida dos cantores. Nem um deles sentia ou sequer compreendia a sacrílega menipeia desvairada do ambiente. Só a alma da turba consegue o prodígio de ligar o sofrimento e o gozo na mesma lei de fatalidade, só o povo diverte-se não esquecendo as suas chagas, só a populaça desta terra de sol encara sem pavor a morte nos sambas macabros do Carnaval.

– Estás atristado pelos versos do "Beija-Flor"? Há uma porção de grupos que comentam a catástrofe. Ainda há instantes passou a "Mina de Ouro". Sabes qual é a marcha dessa sociedade? Esta sandice tétrica:

> Corremos, corremos
> Povo brasileiro
> Para salvar do "Aquidabã"
> Os patriotas marinheiros.

Isto no Carnaval quando todos nós sentimos irreparável a desgraça. Mas o cordão perderia a sua superioridade de vivo reflexo da turba se não fosse esse misto indecifrável de dor e pesar. Todos os anos as suas cantigas comemoram as fatalidades culminantes.

Neste momento, porém, os "Amantes de Sereno" resolveram voltar. Houve um trilo de apito, a turba fendeu-se. Dois rapazinhos vestidos de belbutina começaram a fazer "letra" com grandes espadas de pau prateado, dando pulos quebrando o corpo. Depois, o *achinagu* ou homem da frente, todo coberto de lantejoulas, deu uma volta sob a luz clara da luz elétrica e o bolo todo golfou – diabos, palhaços, mulheres, os pobres que não tinham conseguido fantasias e carregavam os archotes, os fogos de bengala, as lâmpadas de querosene. A multidão aproveitou o vazio e precipitou-se. Eu e meu amigo caímos na corrente impetuosa.

Oh! sim! ele tinha razão! O cordão é o Carnaval, é o último elo das religiões pagãs, é bem o conservador do sagrado dia do Deboche ritual; o cordão é a nossa alma ardente, luxuriosa, triste, meio escrava e revoltosa, babando lascívia pelas mulheres e querendo maravilhar, fanfarrona, meiga, bárbara, lamentável...

Toda a rua rebentava no estridor dos bombos. Outras canções se ouviam. E, agarrado ao braço do meu amigo, arrastado pela impetuosa corrente aberta pela passagem dos "Amantes do Sereno", eu continuei rua abaixo, amarrado ao triundo e à fúria do Cordão!...

AS MARIPOSAS DO LUXO

– Olha, Maria...
– É verdade! Que bonito!
As duas raparigas curvam-se para a montra, com os olhos ávidos, um vinco estranho nos lábios.

Por trás do vidro polido, arrumados com arte, entre estatuetas que apresentam pratos com bugingangas de fantasia e a fantasia policroma de coleções de leques, os desdobramentos das sedas, das plumas, das *guipures*, das rendas...

É a hora indecisa em que o dia parece acabar e o movimento febril da Rua do Ouvidor relaxa-se, de súbito, como um delirante a gozar os minutos de uma breve acalmia. Ainda não acenderam os combustores, ainda não ardem a sua luz galvânica os focos elétricos. Os relógios acabaram de bater, apressadamente, seis horas. Na artéria estreita cai a luz acinzentada das primeiras sombras – uma luz muito triste, de saudade e de mágoa. Em algumas casas correm com fragor as cortinas de ferro. No alto, como o teto custoso do beco interminável, o céu, de uma pureza admirável, parecendo feito de esmaltes translúcidos superpostos, rebrilha, como uma joia em que se tivessem fundido o azul de Nápoles, o verde perverso de Veneza, os oiros e as pérolas do Oriente.

Já passaram as *professional beauties*, cujos nomes os jornais citam; já voltaram da sua hora de costureiro ou de joalheiro as damas do alto tom; os nomes condecorados da

Finança e os condes do Vaticano e os rapazes elegantes e os deliciosos vestidos claros airosamente ondulantes já se sumiram, levados pelos "autos", pelas parelhas fidalgas, pelos bondes burgueses. A rua tem de tudo isso uma vaga impressão, como se estivesse sob o domínio da alucinação, vendo passar um préstito que já passou. Há um hiato na feira das vaidades: sem literatos, sem *poses*, sem *flirts*. Passam apenas trabalhadores de volta da faina e operárias que mourejaram todo o dia.

Os operários vêm talvez mal-arranjados, com a lata do almoço presa ao dedo mínimo. Alguns vêm de tamancos. Como são feios os operários ao lado dos mocinhos bonitos de ainda há pouco! Vão conversando uns com os outros, ou calados, metidos com o próprio eu. As raparigas ao contrário: vêm devagar, muito devagar, quase sempre duas a duas, parando de montra em montra, olhando, discutindo, vendo.

– Repara só, Jesuína...
– Ah! minha filha. Que lindo!...

Ninguém as conhece e ninguém nelas repara, a não ser um ou outro caixeiro em mal de amor ou algum pícaro sacerdote de conquistas.

Elas, coitaditas! passam todos os dias a essa hora indecisa e parecem sempre pássaros assustados, tontos de luxo, inebriados de olhar. Que lhes destina no seu mistério a Vida cruel? Trabalho, trabalho; a perdição, que é a mais fácil das hipóteses; a tuberculose ou o alquebramento numa ninhada de filhos. Aquela rua não as conhecerá jamais. Aquele luxo será sempre a sua quimera.

São mulheres. Apanham as migalhas da feira. São as anônimas, as fulanitas do gozo, que não gozam nunca. E então, todo dia, quando o céu se rocalha de ouro e já andam os relógios pelas seis horas, haveis de vê-las passar, algumas loiras, outras morenas, quase todas mestiças. A mocidade dá-lhes a elasticidade dos gestos, o jeito bonito de andar e essa beleza passageira que chamam – do diabo. Os vestidos são pobres: saias escuras, sempre as mesmas; blusa de chitinha rala. Nos dias de chuva um parágua e a indefectível pelerine. Mas essa miséria é limpa, escovada. As botas rebrilham, a saia não tem uma poeira, as mãos foram cuidadas. Há nos lóbulos de algumas orelhas brincos simples, fechando as blusas lavadinhas, broches "montana", donde escorre o fio de uma *chatelaine*.

Há mesmo anéis – correntinhas de ouro, pedras que custam barato; coralinas, lápis-lazúli, turquesas falsas. Quantos sacrifícios essa limpeza não representa? Quantas concessões não atestam, talvez, os modestos pechisbeques!

Elas acordaram cedo, foram trabalhar. Voltam para o lar sem conforto, com todas as ardências e os desejos indomáveis dos 20 anos.

A rua não lhes apresenta só o amor, o namoro, o desvio... Apresenta-lhes o luxo. E cada montra é a hipnose e cada *rayon* de modas é o foco em torno do qual reviravolteiam e anseiam as pobres mariposas.

– Ali no fundo, aquele chapéu...
– O que tem uma pluma?
– Sim, uma pluma verde... Deve ser caro, não achas?

São duas raparigas, ambas morenas. A mais alta alisa instintivamente os bandós, sem chapéu, apenas com pentes de ouro falso. A montra reflete-lhe o perfil entre as plumas, as rendas de dentro; e enquanto a outra afunda o olhar nos veludos que realçam toda a espetaculização do luxo, enquanto a outra sofre aquela tortura de Tântalo, ela mira-se, afina com as duas mãos a cintura, parece pensar coisas graves. Chegam, porém, mais duas. A pobreza feminina não gosta dos flagrantes de curiosidade invejosa. O par que chega, por último, para hesitante. A rapariga alta agarra o braço da outra:

– Anda daí! Pareces criança.
– Que véus, menina! que véus!...
– Vamos. Já escurece.

Param, passos adiante, em frente às enormes vitrinas de uma grande casa de modas. As montras estão todas de branco, de rosa, de azul; desdobram-se em sinfonias de cores suaves e claras, dessas cores que alegram a alma. E os tecidos são todos leves – irlandas, *guipures*, *pongées*, rendas. Duas bonecas de tamanho natural – as deusas do *"Chiffon"* nos altares da Frivolidade – vestem com uma elegância sem par; uma de branco, *robe Empire*; outra de rosa, com um chapéu cuja pluma negra deve custar talvez 200 mil-réis.

Quanta coisa! quanta coisa rica! Elas vão para a casa acanhada jantar, aturar as rabugices dos velhos, despir a blusa de chita – a mesma que hão de vestir amanhã... E estão tristes. São os pássaros sombrios no caminho das tentações. Mordelhes a alma a grande vontade de possuir, de ter o esplendor que se lhes nega na polidez espelhante dos vidros.

Por que pobres, se são bonitas, se nasceram também para gozar, para viver?

Há outros pares gárrulos, alegres, doudivanas, que riem, apontam, esticam o dedo, comentam alto, divertem-se, talvez mais felizes e sempre mais acompanhadas. O par alegre entontece diante de uma casa de flores, vendo as grandes *corbeilles*, o arranjo sutil das avencas, dos cravos, das angélicas, a graça ornamental dos copos-de-leite, o horror atraente das parasitas raras.

– Sessenta mil-réis aquela cesta! Que caro! Não é para enterro, pois não?

– Aquilo é para as mesas. Olhe aquela florzinha. Só uma, por 20 mil-réis.

– Você acha que comprem?

– Ora, pra essas moças... os homens são malucos.

As duas raparigas alegres encontram-se com as duas tristes defronte de uma casa de objetos de luxo, porcelanas, tapeçarias. Nas montras, com as mesmas atitudes, as estátuas de bronze, de prata, de terracota, as cerâmicas de cores mais variadas repousam entre tapetes estranhos, tapetes nunca vistos, que parecem feitos de plumas de chapéu. Que engraçado! Como deve ser bom pôr os pés na maciez daquela plumagem! As quatro trocam ideias.

— De que será?

A mais pequena lembra perguntar ao caixeiro, muito importante, à porta. As outras tremem.

— Não vá dar uma resposta má...
— Que tem?

Hesita, sorri, indaga:

— O senhor faz favor de dizer... Aqueles tapetes?...

O caixeiro ergue os olhos irônicos.

— Bonitos, não é? São de cauda de avestruz. Foram precisos 40 avestruzes para fazer o menor. A senhora deseja comprar?

Ela fica envergonhadíssima; as outras também. Todas riem tapando os lábios com o lenço, muito coradas e nervosas.

Comprar! Não ter dinheiro para aquele tapete extravagante parece-lhes ao mesmo tempo humilhante e engraçado.

— Não, senhor, foi só para saber. Desculpe...

E partem. Seguem como que enleadas naquele enovelamento de coisas capitosas — montras de rendas, montras de perfumes, montras de *toilettes*, montras de flores — a chamá-las, a tentá-las, a entontecê-las com o corrosivo desejo de gozar. Afinal, param nas montras dos ourives.

Toda a atmosfera já tomou um tom de cinza escuro. Só o céu de verão, no alto, parece um dossel de paraíso, com o azul translúcido a palpitar uma luz misteriosa. Já começaram a acender os combustores na rua, já as estrelas de ouro ardem no alto. A rua vai de novo precipitar-se no delírio.

Elas fixam a atenção. Nenhuma das quatro pensa em sorrir. A joia é a suprema tentação. A alma da mulher exterioriza-se irresistivelmente diante dos adereços. Os olhos cravam-se ansiosos, numa atenção comovida que guarda e quer conservar as minúcias mais insignificantes. A prudência das crianças pobres fá-las reservadas.

– Oh! aquelas pedras negras!
– Três contos!
Depois, como se ao lado de um príncipe invisível estivesse a querer recompensar a mais modesta, comentam as joias baratas, os objetos de prata, as bolsinhas, os broches com corações, os anéis insignificantes.
– Ah! se eu pudesse comprar aquele!
– É só 45! E aquele relojinho, vês? de ouro...
Mas, lá dentro, o joalheiro abre a comunicação elétrica, e de súbito, a vitrina, que morria na penumbra, acende violenta, crua, brutalmente, fazendo faiscar os ouros, cintilar os brilhantes, coriscar os rubis, explodir a luz veludosa das safiras, o verde das esmeraldas, as opalas, os esmaltes, o azul das turquesas. Toda a montra é um tesouro no brilho cegador e alucinante das pedrarias.

Elas olham sérias, o peito a arfar. Olham muito tempo e, ali, naquele trecho de rua civilizada, as pedras preciosas operam, nas sedas dos escrínios, os sortilégios cruéis dos antigos ocultistas. As mãozinhas bonitas apertam o cabo da sombrinha como querendo guardar um pouco de tanto fulgor; os lábios pendem no esforço da atenção; um vinco ávido acentua os semblantes. Onde estará o Príncipe Encantador? Onde estará o velho D. João?

Um suspiro mais forte – a coragem da que se libertou da hipnose – fá-las despegar-se do lugar. É noite. A rua delira de novo. À porta dos cafés e das confeitarias, homens, homens, um estridor, uma vozeria. Já se divisam perfeitamente as pessoas no Largo de S. Francisco – onde estão os bondes para a Cidade Nova, para a Rua da América, para o Saco. Elas tomam um ar honesto. Os tacões das botinas batem no asfalto. Vão como quem tem pressa, como quem perdeu muito tempo.

Da Avenida Uruguaiana para diante não olham mais nada, caladas, sem comentários.

Afinal chegam ao Largo. Um adeus, dois beijos, "até amanhã!".

Até amanhã! Sim, elas voltarão amanhã, elas voltam todo dia, elas conhecem nas suas particularidades todas as montras da Feira das Tentações; elas continuarão a passar, à hora do desfalecimento da artéria, mendigas do luxo, eternas fulanitas da vaidade, sempre com a ambição enganadora de poder gozar as joias, as plumas, as rendas, as flores.

Elas hão de voltar, pobrezinhas – porque a esta hora, no canto do bonde, tendo talvez ao lado o conquistador de sempre, arfa-lhes o peito e têm as mãos frias com a ideia desse luxo corrosivo. Hão de voltar, caminho da casa, parando aqui, parando acolá, na embriaguez da tentação – porque a sorte as fez mulheres e as fez pobres, porque a sorte não lhes dá, nesta vida de engano, senão a miragem do esplendor para perdê-las mais depressa.

E haveis então de vê-las passar, as mariposas do Luxo, no seu passinho modesto, duas a duas, em pequenos grupos, algumas loiras, outras morenas...

A FOME NEGRA

De madrugada, escuro ainda, ouviu-se o sinal de acordar. Raros ergueram-se. Tinha havido serão até a meia-noite. Então, o feitor, um homem magro, corcovado, de tamancos e beiços finos, o feitor, que ganha 200 mil-réis e acha a vida um paraíso, o Sr. Correia, entrou pelo barracão onde a manada de homens dormia com a roupa suja e ainda empapada do suor da noite passada.

– Eh lá! rapazes, acorda! Quem não quiser, roda. Eh lá! Fora!

Houve um rebuliço na furna sem ar. Uns sacudiam os outros amedrontados, com os olhos só a brilhar na face cor de ferrugem; outros, prostrados, nada ouviam, com a boca aberta, babando.

– Ó João, olha o café...

– Olha o café e olha o trabalho! Ai, raios me partam! Era capaz de dormir até amanhã.

Mas, já na luz incerta daquele quadrilátero, eles levantavam-se, impelidos pela necessidade como as feras de uma *ménagerie* ao chicote do domador. Não lavaram o rosto, não descansaram. Ainda estremunhados, sorviam uma água quente, da cor do pó que lhes impregnava a pele, partindo o pão com escaras da mesma fuligem metálica, e poucos eram os que se sentavam, com as pernas em compasso, tristes.

Estávamos na Ilha da Conceição, no trecho hoje denominado – a Fome Negra. Há aí um grande depósito de manganês e, do outro lado da pedreira que separa a ilha, um depósito de carvão. Defronte, a algumas braçadas de remo, fica a Ponta de Areia com a Cantareira, as obras do porto fechando um largo trecho coalhado de barcos. Para além, no mar tranquilo, outras ilhas surgem, onde o trabalho escorcha e esmaga centenares de homens.

Logo depois do café, os pobres seres saem do barracão e vão para a parte norte da ilha, onde a pedreira refulge. Há grandes pilhas de blocos de manganês e montes de piquiri em pó, em lascas finas. No solo, coberto de uma poeira negra com reflexos de bronze, há *rails* para conduzir vagonetes do minério até o lugar da descarga. O manganês, que a Inglaterra cada vez mais compra ao Brasil, vem de Minas até a Marítima em estrada de ferro; daí é conduzido em batelões e saveiros até as ilhas Bárbara e da Conceição, onde fica em depósito.

Quando chega vapor, de novo removem o pedregulho para os saveiros e de lá para o porão dos navios. Esse trabalho é contínuo, não tem descanso. Os depósitos cheios, sem trabalho de carga para os navios, os trabalhadores atiram-se à pedreira, à rocha viva. Trabalha-se dez horas por dia, com pequenos intervalos para as refeições, e ganha-se cinco mil-réis. Há, além disso, o desconto da comida, do barracão onde dormem, 1.500; de modo que o ordenado da totalidade é de oito mil-réis. Os homens gananciosos aproveitam então o serviço da noite, que é pago até de manhã por 3.500 e até meia-noite pela metade disso, tendo, naturalmente, o desconto do pão, da carne e do café servidos durante o labor.

É uma espécie de gente essa que serve às descargas do carvão e do minério e povoa as ilhas industriais da baía, seres embrutecidos, apanhados a dedo, incapazes de ter ideias. São quase todos portugueses e espanhóis, que chegam da aldeia, ingênuos. Alguns saltam da proa do navio para o saveiro do trabalho tremendo, outros aparecem pela Marítima sem saber o que fazer e são arrebanhados pelos agentes. Só têm um instinto: juntar dinheiro, a ambição voraz que os arrebenta de encontro às pedras inutilmente. Uma vez apanhaddos pelo mecanismo de aços, ferros e carne humana, uma vez utensílio apropriado ao andamento da máquina, tornam-se autômatos com a teimosia de objetos movidos a vapor. Não têm nervos, têm molas; não têm cérebros, têm músculos hipertrofiados. O superintendente do serviço berra, de vez em quando:

– Isto é para quem quer! Tudo aqui é livre! As coisas estão muito ruins, sujeitemo-nos. Quem não quiser é livre!

Eles vieram de uma vida de geórgicas paupérrimas. Têm a saudade das vinhas, dos prados suaves, o pavor de voltar pobres e, o que é mais, ignoram absolutamente a cidade, o Rio; limitam o Brasil às ilhas do trabalho, quando muito aos recantos primitivos de Niterói. Há homens que, dois anos depois de desembarcar, nunca pisaram no Rio, e outros que, passando quase uma existência na ilha, voltaram para a terra com algum dinheiro e a certeza da morte.

Vivem quase nus. No máximo, uma calça em frangalhos e uma camisa de meia. Os seus conhecimentos reduzem-se à marreta, à pá, ao dinheiro; o dinheiro que a pá levanta para o bem-estar dos capitalistas poderosos; o dinheiro, que os recurva em esforços desesperados, lavados de suor, para que os patrões tenham carros e bem-estar. Dias inteiros de bote, estudando a engrenagem dessa vida esfalfante, saltando nos paióis ardentes dos navios e das ilhas inúmeras, esses pobres entes fizeram-me pensar num pesadelo de Wells, a realidade da *História dos tempos futuros*, o pobre a trabalhar para os sindicatos, máquina incapaz de poder viver de outro modo, aproveitada e esgotada. Quando um deles é despedido, com a lenta preparação das palavras sórdidas dos feitores, sente um tão grande vácuo, vê-se de tal forma só, que vai rogar outra vez para que o admitam.

À proporção que eu os interrogava e o sol acendia labaredas por toda a ilha, minha sentimentalidade ia fenecendo. Parte dos trabalhadores atirou-se à pedreira, rebentando as pedras. As marretas caíam descompassadamente em retintins metálicos nos blocos enormes. Os outros perdiam-se nas rumas do manganês, agarrando os pedregulhos pesados com as mãos. As pás raspavam o chão, o piquiri caía pesadamente nos vagonetes, outros puxavam-nos até a beira d'água, onde as tinas de bronze os esvaziavam nos saveiros.

Durante horas, esse trabalho continuou com uma regularidade alucinante. Não se distinguiam bem os seres das pedras do manganês: o raspar das pás replicava ao bater das marretas, e ninguém conversava, ninguém falava! A certa hora do dia veio a comida. Atiraram-se aos pratos de folha, onde, em água quente, boiavam vagas batatas e vagos pedaços de carne, e um momento só se ouviu o sôfrego sorver e o mastigar esfomeado.

Acerquei-me de um rapaz.

– O teu nome?

– O meu nome para quê? Não digo a ninguém.

Era a desconfiança incutida pelo gerente, que passeava ao lado, abrindo a chaga do lábio num sorriso sórdido.

– Que tal achas a sopa?

– Bem boa. Cá uma pessoa come. O corpo está acostumado, tem três pães por dia e três vezes por semana bacalhau.

Engasgou-se com um osso. Meteu a mão na goela e eu vi que essa negra mão rebentava em sangue, rachava, porejando um líquido amarelado.

– Estás ferido?

– É do trabalho. As mãos racham. Eu estou só há três meses. Ainda não acostumei.

– Vais ficar rico?

Os seus olhos brilhavam de ódio, um ódio de escravo, e de animal sovado.

– Até já nem chegam os baús para guardar o ouro.
Depois, numa franqueza:
– Ganha-se uma miséria. O trabalho faz-se, o mestre diz que não há... Mas, o dinheiro mal chega, homem, vai-se todo no vinho que se manda buscar.
Era horrendo. Fui para outro e ofereci-lhe uma moeda de prata.
– Isso é para mim?
– É, mas se falares a verdade.
– Ai! que falo, meu senhor...
Tinha um olhar verde, perturbado, um olhar de vício secreto.
– Há quanto tempo aqui?
– Vai para dois anos.
– E a cidade não conheces?
– Nunca lá fui, que a perdição anda pelos ares...
Este também se queixa da falta de dinheiro porque manda buscar sempre outro almoço. Quanto ao trabalho, estão convencidos que neste país não há melhor. Vieram para ganhar dinheiro, é preciso ou morrer ou fazer fortuna. Enquanto falavam, olhavam de soslaio para o Correia e o Correia torcia o cigarro, à espreita, arrastando os socos no pó carbonífero.
– Deixe que vá tratar do meu serviço – segredavam eles quando o feitor se aproximava. – Ai! que não me adianta nada estar a contar-lhe a minha vida.
O trabalho recomeçou. O Correia, cozido ao sol, bamboleava a perna, feliz. Como a vida é banal! Esse Correia é um tipo que existe desde que na sociedade organizada há o intermediário entre o patrão e o servo. Existirá eternamente, vivendo de migalhas de autoridade contra a vida e independência dos companheiros de classe.
Às duas horas da tarde, nessa ilha negra, onde se armazenam o carvão, o manganês e a pedra, o sol queimava. Vinha do mar, como infestado de luz, um sopro de brasa;

ao longe, nas outras ilhas, o trabalho curvava centenas de corpos, a pele ardia, os pobres homens encobreados, com os olhos injetados, esfalfavam-se, e mestre Correia, dançarinando o seu passinho:

– Vamos gente! Eh! Nada de perder tempo. V. S.ª não imagina. Ninguém os prende e a ilha está cheia. Vida boa!

Foram assim até a tarde, parando minutos para logo continuar. Quando escureceu de todo, acenderam-se as candeias e a cena deu no macabro.

Do alto, o céu coruscava, incrustado de estrelas, um vento glacial passava, fogo-factuando a chama tênue das candeias, e, na sombra, sombras vagas, de olhar incendido, raspavam o ferro, arrancando da alma longos gemidos de esforço. Como se estivesse junto do cabo e um batelão largasse, saltei nele com um punhado de homens.

Íamos a um vapor que partia de madrugada. No mar, a treva mais intensa envolvia o *steamer*, um transporte inglês com a carga especial do minério. O comandante fora ao Cassino; alguns *boys* pouco limpos pendiam da murada com um cozinheiro chinês, de óculos. Uma luz mortiça iluminava o convés. Tudo parecia dormir. O batelão, porém, atracava, fincavam-se as candeias; quatro homens ficavam de um lado, quatro de outro, dirigidos por um preto que corria pelas bordas do barco, de tamancos, dando gritos guturais, e os homens nus, suando apesar do vento, começavam a encher enormes tinas de bronze que o braço de ferro levantava num barulho de trovoada, despejava, deixava cair outra vez.

Entre a subida e a descida da tina fatal, eu os ouvia:

– O minério! É o mais pesado de todos os trabalhos. Cada pedra pesa quilos. Depois de se lidar algum tempo com isso, sentem-se os pés e as mãos frios; e o sangue, quando a gente se corta, aparece amarelo... É a morte.

– De que nacionalidade são vocês?

— Portugueses... Na ilha há poucos espanhóis e homens de cor. Somos nós os fortes.

O fraco, deviam dizer; o fraco dessa lenta agonia de rapazes, de velhos, de pais de famílias numerosas.

Para os contentar, perguntei:

— Por que não pedem a diminuição das horas de trabalho?

As pás caíram bruscas. Alguns não compreendiam, outros tinham um risinho de descrença:

— Para que, se quase todos se sujeitam?

Mas, um homem de barbas ruivas, tisnado e velho, trepou pelo monte de pedras e estendeu as mãos:

— Há de chegar o dia, o grande dia!

E rebentou como um doido, aos soluços, diante dos companheiros atônitos.

AS MULHERES MENDIGAS

A mendicidade é a exploração mais regular, mais tranquila desta cidade. Pedir, exclusivamente pedir, sem ambição aparente e sem vergonha, assim à beira da estrada da vida, parece o mais rendoso ofício de quantos tenham aparecido; e a própria miséria, no que ela tem de doloroso e de pungente, sofre com essa exploração.

É preciso estudar a sociedade complicada e diversa dos que pedem esmola, adivinhar até onde vai a verdade e até onde chega a malandrice, para compreender como a polícia descura o agasalho da invalidez e a toleima incauta dos que dão esmolas.

Entre os homens mendigos há irmãos da opa, agentes de depravação viciados, profissionais de doenças falsas, mascarando um formidável cenário de dores e aniquilamento. Só depois de um longo convívio é que se pode assistir à iniciação da maçonaria dos miseráveis, os estudos de extorsão pelo rogo, toda a tática lenta do pedido em nome de Deus que, às vezes, acaba em pancada. Os homens exploradores não têm brio. As mulheres, só quando são realmente desgraçadas é que não mentem e não fantasiam. São, entretanto, as mais incríveis.

Foi Pietro Mazzoli, um mendigo cínico, que para sempre no Largo do Capim, quem me apontou o meio diverso da mendicidade das mulheres. Pietro é baixo, reforçado, corado. Puxa sempre a suíça potente, com o minúsculo chapeuzinho posto ao lado, sobre a juba enorme e cheia de lêndeas. É mendigo por desfastio e comodidade. Soldado, fugiu do serviço militar como criado de bordo. Em Buenos Aires fez-se inculcador de casas suspeitas, porteiro do mesmo gênero, *cáften*, barítono de café cantante, preso. No Rio, sendo-lhe habitual a prisão, já foi cego, torto das pernas, aleijado de carrinho, corcunda, maneta, atacado do mal de S. Guido. É o Frégoli da miséria. Antes de se estabelecer mendigo, andou pelo Estado do Rio fazendo dançar um urso que era um companheiro de malandragens. Essa pilhéria do urso nada autêntico valeu-lhe uma sova e três anos de prisão. Homem de tal jaez conhece todos os truques, a falsa miséria e a verdadeira, a exploração e a dor sentida. É ele quem nos inicia.

Há mendigas burguesas, mendigas mães de família, alugadas, dirigidas por *cáftens*, cegas que veem admiravelmente bem, chaguentas lépidas, cartomantes ambulantes, vagabundas, e uma série de mulheres perdidas cuja estrela escureceu na mais aflitiva desgraça.

Nos pontos dos bondes, pelas ruas, guiadas sempre por crianças de faces inexpressivas, vemos tristes criaturas com as mãos estendidas, mastigando desejos para a nossa salvação, com a ajuda de Deus.

Há Antônia Maria, a Zulmira, a viúva Justina, a D. Ambrosina, a excelente e anafada tia Josefa; umas magras, amparadas aos bordões, chorando humildades; outras gordas, movendo a mole do corpo com tremidinhos de creme. Às portas das igrejas param, indagam quem entra, a ver se a missa é de gente rica; postam-se nas escadarias, agachadas, salmodiando funerariamente, olhando com rancor os mendigos – negros roídos de alcoolismo, velhos a tremer de sífilis. A lista dessas senhoras é interminável, e há entre elas, negócios à parte, uma interessante sociabilidade. Cada uma tem o seu bairro a explorar, a sua igreja, o seu ponto livre de incômodos imprevistos. Quando aparece alguma neófita, olham-na furiosas e martirizam-na como nas escolas aos estudantes calouros.

Têm, naturalmente, uma vida regrada a cronômetro suíço, criaturas tão convencidas do seu ofício. Saem de casa às seis da manhã, ouvem missa devotamente porque acreditam em Deus e usam ao peito medalhinhas de santos.

Depois, postam-se à porta até que a última missa tenha dado a receita suficiente às várias dependências do templo, vão almoçar e começam a peregrinação pelos bondes, de porta em porta, até à hora de jantar. Uma, a Isabel Ferreira, cabocla esguia e má, pede à noite e confessa que isso dá uma nota mais lúgubre, mais emocionante ao pedido.

Ao passar por essa gente sentem todos o fraco egoísmo da bondade e, cinco ou seis dias depois de as conversar, percebe-se que esmolar é apenas uma profissão menos fatigante que coser ou lavar – e sem responsabilidades, na sombra, na pândega. A maior parte dessas senhoras não sofre moléstia alguma; sustenta a casa arrumadinha, canja aos domingos, fatiotas novas para os grandes dias. São, ou dizem-se, quase sempre viúvas.

Algumas, embrulhadas em xales pretos, acompanhadas de dois ou três petizes, as mais das vezes alugados – como uma certa mulher cor de cera, chamada Rosa –, percorrem os estabelecimentos comerciais, ou lugares de agitação; sobem às redações dos jornais, forçando a esmola, agarrando, implorando. A D. Rosa, para dizer o seu nome e a inaudita felicidade da vida numa rede de mentiras, arrancou-me cinco mil-réis, com precipitação, arte e destreza tais que, quando dei por mim, já ia longe com os petizes e a nota.

Não há uma só cuja coleta diária seja menor de dez mil-réis, e cada qual pede a seu modo, invadindo até as sacristias das igrejas. A Francisca Soares, da igreja de S. Francisco, envolta em uma mantilha de velho merinó, começa sempre louvando os irmãos benfeitores pintados pelo Sr. Petit.

Que retratos! Estão tal qual, certinhos! Depois, pergunta-nos se não temos *coupons* de volta dos bondes, arrisca-se a implorar o tostão em troca do *coupon* e, quando vê a moeda, fala mais do Sr. Petit e acha pouco. Outras, dotadas de grande vocação dramática, sussurram, com a face decomposta, a angústia de um irmão morto em casa, sem dinheiro para o caixão. O resto, sem inventiva, macaqueia o multiformismo da invalidez, rezando.

A esmola, apesar da crise econômica que os jornais proclamam, subiu. Não há quem dê moeda de cobre a um mendigo sem o temor de desgostá-lo ou de levar uma descompostura cheia de pragas, que nessas bocas repuxadas causam uma dolorosa impressão de dor e de confrangimento.

Logo de manhã, quando nas torres os sinos tangem, a tropa sobe para a igreja.

– Bom dia, D. Guilhermina.
– Bom dia, D. Antônia. Como vai dos seus incômodos?
– O reumatismo não me deixa. É desta laje fria.
– Que se há de fazer? É a vontade de Deus. Então, hoje, missas boas?
– Li no jornal: às nove e meia a do general... Mas, não contemos. Os ricaços estão cada vez mais sovinas.

Aconchegam-se, tomam posição e, pouco depois, os níqueis começam a cair e as vozes de dentro dos xales a sussurrar:

– Deus vos acompanhe! Deus lhe pague! Deus lhe dê um bom fim!

Há até certos lugares rendosos que são vendidos como as cadeiras de engraxate e os *fauteuils* de teatro.

As mendigas alugadas são em geral raparigas com disposições lamurientas, velhas cabulosas aproveitadas pelos agentes da falsa mendicidade, com ordenado fixo e porcentagem sobre a receita. Encontrei duas moças – uma de Minas, outra da Bahia – Albertina e Josefa, e um bando de velhas nesse emprego. As raparigas são uma espécie de pupilas da

Sr.a Genoveva que mora na Gamboa. Josefa, picada de bexiga, só espera o meio de se ver fora do jugo; Albertina, tísica, tossindo e escarrando, apresenta um atestado que a dá por mãe de três filhos.

O atestado é, de resto, um dos meios de embaçamento público.

Certo *cáften*, morador nos subúrbios, chamado Alfredo, tem por sua conta um par de raparigas – a Jovita italiana, e a parda Maria. A Jovita foi, a princípio, criada; fugiu com um rapaz, abandonou-o e caiu na exploração da mendicidade com o Sr. Alfredo. Maria é a história de Jovita, um pouco mais escurecida. Ambas têm atestado em bela letra, dizendo as desgraças que lhe vão por casa e o cadáver à espera do caixão.

Como Jovita é bonita, os subscritores são tão numerosos que ela pode fazer, sem cuidado, alguns enterramentos por semana. Às sete da noite, tomam as duas o trem na Central e quando se sentem seguidas, saltam em estações diferentes, metem-se nos bondes – tudo isso muito alegres e defendendo o Sr. Alfredo com grande dedicação.

O gênero é relativamente agradável, à vista dos outros – o das vagabundas ladras e das pitonisas ambulantes, grupo de que são figuras principais as Sr.as Concha e Natividad, espanholas, e a Sr.a Eulália – cigana exótica. A Sr.a Concha, por exemplo, é cleptômana, e dessa tara lhe vem a profissão – da tara e da inépcia policial. Quando cocotte, Concha teve amantes ricos e roubava-lhes o relógio, os lenços, os alfinetes, por diversão.

Foi presa por um inglês sisudo, e partiu para Lisboa, onde repetiu a cena tantas vezes que aos poucos se viu na necessidade de voltar ao Brasil como criada. Roubou de novo, foi outra vez presa e resolveu ser cartomante andarilha, ler a *buena dicha* pelos bairros pobres, pelas estalagens, só para roubar. É gordinha, anda arrimada a um cacete, fingindo ter úlceras nas pernas. Aproxima-se, pede a esmola como quem pergunta se as coisas vão mal.

— Deus a favoreça!

— Você tem cara de ser feliz! Vamos ver a *suerte del barajo*.*

E tira do seio um maço de cartas. Quem nestas épocas de dispersivas crenças deixará de saber da própria sorte? Mandam-na entrar e ela conta histórias às famílias enquanto empalma objetos e alguns níqueis agradecidos.

Natividad e Eulália seguem o mesmo processo, mas Eulália, aduncamente cigana, lê nas mãos deformadas e calosas dos trabalhadores, enquanto as suas apalpam os bolsos do cliente.

Do fundo desse emaranhamento de vício, de malandragem, de gatunice, as mulheres realmente miseráveis são em muito maior número do que se pensa, criaturas que rolaram por todas as infâmias e já não sentem, já não pensam, despidas da graça e do pudor. Para estas basta um pão enlameado e um níquel; basta um copo de álcool para as ver taramelar, recordando a existência passada.

Vivem nas praças, no Campo da Aclamação; dormem nos morros, nos subúrbios, passam à beira dos quiosques, na Saúde, em S. Diogo, nos grandes centros de multidões baixas, apanhando as migalhas dos pobres e olhando com avidez o café das companheiras. Eu encheria tiras de papel sem conta, só com o nome dessas desgraças a quem ninguém pergunta o nome, senão nas estações, entre cachações de soldados e a *pose* pantafaçuda dos inspetores; e seria um livro horrendo, aquele que contasse com a simples verdade todas as vidas anônimas desses fantásticos seres de agonia e de miséria! Andam por aí ulceradas, sujas, desgrenhadas, com as faces intumescidas e as bocas arrebentadas pelos socos, corridas a varadas dos quiosques, vaiadas pela

---

* Sorte no baralho (NE).

garotada. Nas noites de chuva, sob os açoites da ventania, aconchegam-se pelos portais, metem-se pelos socavões, tiritando... Às vezes, para cúmulo de desgraça, aparecem grávidas, sem saber como, à mercê da horda de vagabundos que as viola, que as tortura, que as bate, sem lhes conceder ao menos a piedade do nojo; e os filhos morrem, desaparecem, levados na tristura do seu soluçante existir, estrangulados, talvez, nos inúmeros recantos que a milícia do nosso duplo policiamento ignora.

Acompanhado do cínico Mazzoli, ouvi-lhes as confissões inauditas. Pela noite alta, íamos os dois para o Largo da Sé, para as beiradas da Santa Casa, e, diante de nós, esses semblantes alanhados de sofrimento, os olhos em pranto, como um bando de espertos, desvendaram-nos os paroxismos da vida antiga.

Eram amorosas exploradas, ardendo ainda em raiva passional, eram vítimas do caftismo sentindo no lábio o freio de lenocínio, eram cocotes do *chic*, escalavradas de sífilis, na dor do luxo passado, e velhas, velhas sem pecado, que a miséria, a ingratidão e a misteriosa fatalidade desfaziam nos mais amargurados transes. Nunca os descabelados românticos imaginaram tão torvos quadros.

Já quando se lhes pergunta o nome com bondade, a surpresa estala em choro.

– Chamo-me Zoarda. Sou cubana. Vim para o Rio com um *pelotari*. Ao chegar aqui, outro conquistou-me. Fui explorada por ambos. Eram bonitos, eram fortes! Adoeci; eles tomaram outra. Quando saí do hospital só pensava em matá-la!

– A quem?

– A ela, a outra. Fui, entretanto, presa e novamente segui para a Gamboa, onde cheguei a ser enfermeira. Quando de lá saí, roída pela moléstia, estava este trapo à espera do *Zé-Maria*.

– O *Zé-Maria*?

– Sim, da morte!

Zoarda vive a fingir que tem barriga-d'água.

– Josefina Veral, sim senhor. Vim como criada. Um homem raptou-me; vivi com ele seis anos. Entreguei-me à prostituição explorada por dois malandros. Roubavam-me, a moléstia acabou a obra... Não posso trabalhar.

E de dentro de sua negra boca saem descrições satânicas da vida que a inutilizara.

– Ema Rosnick, nascida em Budapeste em 1874. Fui enjeitada num corredor. Os moradores levaram-me à polícia, que cuidou de mim. Aos 18 anos casei com Rosnick, um debochado. Uma vez atirou-me aos braços de um amigo, a quem matou depois por questões de jogo; vim para o Brasil... Oh! os exploradores. Estou neste estado.

Esta mulher de 30 anos parece ter 60.

E outras e outras, floristas ainda moças, velhas que tiveram lar, mulheres passionais ou vítimas do amor, como nas prosas byronianas de 1830, como nos dramalhões do Recreio, um mundo de soluços, que, mesmo visto, ao nosso ceticismo parece falso.

Certa noite, no Largo da Sé, encontramos junto ao quiosque, cheia de latas velhas e coberta de andrajos, uma cara de velha boneca aureolada de farripas louras. A cara sinistra falava francês.

– Dá-me uma *cigarreta*, fez com o seu melhor sorriso. Turco? *Il ya longtemps!*...* Oh! Oh! fuma *gianaclis*?

Arredou as latas, puxou a traparia e os sacos com o ar de mímica Daynès Grassot.

– Afaste o mendigo, disse baixo, e para a soleira suja: *Asseyez-vous. Vous êtes journaliste?***

---

* Há muito tempo! (NE).
** Sente-se. Você é jornalista? (NE).

Eu vinha encontrar à espera dos restos de pão, uma das estrelas mundanas do Alcazar; eu estava falando com Françoise D'Albigny; a Fran, a levada Fran, que tivera carros e agora discorria, com um arzinho postiço, da Suzane Castera, de um deputado do norte que ainda hoje figura na Câmara, de um conhecido jornalista seu amigo!

– Desgraças, *mon petit*! Tenho 65 anos. Casei, sabes, uma loucura! Casei com Maconi, que me pôs neste estado!

Representando logo, o pobre trapo da luxúria elegante, bateu-me a caixa de *cigarretas* e dinheiro, que com um sorriso atroz dizia ser para *bonbons*.

Eram dez horas da noite. O dono do quiosque fechava as persianas, apagando os bicos de gás. E, vendo-a naquele gozo, na pantomima do prazer, berrou, de longe:

– Eh! lá, lambisgoia velha, se não te apressas não levas o pão!

PEQUENAS PROFISSÕES

O cigano aproximou-se do catraieiro. No céu, muito azul, o sol derramava toda a sua luz dourada. Do cais via--se para os lados do mar, cortado de lanchas, de velas brancas, o desenho multiforme das ilhas verdejantes, dos navios, das fortalezas. Pelos *boulevards* sucessivos que vão dar ao cais, a vida tumultuária da cidade vibrava num rumor de apoteose, e era ainda mais intensa, mais brutal, mais gritada, naquele trecho do Mercado, naquele pedaço da rampa, viscoso de imundícies e de vícios. O cigano, de *frack* e chapéu mole, já falara a dois carroceiros moços e fortes, já se animara a entrar numa taberna de freguesia retumbante. Agora, pelos seus gestos duros, pelo brilho do olhar, bem se percebia que o catraieiro seria a vítima, a vítima definitiva, que ele talvez procurasse desde manhã, como um milhafre esfomeado.

Eduardo e eu caminhamos para a rampa, na aragem fina da tarde que se embebia de todos aqueles cheiros de maresia, de gordura, de aves presas, de verduras. O catraieiro batia negativamente com a cabeça.

– Uma calça, apenas uma, em muito bom estado.
– Mas eu não quero.
– Ninguém lhe vende mais barato, palavra de honra. E a fazenda? Veja a fazenda.

Desenrolou com cuidado um embrulho de jornal. De dentro surgiu um pedaço de calça cor de castanha.

– Para o serviço! Dois mil-réis, só dois!... Eu tenho família, mãe, esposa, quatro filhos menores. Ainda não comi hoje! Olhe, tenho aqui uns anéis... não gosta de anéis?

O catraieiro ficara, sem saber como, com o embrulho das calças, e o seu gesto fraco de negativa bem anunciava que iria ficar também com um dos anéis. O cigano desabotoara o *frack*, cheio de súbito receio.

– É um anel de ouro que eu achei, ouro legítimo. Vendo barato: oito mil-réis apenas. Tudo dez mil-réis, conta redonda!

O catraieiro sorria, o cigano era presa de uma agitação estranha, agarrando a vítima pelo braço, pela camisa, dando pulos, para lhe cochichar ao ouvido palavras de maior tentação; ninguém naquele perpétuo tumulto, ninguém no rumor do estômago da cidade, olhava sequer para o negócio desesperado de cigano. Eduardo, que nessa tarde passeava comigo, arrastou-me pelo ex-Largo do Paço, costeando o cais até a velha estação das barcas.

– Admiraste aquele negociante ambulante?

– Admirei um refinado "vigarista"...

– Oh! meu amigo, a moral é uma questão de ponto de vista. Aquele cigano faz parte de um exército de infelizes, a que as condições da vida ou do próprio temperamento, a fatalidade, enfim, arrasta muita gente. Lembras-te de *La romera de Santiago*, de Velez de Guevara? Há lá uns versos que bem exprimem o que são essas criaturas:

> *Estos son algunos hombres*
> *De obligaciones, que pasan*
> *Necesidad, y procuran*
> *De esta suerte remediarla*
> *Saliendose a los caminos...*

É quanto basta como moral. Não sejamos excessivos para os humildes.

O Rio tem também as suas pequenas profissões exóticas, produto da miséria ligada às fábricas importantes, aos adelos, ao baixo comércio; o Rio, como todas as grandes cidades, esmiúça no próprio monturo a vida dos desgraçados. Aquelas calças do cigano, deram-lhas ou apanhou-as ele no monturo, mas como o cigano não faz outra coisa na sua vida senão vender calçar velhas e anéis de *plaquet*, aí tens tu uma profissão da miséria, ou se quiseres, da malandrice – que é sempre a pior das misérias. Muito pobre diabo por aí pelas praças parece sem ofício, sem ocupação. Entretanto, coitados! o ofício, as ocupações, não lhes faltam, e honestos, trabalhosos, inglórios, exigindo o faro dos cães e a argúcia dos repórteres.

Todos esses pobres seres vivos tristes vivem do cisco, do que cai nas sarjetas, dos ratos, dos magros gatos dos telhados, são os heróis da utilidade, os que apanham o inútil para viver, os inconscientes aplicadores à vida das cidades daquele axioma de Lavoisier: nada se perde na natureza. A polícia não os prende, e, na boêmia das ruas, os desgraçados são ainda explorados pelos adelos, pelos ferros-velhos, pelos proprietários das fábricas...

– As pequenas profissões!... É curioso!

As profissões ignoradas. Decerto não conheces os trapeiros sabidos, os apanha-rótulos, os selistas, os caçadores, as ledoras de *buena dicha*. Se não fossem o nosso horror, a Diretoria de Higiene e as *blagues* das revistas de ano, nem os ratoeiros seriam conhecidos.

– Mas, senhor Deus! é uma infinidade, uma infinidade de profissões sem academia! Até parece que não estamos no Rio de Janeiro...

– Coitados! Andam todos na dolorosa academia da miséria, e, vê tu, até nisso há vocações! Os trapeiros, por exemplo, dividem-se em duas especialidades – a dos trapos limpos e a de todos os trapos. Ainda há os cursos suplementares dos apanhadores de papéis, de cavacos e de chumbo. Alguns envergonham-se de contar a existência esforçada. Outros abundam em pormenores e são um mundo de velhos desiludidos, de mulheres gastas, de garotos e de crianças, filhos de família, que saem, por ordem dos pais, com um saco às costas, para cavar a vida nas horas da limpeza das ruas.

De todas essas pequenas profissões a mais rara e a mais parisiense é a dos caçadores, que formam o sindicato das goteiras e dos jardins. São os apanhadores de gatos para matar e levar aos restaurantes, já sem pele, onde passam por coelho. Cada gato vale dez tostões no máximo.

Uma só das costelas que os fregueses rendosos trincam, à noite, nas salas iluminadas dos hotéis, vale muito mais. As outras profissões são comuns. Os trapeiros existem desde que nós possuímos fábricas de papel e fábricas de móveis. Os primeiros apanham trapos, todos os trapos encontrados na rua, remexem o lixo, arrancam da poeira e do esterco os pedaços de pano, que serão em pouco alvo papel; os outros têm o serviço mais especial de procurar panos limpos, trapos em perfeito estado, para vender aos lustradores das fábricas de móveis. As grandes casas desse gênero compram em porção a traparia limpa. A uns não prejudica a intempérie, aos segundos a chuva causa prejuízos enormes. Imagina essa pobre gente, quando chove, quando não há sol, com o céu aberto em cataratas e, em cada rua, uma inundação!

– Falaste, entretanto, dos sabidos?

– Ah! os sabidos dedicam-se a pesquisar nos montes de cisco as botas e os sapatos velhos, e batem-se por duas botas iguais com fúria, porque em geral só se encontra uma desirmanada. Esses infelizes têm preço fixo para o trabalho, uma tarifa geral combinada entre os compradores, os italianos remendões. Um par de botas, por exemplo, custa 400 réis, um par de sapatos 200 réis. As classes pobres preferem as botas aos sapatos. Uma bota só, porém, não se vende por mais de 100 réis.

– Mas é bem pago!

– Bem pago? Os italianos vendem as botas, depois de consertadas, por seis e sete mil-réis! É o mesmo que acontece aos molambeiros ambulantes como o cigano que acabamos de ver – os belchiores compram as roupas para vendê-las com 400% de lucro. Há ainda os selistas e os ratoeiros. Os selistas não são os mais esquadrinhadores, os agentes sem lucro do desfalque para o cofre público e da falsificação para o burguês incauto. Passam o dia perto das charutarias pesquisando as sarjetas e as calçadas à cata de selos de maços de cigarros e selos com anéis e os rótulos de charutos. Um cento de selos em perfeito estado vende-se por 200 réis. Os das carteiras de cigarros têm mais um tostão. Os anéis dos charutos servem para vender uma marca por outra nas charutarias e são pagos cem por 200 réis. Imagina uns cem selistas à cata de selos intactos das carteirinhas e dos charutos; avalia em 5% os selos perfeitos de todos os maços de cigarros e de todos os charutos comprados neste país de fumantes; e calcula, após este pequeno trabalho de estatística, em quanto é defraudada a Fazenda nacional diariamente só por uma das pequenas profissões ignoradas...

– Gente pobre a morrer de fome, coitados...

– Oh! não. O pessoal que se dedica ao ofício não se compõe apenas do doloroso bando de pés descalços, da agonia risonha dos pequenos mendigos. Trabalham também na profissão os malandros de gravata e roupa alheia, cuja vida passa em parte nos botequins e à porta das charutarias.

– E é rendoso?

– Rendoso, propriamente, não; mas os selistas contam com o natural sentimento de todos os seres que, em vez de romper, preferem retirar o selo do charuto e rasgar a parte selada das carteirinhas sem estragar o selo.

— Mas os anéis dos charutos?

— Oh! isso então é de primeiríssima. Os selistas têm lugar certo para vender os rótulos dos charutos Bismarck – em Niterói, na Travessa do Senado. Há casas que passam caixas e caixas de charutos que nunca foram dessa marca. A mais nova, porém, dessas profissões, que saltam dos ralos, dos buracos, do cisco da grande cidade, é a dos ratoeiros, o agente de ratos, o entreposto entre as ratoeiras das estalagens e a Diretoria de Saúde. Ratoeiro não é um cavador – é um negociante. Passeia pela Gamboa, pelas estalagens da Cidade Nova, pelos cortiços e bibocas da parte velha da *urbs*, vai até ao subúrbio, tocando uma cornetinha com a lata na mão. Quando está muito cansado, senta-se na calçada e espera tranquilamente a freguesia, soprando de espaço a espaço no cornetim.

Não espera muito. Das rótulas há quem os chame; à porta das estalagens afluem mulheres e crianças.

— Ó ratoeiro, aqui tem dez ratos!

— Quanto quer?

— Meia pataca.

— Até logo!

— Mas, ô diabo, olhe que você recebe mais do que isso por um só lá na Higiene.

— E o meu trabalho?

— Uma figa! Eu cá não vou na história de micróbio no pelo do rato.

— Nem eu. Dou dez tostões por tudo. Serve?

— Hein?

— Serve?

— Rua!

— Mais fica!

E quando o ratoeiro volta, traz o seu dia fartamente ganho...

Tínhamos parado à esquina da Rua Fresca. A vida redobrava aí de intensidade, não de trabalho, mas de deboche.

Nos botequins, fonógrafos roufenhos esganiçavam canções picarescas; numa taberna escura com turcos e fuzileiros navais, dois violões e um cavaquinho repinicavam. Pelas calçadas, paradas às esquinas, à beira do quiosque, meretrizes de galho de arruda atrás da orelha e chinelinho na ponta do pé, carregadores espapaçados, rapazes de camisa de meia e calça branca bombacha com o corpo flexível dos birbantes, marinheiros, bombeiros, túnicas vermelhas e fuzileiros – uma confusão, uma mistura de cores, de tipos, de vozes, onde a luxúria crescia.

De repente o meu amigo estacou. Alguns metros adiante, na Rua Fresca, um rapaz doceiro arriara a caixa e, sentado num portal, entregava o braço aos exercícios de um petiz da altura de um metro. Junto ao grupo, o cigano, com outro embrulho, falava.

– Vês? Aquele pequeno é marcador, faz tatuagens, ganha a sua vida com três agulhas e um pouco de graxa, metendo coroas, nomes e corações nos braços dos vendedores ociosos. O cigano molambeiro aproveita o estado de semidor e semi-inércia do rapaz para lhe impingir qualquer um dos seus trapos... um psicólogo, como todos os da sua raça, psicólogo como as suas irmãs que leem a *buena dicha* por um tostão e amam por dez com consentimento deles...

Oh! essas pequenas profissões ignoradas, que são partes integrantes do mecanismo das grandes cidades!

O Rio pode conhecer muito bem a vida do burguês de Londres, as peças de Paris, a geografia da Manchúria e o patriotismo japonês. A apostar, porém, que não conhece nem a sua própria planta, nem a vida de toda essa sociedade, de todos esses meios estranhos e exóticos, de todas as profissões que constituem o progresso, a dor, a miséria da vasta Babel que se transforma. E entretanto, meu caro, quanto soluço, quanta ambição, quanto horror e também quanta compensação na vida humilde que estamos a ver.

> *Estos son algunos hombres*
> *De obligaciones, que pasan*
> *Necesidad, y procuran*
> *De esta suerte remediarla*
> *Saliendose a los caminos...*

Mas o meu amigo não continuou o fio luminoso de sua filosofia. O catraieiro apareceu rubro de cólera, e sutilmente cosia-se com as paredes, ao aproximar-se do cigano.

De repente deu um pulo e caiu-lhe em cima de chofre.

– Apanhei-te, gatuno!

O cigano voltara-se lívido. Ao grito do catraieiro acudiam, numa sarabanda de chinelas, fúfias, rufiões, soldados, ociosos, vendedores ambulantes.

– Gatuno! Então vendes como ouro um anel de *plaquet*? Espera que te vou quebrar os queixos. Sacudiu-o, atirou-o no ar para apanhá-lo com uma bofetada. O cigano porém caiu num bolo, distendeu-se e partiu como um raio por entre a aglomeração da gentalha, que ria. O catraieiro, mais corpulento, mais pesado, precipitou-se também.

Os vagabundos, com o selvagem instinto da caça, que persiste no homem, acompanharam-no. E pelos *boulevards*, onde se acendiam os primeiros revérberos, à disparada entre os *squares* sucessivos, a ralé dos botequins, aos gritos, deitou na perseguição do pobre cigano molambeiro, da pobre profissão ignorada, que, como todas as profissões, tem também malandros.

Então Eduardo sentenciou:

– Tu não conhecias as pequenas profissões do Rio. A vida de um pobre sujeito deu-te todos esses úteis conhecimentos. Mas, se esse pobre sujeito não fosse um malandro, não conhecerias da profissão até mesmo os birbantes.

A moral é uma questão de ponto de vista. Para julgar os homens basta a gente defini-los segundo os seus sucessivos estados. Se te aprouver definir os profissionais humildes pela tua última impressão, emprega os mesmos versos de Guevara com uma pequena modificação:

Estos son algunos hombres
De obligaciones, que pasan
Necesidad, y procuran
De esta suerte remediarla
Corriendo por los caminos...

CINEMATOGRAPHO (CRÔNICAS CARIOCAS)
(1909)

QUANDO O BRASILEIRO DESCOBRIRÁ O BRASIL?

– Mas então, Minas não tem um porto de mar?
– Infelizmente, minha senhora. Apesar do Brasil ter as costas largas, Minas é um dos quatro Estados centrais, sem porto de mar.
– Quatro, só?
– Infelizmente, quatro, só. Apesar do Brasil ter muitos Estados, os outros não aderiram ao movimento de horror ao oceano.

Esta interessante e erudita palestra era num salão perfeitamente intelectual. Havia damas deliciosamente vestidas e cavalheiros superiormente instalados na vida. Os que em torno da mesa do chá, preparado à russa, com limão, ouviram as minhas revelações, tinham o ar impertinente e fatigado com que se permite a um toleirão mostrar as suas habilidades, e a própria dama que perguntava fazia-o apenas por um desfastio civilizado. Que se importava ela com os Estados do Brasil, e que Minas fosse um Estado central?

Neste momento, porém, a um canto, o conde papal Rodrigo Azambuja, que vinha de fazer uma estação no Egito, como toda a gente que se preza, começou a contar as suas impressões do Nilo e das areias. Dentro em pouco, metido pelo deserto, Rodrigo Azambuja falava do baixo Níger.

– Esse Níger é muito interessante.
– Mais que o nosso Amazonas?
– Oh! meu amigo, o Amazonas... Falo propriamente dos costumes. Imagine que há um meandro do Níger que nasce perto de Idda, e desemboca no Otnicha. Subindo esse curso d'água, encontra-se uma aldeia de nome Egga--Mambara. O rei desse país tem o nome de rei do rio. E sabem por quê? Porque matou mais inimigos e mais animais ferozes. Nesse país, o homem que mata uma pantera ou um caimão tem o direito de usar um laço de fita no tornozelo. A cada ato de bravura, acrescentam-lhe um laço. Quando o tornozelo está cheio de decorações, o homem é nomeado rei do rio!

A roda toda ria encantada e o conde Rodrigo triunfava.

– À margem dos nossos rios, também há costumes muito interessantes. Não sei se as senhoras leram os estudos do esforçado Dr. Barbosa Rodrigues...

Houve um frio. E o cavalheiro de mais intimidade interrompeu:

– Oh! criatura, não assustes as damas com os índios. Mas que mania a nossa de falar de selvagens! Deixa os índios em paz, rapaz.

Cheio de vergonha, engoli de uma vez só um *sandwich* de caviar, eu que não gosto de caviar, e, como era preciso afinar pelo diapasão geral, interroguei de face uma das senhoras.

– Dessas histórias, não ouviu V. Ex.ª na sua última *crois-serie*, pela Escandinávia!

– Mas ouvi e vi coisas tão interessantes! fez ela, demorando os olhos no teto do *hall* com um ar de maravilha. E, imediatamente começou de falar das cidades da Dinamarca, da situação política da Suécia, das vias de comunicação no arquipélago de Loffoden, como se nunca tivesse saído de lá.

Esta interessante palestra, que pode ser considerada um exemplo de progresso e a demonstração de um mal, era na sua essência o estado exato do brasileiro, desde que o brasileiro é brasileiro. O nosso patriotismo limita-se ao estridente espalhafato, sempre que nos julgamos ofendidos por qualquer país, seja a Inglaterra, seja a Itália, seja a Argentina. No fundo, porém, temos a ideia de que somos fenomenalmente inferiores, porque não somos tal qual os outros, e ignoramo-nos por completo. Naquela roda as senhoras conheciam a Escandinávia, e perguntavam se Minas era porto de mar. Como os daquela roda, somos todos nós. Para o brasileiro ultramoderno, o Brasil só existe depois da Avenida Central e da Beira-Mar, que, como vocês sabem, é a primeira do mundo. O resto não nos interessa, o resto é inteiramente inútil...

A base do estudo de um país – e eu creio não avançar um paradoxo assustador – é a corografia desse país. Cada nação faz questão capital de que os seus filhos a conheçam. A própria França, bem conhecida por não saber geografia, pode teimar em julgar o Rio de Janeiro capital de Buenos Aires e o Brasil um dos mais ricos departamentos do Chile. Mas não há francês que ignore o seu país, a sua divisão política, a sua produção e a sua história. No Brasil dá-se absolutamente o contrário. Os filhos de gente rica vão estudar na Europa. Vêm de lá falando várias línguas e tendo isto aqui, não como pátria, mas como a cidade onde é preciso ganhar um pouco mais, ou melhor – como o lugar onde mora a família. Os remediados, cuja ambição em toda a parte é imitar os ricos, seguem o curso geral, e os pobres, como que marcados mentalmente por essa bizarra sensação de inferioridade, não têm outra opinião.

É curioso assistir aos exames na Instrução, exemplo médio dos ginásios oficiais e semioficiais. O exame de geografia geral e da geografia do Brasil é feito de uma só vez, assim como o de história. Os pontos são sempre muito mais carregados nas coisas de fora – mesmo porque os professores estão convencidos de que o nosso lado nada tem de interessante. Eu acompanhei, em tempo, esses exames. Raro era o rapaz que sabia o seu ponto do Brasil e havia muitos que discorriam sobre a Holanda, a Sibéria ou o Turquestão, com uma certeza de enervar o examinador. Os estudantes faziam decerto má cara aos raríssimos examinadores que se interessavam pelo Brasil, e quando Moreira Pinto indagava do jovem:

– De que Estado é o senhor? de que cidade? Diga-me alguma coisa da sua terra.

Os estudantes murmuravam à boca pequena:

– Lá está o Moreira Pinto tomando notas para aumentar a corografia! Que secante! Terminado o curso preparatório, os rapazes nunca mais abrem um compêndio, mas o vírus do universalismo, o apetite de ir viajar fá-los abrir quanto guia europeu há por ali, ao passo que lhes mata por completo o desejo de conhecer o seu país. Quantos rapazes inteligentes há nesta cidade que ignoram, por completo, quantos metros de altitude tem o pico do Itatiaia, onde nasce o Amazonas, e têm de cor os lagos dos Estados Unidos, e um conhecimento matemático dos Alpes? Um dos abundantes propagadores a tanto a linha ultimamente aparecidos, dizia-me aborrecidíssimo:

– É espantoso, *mon cher confrère*. Todos os seus compatriotas conhecem Paris como se lá tivessem estado, e ignoram por completo o caminho mais simples para ir a um arrabalde. Digo mais. Foi preciso perguntar a dez pessoas, para obter informações impressas sobre o Rio de Janeiro.

Esse cavalheiro, querendo informações sobre o nosso país, estava alienando gravemente os leitores brasileiros. Não um, mas muitos, a propósito do relatório de Miss Wright, ou da palpitante e magnífica reportagem de Manuel Bernardez, confessaram-me:

– Agradável a parte referente à reforma do Rio. Mas quantos dados sobre os Estados, quantas informações fatigantes.

E isto, por quê? Porque, brasileiros, esses cavalheiros acham inteiramente inútil conhecer o Brasil. Um livro sobre a geologia da França é para cada um deles muito mais interessante que a descrição do esplendor no qual vivemos sem o conhecer, e há mais gente conhecendo, por exemplo, o sistema de irrigação de Calcutá do que o lugar de onde nos vem a água bebida no Rio, que, como a Avenida Beira-Mar, é também a primeira do mundo.

Em tais condições, para que o brasileiro atacado de rastaquerismo cerebral, em plena Avenida Central, imaginando *gratte-elels* newyorkenses nos prédios de cinco andares e as elegâncias *boulevardieres* nas *terrasses* dos cafés – descobrisse o Brasil, não havia propaganda nem embaixada de ouro.

Veio o esfomeado Tourot? Veio o prolixo Doumer? Vieram as damas repórteres e o turbilhão de admiradores? Que importa? Veio os Estados Unidos na pessoa do seu ministro? Já tivemos um rei americano, com o seu *yatch* nas águas do Guanabara? Isso, longe de fazer com que nos olhássemos, deu-nos mais tremendo o apetite da desnacionalização, reduzindo o Brasil às transformações materiais da cidade. E nós, o brasileiro, admirável, estávamos assim, quando alguém se lembrou de uma exposição, cuja organização de trabalho e de esforço eleva os seus autores mais que os guerreiros de Troia.

A Exposição vai abrir-se. É a grande amostra do Brasil. Cada Estado expõe as suas riquezas naturais e os tentâmens da sua indústria. O estrangeiro admirará e aproveitará, graças ao céu. O brasileiro descobrirá. E eu estou a ver o pasmo das cariocas e dos cariocas diante do ouro, das pedras, das madeiras, dos tecidos, dos aproveitamentos da natureza assombrosa, pelo homem vagaroso. Isto é do Paraná? Realmente, o mate é tão bebido e apreciado! Isto é do Amazonas? Ora, diga-me onde fica Mato Grosso!

Mas é estupendo que Minas tenha, além de S. João d'El-Rei e de Belo Horizonte, esta estupenda riqueza! O Espírito Santo fica ao norte ou ao sul?

E só talvez na Exposição o brasileiro descobrirá o Brasil – o que será talvez direito seu, depois de Cabral, de Turot e de M.me Touché. E descobrirá com a pílula bem dourada e bem cara. Todos irão ver a Exposição, não pelo Brasil que lá está, mas pelas diversões com que se arrebica.

Como a interessante dama, que me fizera pensar no nosso curioso estado moral, esgotava a Escandinávia – francamente, que nos importa a Escandinávia – atrevi-me, modesto, a insinuar a Exposição. Toda a roda mostrou um contentamento de bom-tom.

– Vai ser a salvação dos prazeres da primavera! disse o insuportável e papal Rodrigo.

– Tem todas as diversões imagináveis, o *chateau--d'eau*, restaurantes exóticos, concertos em que ouviremos, pela primeira vez, os maestros russos tão em moda, agora.

– E o Brasil, minhas senhoras, e o Brasil, também...

– O cavalheiro está insuportável. Querem ver que virou jacobino? Deixe-se disso! Mas a Exposição vai ser mesmo um encanto. Meu marido que lá deu um pulo, outro dia, de automóvel, assegurou-me. Tem tudo. Vai ser talvez melhor que a de Paris...

E eu senti que, substituindo o Pão de Açúcar a Torre Eiffel, o brasileiro ainda depois da Exposição ignora o Brasil. Mesmo porque o Pão de Açúcar está apagado...

JUNHO DE OUTRORA

Na delícia perfumada destas noites de junho, tão luzentes d'astros, tão álacres de prazeres, há, no olhar das avós e no olhar das mamães de todos nós, uma névoa de nostalgia. Que sentem elas quando a natureza se oferta cheia de graça e de abandono? Nenhum de nós indaga, nem tempo tem de indagar. Há um jantar elegante com espáduas nuas e casacas, na casa de um titular do Vaticano; a mulher de um alto financeiro espera-nos para não ouvir em qualquer teatro as estrelas viajantes; e talvez, após o teatro, tenhamos um baile do escol, ou – o que é pior! – uma ceia longa com pequenas caras. Como indagar as vagas tristezas silenciosas dos olhos das nossas maiores?

Entretanto, elas estão tristes e talvez não saibam por que – tristes recordações que ficam presas à vida como os farrapos de um nevoeiro, tristes da nostalgia, a última vibração do passado que se faz harmonia presente.

– Então, avó, não quererás ver hoje a opereta?
– Em junho, pequeno?

E, pobrezinhas! elas são, à beira dos costumes desaparecidos, como os espelhos mágicos da saudade. Curvai-vos para os seus olhos. Toda a história antiga do grande mês dos santos invernais, modesta e caseira, desabotoa nas pupilas de cada uma. Olhai a sua face. A melancolia empalidece-a. Senti o seu coração. Chora decerto baixo, em surdina, ignorando por que chora. E as avós e as doces mamães de 50 anos sentem apenas a mente a recordar o mês de junho d'antanho – mês de fogos e de frio, em que elas passaram crianças a pensar nos brincos, moças a pensar no futuro noivo, mamães a temer desastres para os filhos.

Ah! o mês de junho! Santo Antônio, São João, São Pedro, a Senhora Sant'Anna, a pureza dos lares com muito namoro; muitos foguetes, e bailes, e carás e melado, o encanto do céu todo aceso nas pupilas cegas dos balões soltos! Jesus! Há quanto tempo isso foi...

Certo, com algum esforço, nos lembramos que tivemos uma barraquinha ou uma cesta de fogos, com pistolões e rodinhas. Talvez no-la tivesse mandado o namorado da mana, hoje casado com outra e pai de rapazes já feitos. Era bom? Era como tudo que não volta mais. Em algumas casas as meninas deitavam sortes, enquanto os rapazolas enchiam balões. E era a gota do chumbo quente indicando o futuro e a clara d'ovo ao sereno mostrando se as pequenas partiam para a catedral ou para o cemitério. Como era grave a análise e quanto riso de diamante se desnastrava no ar, sonoroso e meigo! Depois, entre o baile e a ceia – a ceia tradicional com melado, havia o fogo, o sagrado esplendor do fogo com fogueiras altas para se pular e chuvas de ouro líquido e chispas de rodinhas, e jorros de rojões, e tiros coloridos de pistolões da Pérsia. E a animação, a alegria, mãos que se tocavam, com o pretexto de arrebatar as pistolas, beijos vagos aproveitando a ocasião de amparar uma queda...

Quantas vezes, a cair de sono e carrancudos, fomos ao colo da avozinha!

– Mas, o que temos? O José que não te quer dar as rodinhas? Espera, meu filho...

E a boa senhora lá ia tirar rodinhas para queimarmos em honra de Santo Antônio, que lhe dera, em moça, um marido, e, em velha, a luz daqueles netos.

Um baile de junho! Ai! como os rapazes daquele tempo o gostavam e aproveitavam! Não havia cartões de convite com termos em inglês, nem *cotillons* e *flirts*. Os burgueses convidavam "para uma brincadeira lá em casa". A dona do lar talvez aparecesse de *matinê*, mas a ceia era farta, estava-se como na própria casa e a alegria simples parecia rir em cada lábio e em cada olhar. Fora, no quintal ou no jardim, os meninos pintavam; na sala, a valsar, as moças namoravam, e o fogo era dentro e fora de casa, porque havia os fogos de salão, a fonte *bouquet*, a chuva de ouro e prata, as pérolas Fontaine, as serpentes voadoras, os fósforos elétricos, as cobrinhas de Faraó, as borboletas e as estrelinhas, rebentando com um leve ruído de seda, estrelas como que feitas de seda luminosa... As borboletas davam um estalo e tinham um verso. Serviam para o namoro, o puro irmão mais velho desse doente *blasé* que se chama o *flirt*.

– D. Maria, quer puxar?
– Vá lá.
Um estalo, e saía o verso:

>Cupido exige de todos
>Um penoso sacrifícioi
>Se quer assim, vamos bem
>Mas se não quer, outro ofício.

Gargalhadas... arrufos, inquietações... Havia versinhos intrigantes:

>As pessoas que nos amam,
>Que só sabem vos gabar,
>Dizem que de vós segredos
>Já ninguém pode fiar.

Havia indiscretos:

> Oh! quanto prazer te deu
> Meu coração inflamado!...

Havia até patriotismo nas quadras:

> É tão grande pela Pátria
> Este vosso fanatismo,
> Que não há quem não respeite
> O vosso patriotismo.

Essas tolices todas aprendiam as almas no laço perpétuo do casamento!

E, se o aspecto íntimo de junho era tão bom e tão casto, o aspecto lá fora, nas ruas, sob o dossel do céu, tinha da maravilha de uma paisagem noturna do Oriente, de uma festa árabe. Ruas inteiras se coagulavam de barraquinhas com lanternas de papel multicor, ajuntam grupos de crianças a soltar busca-pés à baiana, bombas, trepanoleques, zigue-zagues de chama, súbitos estrondos. Das janelas de muitos prédios, um polvilho perpétuo de favilas, golfavam em arrancos as notas azuis, verdes e rubras, dos pistolões; dos quintais subiam rojões rasgando o veludo do espaço, alguns num longo assobio, para rebentar lá em cima ramalhetes de luzes variegadas. A iluminação normal dos combustores diminuía, de vergonha. Havia quarteirões que, em momentos, davam o aspecto de uma guerra de fantasia ardente, com grandes fogueiras lambendo o casario de reflexos amarelos, iluminações intermitentes de fogos de bengala, ora verdes, ora rubros, e aquele tecido de flor de fogo, de tenda de fogo, de franja de fogo, que se desdobrava, trechos e trechos, de sacada para sacada, como mantos irreais e inconsúteis, de refulgências inauditas.

Para além das casas, no céu sereno, de um azul cor de tinta, riscado pelo arabesco dos foguetes, pelas longas fitas de ouro que se prendiam em laços momentâneos, para escorrer em fitas luzentes, o carnaval dos fogos soltava a iluminação dos balões. Eram dois, eram dez, eram 20, eram 200, eram mil, subindo de todas as direções, caindo alguns atacados de vertigem, galgando as imensidades outros, em fila, em marcha, em desencontro, obedecendo às correntes das variadas camadas de ar, parecendo, a confundir-se com as estrelas, a dança das lanternas dos santos à procura do bem na treva. A noite imensa era silenciosa, mas feita desses silêncios abalados de mil estalos e mil rumores, porque se o céu estalava aos rojões, os barulhos dos fogos viviam na cidade até cantarem os galos e ainda perto do alvorecer as badernas do garotilho corriam aos balões caídos aos gritos de: – "Tasca! Tasca!" – ou a cantar em coro:

> Cai, cai, balão
> Aqui na minha mão!

Santos clementes do mês de inverno, muito boa Senhora Sant'Anna, cujo nome desde o berço ouvimos para esquecê-lo depois de homens – que saudades! Há quanto tempo foi isso em que sentíamos o frio dos grandes momentos vendo um balão cortar obliquamente a escuridão do firmamento? Há quanto tempo nós tínhamos, como supremo ideal da inocência que um balão caísse na nossa mão? Hoje, nem mais as crianças pensam em balões senão dirigíveis... O doce mês de junho antigo, com o seu rosário de folguedos simples, acabou, morreu. Há agora outro, um junho bonito, de sobretudo de peles, neurastênico, febril, com *surmenage* de pândegas e esnobismo. E como nós somos este junho, por isso não sentimos – oh, não! – na delícia perfumada dessas boas noites, tão álacres de prazer, tão brilhantes de astros, o olhar das avós e das pobres mamães cheio da saudade do junho de antanho...

GENTE DE *MUSIC-HALL*

O cassino palpitava. Tantan Balty, no seu último número, dissera, com quebros de olhos e perversidades na voz, uma cançoneta extraordinariamente velhaca. A sala, sob a clara luz das lâmpadas elétricas, acendia-se, gania luxúrias. Senhores torciam o bigode com o olhar vítreo, as damas envolviam os braços nas plumas dos boás com um ar mais acariciador. Nós estávamos todos. Na orla dos camarotes, pintados de vermelho, pousavam em atitudes de academia, expondo vestidos de tonalidades vagas e anéis em todos os dedos, as mais encantadoras criaturas da estação. Por trás dos camarotes surgiam panamás, monóculos, faces escanhoadas, bigodes à *kaiser* e os garçons passavam de corrida levando garrafas e bandejas. Embaixo, na plateia, velhos frequentadores tomando *bocks*, repórteres, caixeiros, moços do comércio batendo as bengalas nas folhas da mesa, uma ou outra mulher entristecida e a claque, uma claque absurda, berrando chamadas diante dos copos vazios, quase no fim da sala.

Tantan Balty voltara, resfolegara e, com as duas grossas mãos no lábio rubro, parecia querer beijar a multidão. Afinal, a campainha retiniu e o velário correu, cerrou-se sobre uma última graça de Tantan. Tinha acabado a segunda parte. Havia um rumor de cadeiras, de estampidos de rolha, de copos entrechocados, por todo o *hall*. As lâmpadas elétricas tinham uma medonha trepidação, como se fossem grandes borboletas de luz presas de agonia a bater as asas brancas.

No camarote de boca, solitários e de *smoking*, fui encontrar o barão Belfort e o conde Sabiani. O conde era um homem alto, de torso largo, bigode espesso. Tinha a fisionomia fatigada e flácida. Olhando o seu turvo olhar, logo me vieram à mente as coisas tenebrosas que a respeito correm. O barão, porém, contava com um ar desprendido a história de Tantan Balty, que ele conhecera numa bodega de Toulouse, em 1890, já velha e já gorda. Parou, sorriu:

– Seja bem-vinda a virtude entre o crime e o vício...

O conde Sabiani estendeu a sua mão cheia de anéis, consultou o programa preguiçosamente.

– Temos agora a princesa Verônica. *Per dio! Quelle femme, mon petit!*

Disse isso como um obséquio, endireitou o punho, recostou-se. Usava uma pulseira de pequenas opalas com fecho d'ouro. O barão sorrira novamente, endireitando os cravos da botoeira.

– Conhece a princesa Verônica?

– A princesa? Há de concordar, barão, que de certo tempo para cá o Rio tem uma epidemia de titulares exóticas...

– Que quer? É a civilização. E quase todas mais ou menos autênticas! São as titulares de Bizâncio, meu caro. Consulte os programas dos cassinos e as notas dos jornalecos livres. Há princesas valacas, príncipes magiares, condessas italianas, marquesas húngaras, duquesas descendentes de Coligny, fidalgas do Papa – a marquesa de Castellane, a princesa russa, a condessa de Bragança, a princesa Tolomei, Gladys Wright, mulher de um lorde, a princesa Thrasny, todas com um título que lhes doura a arte e a renda. O Rio não seria cosmopolita se não as tivesse. A grande preocupação dessas admiráveis criaturas é convencer os amigos com documentos fartos de que são mesmo descendentes de famílias ilustres, e a sociedade fica convencida porque isso satisfaz a sua imensa vaidade. Nós estamos exatamente como na corte de Justiniano, em que Teodora, dançarina de circo, era imperatriz. E isso é prodigiosamente agradável ao português que paga, à turba que olha e ao princípio imanente da beleza e da democracia. Não há comerciante triste depois de ter pago joias a princesas. Estas formosas deusas, que o povo admira e inveja, puseram os brasões ao alcance de todos os lábios. São as princesas de Bizâncio, caro. Sagrou-as o bispo de Hermápolis.

O conde Sabiani sorriu com perversidade e literatura.

– O barão faz a iniciação dos puros?

Belfort não respondeu. Já começara a terceira parte. O bumbo dera uma pancada grossa, e os violinos da orquestra faziam uma escala de *pizzicatti*, sustentados pelas longas e sensuais arcadas dos violoncelos e do contrabaixo. O velário de púrpura descerrou-se por sobre uma paisagem lunar. Os cenários estavam tão apagados à luz de leite das lâmpadas, que todo o palco parecia alongar-se numa infinita brancura. Na plateia apareciam faces de homens, mulheres ajustavam-se, e a claque ao fundo, diante dos mesmos copos vazios, berrava:

– Verônica! Verônica!

– Faça a iniciação, meu amigo, como diz o Sabiani, faça...

    Sim tutelar, oh Lua
    Margem da Alegria
    Onde abordam os barcos das almas puras...

Houve um trilo de flauta como um trinado de pássaro, o bumbo reboou, caiu num choque de pratos, e de um pulo surgiu no meio do palco a princesa Verônica. Era magra, desossada, com a face afiada das divindades egípcias. Sorrindo, mostrava os dentes irregulares, e tinha a cor das múmias, como se a sua pele fosse queimada por lentos óleos bárbaros. Vestia meias de seda cor de carne; os pés, enluvados de branco, de tão finos e minúsculos recordavam a graça dos lírios a desabrochar, e o seu corpo de serpente ondulava dentro de um estojo de lantejoulas de prata.

– É uma crioula!
– Da Jamaica, filha de um velho rei índio...

> *Bizarre déité, brune comme les nuits,*
> *Au parfum mélangé de musc et de havane*
> *Oeuvre de qualque obi...*

O barão citava Baudelaire, o barão amava!

Verônica bateu as pálpebras, abriu os olhos luxuriosos e, numa reviravolta, adejou. A multidão inteira ofegava, com a alma presa àquela visão de sílfide perversa. Não era o bailado clássico das dançarinas do Scala e da Ópera, com violências de artelhos e sorrisos pregados nos lábios, não era o quebro idiota das danças húngaras ou a coreia álacre dos bailes ingleses – era uma dança inédita. Havia no seu meneio a graça das aves, no sorriso a volúpia de um outro mundo, no langor com que abria os braços, o delíquio da paixão. Os grossos diamantes que lhe escorriam dos lóbulos pareciam aquecer-se na sua pele ardente: as flores, presas à carapinha de negra, aureolavam-na de desmaios de púrpura. Ela flutuava, pássaro, serpente lendária, adejando num esplendor de prata.

– Oh! O barão deu agora para o exotismo. Essa Verônica é uma preta como outra qualquer, que se intitula princesa.

Calei-me porém. O barão falava, sussurrava as frases de sua admiração.

– Como ela dança! A dança é tudo, é o desejo, a súplica, a raiva, a loucura... Ela dança como uma sacerdotisa, como uma estrela perdida nas nuvens. Tem desde o salto poderoso das feras até o voo medroso das pombas. Há nos seus gestos a orgia sanguinária de uma leoa e a maravilha constelada de uma ave do paraíso. Ao vê-la recorda a gente Salomé diante de Herodes, dançando a dança dos sete véus para obter a cabeça de São João; diante deste ondear de vida que no ar se desfaz em sensualidades, sonha-se o tetrarca de Wilde, ébrio de amor: "Salomé! Salomé! Os teus pés, a dançar, são como as rosas brancas que dançam sobre as árvores!".

Verônica terminara o bailado, toda ela rodopiante, desaparecida do halo argênteo do saiote, e assim girando vertiginosamente, com seus dois pés finos e estranhos, parecia uma flor de prata, uma estranha parasita caída dos espaços naquele ambiente de névoas. As palmas rebentaram num chuveiro. Ela parou, abriu os braços, deixou escorregar vagarosamente os pés, tão devagar que parecia ir-se afundando, até que caiu no grande *écart*, a mão na testa, sorrindo. O público, porém, enervado, queria mais, batia com as mãos, com os pés; as mulheres nos camarotes erguiam-se e Verônica tornou a aparecer, fazendo gestos de agradecimento que eram como súplicas de amor.

– *Dances américaines!* – disse.

E imediatamente, no miúdo compasso da orquestra, o seu corpo, da cinta para baixo, começou a desarticular-se, a mexer. Os pés estavam no chão, rápidos, havia sapateados e corridas; as ancas magras cresciam, aumentavam rebolando; o ventre ondulava; aquele corpo que fugia e avançava com meneios negaceados, confundiu-se na harmonia dos compassos em adejos. A mulher desaparecia numa exasperante combinação de sons gesticulados, de vibrações de cantárida, de crises danadas de espasmo. Era perturbadora, infernal, incomparável!

Quando ela acabou, o barão ergueu-se rápido.

– Vamos vê-la...

O conde Sabiani, que olhava para baixo, acompanhando o movimento febril da multidão, fez um vago gesto, ficou cheirando o seu cravo.

Nós descemos a escada pequena que dá no botequim. Já a orquestra tocava um fandango e a bela Carmem, uma antiquíssima espanhola de meias rubras, soltava *olés* roufenhos. O público desinteressava-se. O barão parou um instante como à espera de um homem gordo, que caminhava amparado à bengala. O homem vinha conversando com dois rapazes de fraque e chapéu de palha, que recuavam estendendo as mãos como a abotoar invisíveis inimigos e caíam para a frente, mimando cabeçadas cruéis. O homem gordo acabou por acostar-se no balaústre e disse sem rir:

– *C'est drôle ça!*

Um dos moços, com o colarinho inverossimilmente alto, afastou o outro na ânsia de acumular as atenções e, segurando a gola do gorducho, murmurou:

– Então eu segurei o cabra...

O barão seguiu.

– São os elegantes valentes! Não acabam mais com as histórias. Vamos ver a Verônica... Sabes que ela se perfuma de sândalo?

Seguimos para o fundo do jardim onde só havia, na iluminação de névoa, entre as árvores, duas mulheres de grande manto a conversar: subimos a entrada de sarrafos da caixa. O *régisseur*, um italiano louro de face inteligente, cumprimentou-nos com um sorriso camarada e fomos andando, entre criados de blusa azul e varredores. A um canto, um duo americano preparava-se para entrar em cena. As portas dos camarins abertas, as *chanteuses* esperavam todas pintadas, as mãos nervosas. O barão bateu à porta do camarim da princesa:

– *Go in...*

E nós entramos. O pequeno espaço recendia todo a um inebriante perfume de sândalo, e havia por toda a parte uma orgia floral! – rosas vermelhas, rosas brancas, *catleias crispi* estendendo os tentáculos de neve, lírios vermelhos com os pistilos amarelos, angélicas, anêmonas, cravos, tuberosas – e enramando a olência desse deboche de flores, o fino desenho, a renda anêmica das avencas verdes. Na redolente atmosfera, afundada no divã, envolta numa toalha de felpo, surgia a figurinha de bronze da princesa indiana, e a princesa chorava. Grossas lágrimas corriam dos seus olhos de deusa Ísis e adejando as mãos ela soluçava.

— Oh! *my dear, sweet heart, ce chien...* ele não veio.

— Quem?

— O de ontem, aquele de ontem. E não pagam. Dizem que é pela minha cor. Há muitos aqui. *It is very, Belfort? Mon petit, c'est vrai?*

Abriu os braços como uma boneca, emborcou num choro convulso:

— *Malhereuse. I'm malhereuse.*

Ela falava todas as línguas da Europa numa ingênua e horrível confusão. O barão limpou o monóculo, pegou-lhe no braço, paternal e filosófico.

— Estranha criatura, continuas a te perfumar de sândalo? Ainda és o sonho enervante do Oriente, o fluido das florestas bizarras?... Deixa lá... Acalma-te. Não te compreendem, pequeno ídolo amado. É como se esses homens pudessem diferenciar o sabor de um licor, quando bebido num maravilhoso vaso trabalhado pelos bárbaros, do mesmo licor tragado em qualquer copo. Eles são homens. E tu – tu és a princesa dos sândalos.

E ficamos ali vendo a criaturinha a chorar, enquanto lá fora nos ruídos da música, no *bruhaha* da multidão, subia mais forte a onda da luxúria.

AS CRIANÇAS QUE MATAM

*M*as é assombrosa a proporção do crime nesta cidade, e principalmente do crime praticado por crianças! Estamos a precisar de uma liga para a proteção das crianças, como a imaginava o velho Júlio Vallés...

– Que houve de mais? – indagou Sertório de Azambuja, estirando-se no largo divã forrado de brocado cor de ouro velho.

– Vê o jornal. Na Saúde, um bandido de 13 anos acaba de assassinar um garotinho de 9. É horrível!

O meu amigo teve um gesto displicente.

– Crime sem interesse... A menos que não se dê um caso de genialidade, um homem só pode cometer um belo crime, um assassinato digno, depois dos 16 anos. Uma criança está sempre sujeita aos desatinos da idade. Ora, o assassinato só se torna admirável quando o assassino fica impune e realiza integralmente a sua obra. Desde Caim nós temos na pele o gosto apavorador do assassinato. Não estejas a olhar para mim assim assustado. As mais frágeis criaturas procuram nos jornais a notícia das cenas de sangue. Não há homem que, durante um segundo ao menos, não pense em matar sem ser preso. E o assassínio é de tal forma a inutilidade necessária ao prazer imaginativo da humanidade, que ninguém se abala para ver um homem morto de morte natural, mas toda gente corre ao necrotério ou ao local do crime para admirar a cabeça degolada ou a prova inicial do crime. Dado o grau de civilização atual, civilização que tem em germe todas as decadências, o crime tende a aumentar, como aumentam os orçamentos das grandes potências, e com uma percentagem cada vez maior de impunidade. Lembra-te das reflexões de Thomas de Quincey na sua pedagogia do crime. É dele esta frase profunda: "O público que lê jornais contenta-se com qualquer coisa sangrenta; os espíritos superiores exigem alguma coisa mais...".

Humilhadamente, dobrei o jornal:
— Então só os espíritos superiores?...
— Podem realizar um crime brilhante. Esse caso da Saúde não tem importância alguma. É antes um exemplo comum da influência do bairro, desse bairro rubro, cuja história sombria passa através dos anos encharcada de sangue. Nunca foste ao bairro rubro? Queres lá ir agora? São oito horas. Vamos? Vem daí...

Descemos. Estava uma noite ameaçadora. No céu escuro, carregado de nuvens, relâmpagos acendiam clarões fugazes. A atmosfera abafava. Uma agonia vaga pairava na luz dos combustores.

Sertório de Azambuja ia de chapéu mole, com um lenço de seda à guisa de gravata. Ao chegar ao Largo do Machado, chamou um carro, mandou tocar para o começo da Rua da Imperatriz.

— Que te parece o nosso passeio? Estamos como Dorian Gray, partindo para o vício inconfessável. Lord Henry dizia: "Curar os sentidos por meio da alma e a alma por meio dos sentidos". Vamos entrar no outro mundo...

Eu atirara-me para o fundo da vitória de praça e via vagamente a iluminação das casas, os grandes panos de sombra das ruas pouco iluminadas, a multidão, na escuridão às vezes, às vezes queimada na fulguração de uma luz intensa, os risos, os gritos, o barulho de uma cidade que se atravessa. Na Rua Marechal Floriano, Sertório pagou ao cocheiro, dizendo:

– Saltaremos em movimento.

E para mim:

– Não vale dar na vista...

Um instante depois saltou. Acompanhei-o. O carro continuou a rodar. O bairro rubro não é um distrito, uma freguesia: é uma reunião de ruas pertencentes a diversos distritos, mas que misteriosamente, para além das forças humanas, conseguiu criar a rede tenebrosa, o encadeamento lúgubre da miséria e do crime, insaciáveis. A Rua da Imperatriz é um dos corredores de entrada.

O bairro onde o assassinato é natural abraça a Rua da Saúde, com todos os becos, vielas e pequenos cais que dela partem, a Rua da Harmonia, a do Propósito, a do Conselheiro Zacarias, que são paralelas à da Gamboa, a do Santo Cristo, a do Livramento e a atual Rua do Acre. Naturalmente as ruas que as limitam ou que nelas terminam – São Jorge, Conceição, Costa, Senador Pompeu, América, Vidal de Negreiros e a Praia do Saco – participam do estado de alma dominante.

Toda essa parte da cidade, uma das mais antigas, ainda cheia de recordações coloniais, tem, a cada passo, um traço de história lúgubre. A Rua da Gamboa é escura, cheia de pó, com um cemitério entre a casaria; a da Harmonia já se chamou do Cemitério, por ter aí existido a necrópole dos escravos vindos da costa da África; a da Saúde, cheia de trapiches, irradiando ruelas e becos, trepando morro acima os seus tentáculos, é o caminho do desespero; a da Prainha, mesmo hoje aberta, com prédios novos, causa, à noite, uma impressão de susto.

Como dizia o meu guia, estávamos num novo mundo...

A Rua da Imperatriz, às oito e meia, com uma porção de casas comerciais velhas e tão juntas, tão trepadas na calçada, que parecem despejadas na rua, estava em plena febre. Os botequins reles, as barbearias sujas, as tascas imundas gargolejavam gente, e essa gente era curiosa – trabalhadores em mangas de camisa, carroceiros, carregadores, fumando mata-ratos infectos, cuspinhando cachaça em altos berros, num calão de imprevisto, e rapazes mulatos, brancos, de grandes calças a balão, chapéu ao alto, a se arrastarem bamboleando o passo, ou em tabernas barulhentas. A nossa passagem era acompanhada com um olhar de ironia, e bastava parar dois segundos defronte de uma taberna, para que dentro todos os olhos se cravassem em nós.

Eu sentia acentuar-se um mal-estar bizarro. Sertório ria.

– A vulgaridade da populaça! Há por aqui, entre esses marçanos fortes, gente boa. Há também ruim. Estão fatalmente destinados ou a apanhar ou a dar, desde crianças. É a vida. Alguns são perversos: provocam, matam. Vais ver. Nasceram aqui, de pais trabalhadores....

Tínhamos chegado à Rua Camerino, esquina da da Saúde. Há aí uma venda com um pequeno terraço de entrada. O prédio desfaz-se, mas dentro redemoinha uma turba estranha: negralhões às guinadas, inteiramente bêbedos, adolescentes ricos de músculos, embarcadiços, foguistas.

Fala-se uma língua babélica, com termos da África, expressões portuguesas, frases inglesas. Uns cantam, outros rouquejam insultos. Sertório aproxima-se de um grupo. Há um mulato de tamancos, que parece um arenque ensalmonado, no meio da roda. O mulato cuspinha:

– *Go on, go on... yeah. farewell! yeah!*

É brasileiro. Está aprendendo todas essas línguas estrangeiras com os práticos ingleses.

Há um venerável ancião, da Colônia do Cabo, tão alcoolizado que não consegue senão fazer um gesto de enjoo; há um copta, apanhado por um navio de carga no Mar Vermelho; há dois negrinhos retintos, com os dentes de uma alvura estranha, que bradam:

– *Eh oui, petit monsieur, nous sommes du Congo. Étudiés avec pères blancs...*

Todos incondicionalmente abominam o Rio: querem partir.

Sertório paga maduros; eles fazem roda. O mulato brasileiro está delicado.

– Hip! Hip! Cambada! Para mostrar a vocês que cá na terra há gente para embrulhar língua direito! Aguente, negrada!

– Sai, burrique! – grunhe o ancião.

Dando guinadas com os copos a escorrer o líquido sujo do maduro, essa tropa parecia toda vacilar com a casa, com as luzes, com os caixeiros. Saí antes, meio tonto. Sertório livrava-se da matilha distribuindo níqueis.

Quando conseguiu não ser acompanhado, meteu-se pelo beco.

Segui-o e, de repente, nós demos nos trechos silenciosos e lúgubres. Nas ruas, a escuridão era quase completa. Um transeunte ao longe anunciava-se pelo ruído dos passos.

De vez em quando uma rótula aberta e dentro uma sombra. Que lugares eram aqueles? O outro mundo! A outra cidade! A atmosfera era aquecida pelo cheiro penetrante e pesado dos grandes trapiches. Em alguns trechos, a treva era total. Na passagem da estrada de ferro, a luz elétrica, muito fraca, espalhava-se como um sudário de angústias.

Foi então que começamos a encontrar em cada esquina, ou sentados nas soleiras das portas, ou em plena calçada, uns rapazes, alguns crescidos, outros pequenos. À nossa passagem calavam-se, riam. Mas nós íamos seguindo, cada vez mais curiosos.

Afinal, demos no Largo da Harmonia, deserto e lamentável. À porta da igreja uma outra roda, maior que as outras, confabulava. Aproximamo-nos.

– Boa noite!

– Boa noite! – respondeu um pretalhão, erguendo-se com os tamancos na mão.

Os outros ficaram hesitantes, desconfiando da amabilidade.

– Que fazem vocês aí?
– Nós? – indagou um rapazola já de buço, gingando o corpo. – Contamos histórias: ora aí tem! Interessa-lhe muito?
– Histórias! Mas eu gosto de histórias. Quem as conta?
– Isso é costume cá no bairro. Há rapazes que sabem contar que dá até gosto. Aqui quem estava contando era o José, este caturrita...

Era um pequeno franzino, magro, com uma estranha luz nos olhos.

Talvez matasse amanhã, talvez roubasse! Estava ingenuamente contando histórias...

Sertório insistia, entretanto, para ouvi-lo. Ele não se fez de rogado. Tossiu, pôs as mãos nos joelhos...

– Era uma vez uma princesa que tinha uma estrela brilhante na testa...

A roda caíra de novo num silêncio atento. A escuridão parecia aumentar, e, involuntariamente, eu e o meu amigo sentimos na alma a emoção inenarrável que a bondade do que julgamos mau sempre nos causa...

O BARRACÃO DAS RINHAS

A cerca de cem metros da estação do Sampaio fica o barracão. Quando saltamos às três da tarde de um trem de subúrbio atulhado de gente, íamos com o semiassustado prazer da sensação por gozar. Era ali, naquele barracão, que se cultivava o *sport* feroz das brigas de galo. Eu já estava um pouco fatigado dos *matches* de *football*, dos *lawn-tennis* familiares, da ardente pelota basca, de toda essa diversidade de jogos a que se entrega o cidadão civilizado para mostrar que vive e se diverte. A briga de galos seria um aspecto novo, tanto mais quanto, como nos tempos dos Césares, o prazer do chefe deve ser o prazer aclamado do povo...

Logo à entrada, impressionou-me a multidão. Eram todos homens, homens endomingados, de cara tostada de sol, homens em mangas de camisa, apesar da temperatura quase outonal, rapazolas com essas caras de vício que parecem ter tido uma prévia educação de atos ilícitos extraterrena, velhos cegos de entusiasmo, discutindo, bradando, berrando, e cavalheiros graves, torcendo o bigode, pálidos. Como que fazendo um corredor, dois renques de gaiolas, com acomodações para 48 galos, todas numeradas. Através das telas de arame eu pressentia a agitada nervosidade dos animais, talvez menor que a nevrose daquela estranha gente. Um cheiro esquisito, misto de suor, de galinheiro e de folhas silvestres, empapava a atmosfera doirada da tarde. Ao centro da grande praça, cujo capim parecera arrancado na véspera, quatro circos de paredes acolchoadas, sujas de poeira, de luz e de manchas de sangue. Entre o segundo e o terceiro circo, com uma face de julgador de baixo relevo egípcio, um sujeito imponente escreve num livro grande, e tem diante do livro uma balança memorável e uma ruma de pesos.

Atrevo-me a perguntar a um cidadão:
– Quem é aquele?
– É o Porto Carreiro, o diretor e o juiz.
– E a balança?
O cidadão olha para mim, sorri cheiro de piedade.
– A apostar que o senhor não conhece a briga de galos?
– Exatamente, não conheço.
– A balança é para pesar os galos. Este gênero de diversão tem os seus *habitués* distintos. Olhe, por exemplo, o Ex.mo Sr. General Pinheiro Machado, o poeta Dr. Luís Murat.
– Eles estão aí?
– Vamos agora mesmo ver uma briga de um galo do Dr. Murat, pelo qual S.S.a rejeitou 120 mil-réis. Estão no botequim.

Acompanhei o cidadão até ao fundo – um tosco balcão encostado à parede em que se vendiam, sem animação, café, *sandwiches* com cara de poucos amigos, e uma limitada série de bebidas alcoólicas. Lá estava, com efeito, olímpico e sereno, com a melena correta e um ar elegantemente esgalgado, o general dominador. Ao lado, de sobrecasaca, pálido e grave, o poeta das *Ondas*; e, gritando, discutindo, com tão altas personalidades da política e das letras, cavalheiros que me apontavam como sendo o Dr. Teixeira Brito, o Dr. Alfredo Guimarães, o Manuel Pinguela, charuteiro, o Morales, o Teixeira Perna de Pau, o Rosa Guimarães, o Manuel Padeiro... Era democrático, era bárbaro, era pandemônico. Na algazarra, o Sr. Rosa parecia um leiloeiro a ver quem dá mais na hasta pública, e reparando bem eu vi que além da turba movediça do campo havia uma dupla galeria cheia de espectadores.

Ia começar uma briga. – Vou todo no *Nilo*, berrava um sujeito. – No *Frei Satanaz*, no *Frei Satanaz*! bradavam lá longe, faço jogo no *Frei Satanaz*! contra qualquer outro. – É gabarolice! – É perder. – Jogo no *Nilo*! No *Nilo*! Cuidado, olha o que te aconteceu com o *Madresilva*. *Nilo*! *Nilo*! A grita era enorme.

– Que Nilo é este? indaguei ao mesmo cidadão.

– Não é o Pessanha, não senhor. É outro, é um galo.

– Os galos aqui têm nome?

– Está claro. Olhe, o *Frei Satanaz* é um galo de fama. Agora há o *Madresilva*, o *Nilo*, o *Rio Nu*, o *Fonfon*, o *Victoria*, o *General*...

– Ah! muito bem, é curioso.

O cidadão tornou a olhar-me com pena, e disse:

– Venha para perto. Vão realizar-se os dois últimos combates.

Os dois últimos combates realizavam-se nos circos número dois e número três. No três deviam soltar *Frei Satanaz* contra *Nilo*, e no dois, *Victoria* contra *Rio Nu*. Furamos a custo a massa dos apostadores, para chegar à mesa do juiz, que me deitou um olhar de Teutates, severo e avaliador. E no meio de um alarido atroz, diante da política, das letras, do proletariado, da charutaria e de representantes de outras classes sociais, não menos importantes, começou o combate do circo dois.

Oh! esse combate! Os dois galos tinham vindo ao colo dos proprietários, com os pescoços compridos, as pernas compridas, o olhar em chama.

Tinham-nos soltado ao mesmo tempo. A princípio os dois bichos eriçaram as raras penas, ergueram levemente as asas, como certos mocinhos erguem os braços musculosos, esticaram os pescoços. Um em frente do outro, esses pescoços vibravam como dois estranhos floretes conscientes. Depois um aproximou-se, o outro deu um pulo à frente soltando uns sons roucos, e pegaram-se num choque brusco, às bicadas, peito contra peito, numa desabrida fúria impossível de ser contida.

Não evitavam os golpes, antes os recebiam como um incentivo de furor; e era dilacerante ver aqueles dois bichos com os pescoços depenados, pulando, bicando, saltando, esporeando, numa ânsia mútua de destruição. Os apostadores que seguiam o combate estavam transmudados. Havia faces violáceas, congestas, havia faces lívidas de uma lividez de cera velha. Uns torciam o bigode, outros estavam imóveis, outros gritando dando pinchos como os galos, *torcendo* para o seu galo, acotovelando os demais. Uma vibração de cóleras contidas polarizava todos os nervos, anunciava a borrasca do conflito.

E os bichos, filhos de brigadores, nascidos para brigar, luxo bárbaro com o único instinto de destruição cultivado, esperneavam agarrados à crista um do outro, num desespero superagudo de acabar, de esgotar, de sangrar, de matar. No inchaço purpúreo dos dois pescoços e das duas cristas, as contas amarelas dos olhos de um, as contas sanguinolentas dos olhos de outro tinham chispas de incêndio, e os bicos duros, agudos, perfurantes, lembravam um terceiro esporão, o esporão da destruição.

De repente, porém, os dois bichos separaram-se, recuaram. Houve o hiato de um segundo. Logo após, sacudiram os pescoços e, fingindo mariscar, foram-se aproximando devagar. Depois o da esquerda saltou com os esporões para a frente. O outro parecia esperar a agressão.

Saltou também de lado, simplesmente, na mesma altura do outro, e quando o outro descia, formou de súbito pulo idêntico ao do primeiro com os esporões em ponta. Foram assim, nessa exasperante capoeiragem, até ao canto do circo. Era a caçada trágica dos olhos, o golpe da cegueira. Os dois bichos atiravam-se aos olhos um do outro como supremo recurso da vitória. E a turba expectante, vendo que um deles, quase encostado ao circo, tolhido nos pulos, só tinha desvantagem, cindiu-se em dois grupos rancorosos.

– Não pode! não pode! – Isto assim não vai.
– Estai a ver que perdes! – Ora vá dormir!
– Segura, *Frei*! Segura, *Nilo*! – Bravos! Estúpidos! É ele! – Ora vá dormir! – Espera um pouco! E no rumor de ressaca colérica, a voz do Rosa Gritador tomava proporções de fanfarra, a berrar: Ora vá dormir! Ora vá dormir!

O juiz, entretanto, consultara o relógio. Já passara o prazo de 15 minutos. Ia borrifar os lutadores com água e sal. Isso interromperia a rinha. Os que pendiam para o galo a se debater entre o inimigo e o acolchoado do circo começaram logo a aplaudir; os outros gritaram: não pode! A celeuma ameaçava acabar em "rolo". O juiz foi inflexível – borrifou. A luta interrompeu-se, os dois galos voltaram para o meio da arena. Mas como acontece, às vezes, realizar-se mais depressa aquilo que muitos desejam evitar, a rinha travou-se logo com redobrada violência e uma fúria de extinção que não deixou dúvidas.

Os dois galos pulavam, bicavam-se, pulavam, um de frente do outro, medindo os efeitos, tomando medida do espaço numa alucinante movimentação do pescoço – para arremeter às esporas. E iam rodando, iam voltando lentamente, porque ambos fugiam da parede do circo e ambos desejavam encostar o adversário ao acolchoado para mais facilmente furar-lhe os olhos.

Esse desespero durou três minutos, no máximo. De repente, o menos alto abriu o bico que fendera, e sangrava, pareceu decidir-se ao impossível e correu para o outro numa série de saltos consecutivos, imediatos, instantâneos, que o encostaram, o deixaram sem defesa, aturdido. E aí, continuou, continuou, esporeando-lhe o pescoço, a princípio, depois o crânio, depois o bico e, finalmente, de repente – um dos olhos. Quando o sangue espirrou, um urro sacudiu a massa bárbara. O galo triunfante descrevia hemiciclos exaustos na arena, aparentando a vitória e o outro cego, num horrendo e horrível furor, atirava-se, bicava o ar, procurava o inimigo. Vão-se matar! Vão-se matar! bradavam uns. – Deixa, deixa! Quem venceu? inquiriam outros. Para que servem mais? Deixa? deixa!

O galo cego conseguira agarrar a crista em sangue do seu vencedor e feriu-a, feriu-a metendo-lhe as esporas ao acaso, até que o largou tão cheio de terror, que o outro fugiu, recuou, fechou as asas, procurou sumir-se.

O cego, então, sentindo a derrota alheia, soltou um cocoricó cheio de rouquidão e de orgulho. Dois homens, os proprietários, precipitaram-se. Estava terminada a luta.

– Mas é estúpida e bárbara esta coisa! bradei eu na algazarra do povaréu ao cidadão informador.

– Acha?

– Acho, sim.

– Pois os circos galísticos estão muito em moda na Espanha.

– Que tenho eu com isso?

– E o General Machado gosta.

Não discuti. O sujeito desaparecera. No circo três, ia começar outra luta. Mas muita gente saía – os proprietários dos ex-valiosos galos, o poeta das *Ondas*, o General Pinheiro. Rompi a multidão a custo, e, já na rua, encontrei de novo o cidadão informante que caminhava alegremente atrás da poesia e do senado, carregando o galo sem bicos.

– Era seu o animal!

– Não senhor. Eu venho às rinhas para comprar os "bacamartes". Este seu bico valia 200 mil-réis há duas horas.

Comprei-o por 1.500 réis e como-o amanhã ao almoço. O senhor não gosta de galos?

– Muito, principalmente dos galos que se limitam a anunciar a madrugada e a fazer ovos.

E com o sujeito do galo, logo atrás do poeta das *Ondas* e do vencedor dos pampas, deixei para todo o sempre a sensação feroz do barracão das rinhas. Tinha ganho o meu dia. Entrevira o *sport* de manhã em toda a cidade – se o *Bloco* foi até aos *sports*, ou não acabar os seus grandes intuitos políticos antes da vitória definitiva de qualquer *sport*.

O DITO DA "RUA"

Há agora pelas ruas da cidade um novo dito do populacho. Esse dito é ouvido em cada canto e não exprime particularmente coisa alguma. É antes uma das mil faces da irreverência arrogante da canalha. O malandro para, ginga, diz mordaz:
— "E eu, nada?"
É a sarjeta impondo-se, é o riso despreocupado do garoto estabelecendo por troça o seu alto lá! invasor de último estado prestes a liquidar os superiores. Nada mais irônico, de chocarrice mais áspera. O cavalheiro conta uma mentira e sente a interrupção corrosiva: — "E eu, nada?" O cavalheiro leva uma conquista, e por trás ou de cara desnorteia-o a frase: — "E eu, nada?" O cavalheiro ganha ao jogo, esbraveja, tem sorte, deplora-se, elogia-se. A frase vem como o obstáculo: — "E eu, nada?"
"E eu, nada?" para todas as coisas pergunta camaleão, último grito da língua verde e do calão!
E eu amo o calão. Propriamente, cada classe social tem o seu calão como as profissões o têm, original e exclusivista. Um idioma é uma floresta extensa com uma infinita variedade de espécies botânicas. O empregado público fala de certo modo, o militar de outro, os pintores também de outro. Há grandes famílias: o calão dos gatunos e assassinos, o calão do *high-life*, o calão do meretrício. Um observador penetrante,

Raul de le Grasserie, assegura que a "glosa", isto é, o calão, não passa de ser o refletor poderoso da moral que o inventa, e de quem o emprega correntemente. É o instinto criptológico, o instinto animal perseguido que leva o criminoso a refugiar-se no segredo de uma linguagem misteriosa; é o desejo do concreto, a necessidade de materializar, de "ver" as ideias, que forma a "cataglosa", ou a maneira de falar da gente baixa: é a coglosa, a expressão habitual dos burgueses: é o desejo de grupar, de excluir importunos, o amor-próprio de se reconhecer por um certo costume oral, de se distinguir, de fazer mundo a parte, que cria o calão da gente *chic*.

O calão é a seleção natural das espécies sociais; e, ao ouvir um veranista de Petrópolis ou um frequentador do Lyrico, pode-se afirmar que o seu falar *select* é tão calão como as piadas imprevistas dos malfeitores da Gamboa ou dos rufiões da Rua de S. Jorge.

Como, porém, há calão e calão, o da canalha é para mim muito mais curioso pela dose admirável de psicologia latente e pela maneira por que se impõe. O número, a quantidade, assoberbam fatalmente e obrigam o domínio do calão canalha. Não há memória de uma frase, de um qualificativo de salão que chegue à rua sem perder a significação. A ralé invade tudo com esse turbilhão de qualificativos e de frases que tudo exprimem, e nascem, morrem, brotam em novas frases, incessantemente. Nos ditos que correm as ruas verifica a gente que as cidades ainda são verdadeiras moradas da alegria...

Nós podemos fazer aqui um aprofundado estudo de raça e de costumes apenas com estas chispas vivas da língua verde. Não há comparável em expressão. O debique, a troça, o pouco-caso, a despreocupação, a blague, a inteligência parecem juntar-se para fazer um desses ditos. O dito sai espontâneo, pega, porque tem uma certa cadência, uma certa correlação com o ambiente, e não há um cuja vida efêmera não seja a vibração de um látego.

O primeiro valdevinos que indagou:
— Quem foi que disse que eu chorava?
Devia tê-lo dito a gingar, mãos abertas, batendo a chinela entre desafiante e desprezador.

É o mesmo caso dessa outra frase, que parece um gesto de braço espalhando gente: – "Se há diferença, desmancha-se já!" Com meia dúzia de ditos da rua constrói-se o malandro carioca. Ele entra onde reina o rolo, diz logo:
— "Não há novidades. O delegado é o mesmo!"

O delegado é o mesmo! Como não há de pegar uma frase de síntese de tal ordem? O delegado é o mesmo, isto é, continua camarada, se for preso sai logo, o homem fecha os olhos, arruma e não pensa no dia de amanhã – o delegado é o mesmo, do mesmo relaxamento... Mas é admirável!

Se vem alguém com conversas e "presepadas", o malandro chupa o cigarro, balança o corpo e tem três frases, que são como relhadas. A primeira é de deboche:
— "Talvez te escreva..."

A segunda acentua-o:
— "Não venhas de borzeguins ao leito".

A terceira é mais grave:
— "Não sei ler, meu chefe!"

É definitivo. Não vai, não quer compreender. A imagem é de uma evidência absoluta. E, quando o outro se encoleriza, estas três palavras: "Suspenda o pranto!..."

"Suspenda o pranto!" é talvez melhor que "o delegado é o mesmo".

Muitas dessas frases vêm de certos hábitos que os malandros quase não usam. É curioso saber que nas rodas baixas o aperto de mão jamais tem a significação do nosso meio. Na gente reles é um contato raro e sem expressão; entre capoeiras, rufistas e jogadores de vermelhinhas, chega a não existir. Dois malandrins podem atravessar uma rua inteira de mãos dadas como crianças. Nunca as apertam quando se encontram. O cumprimento mesmo, a aproximação diária é seca, fria, desconfiada ou inexistente. Daí todas essas expressões de "blague" e de escárnio, exagerando o cumprimento, que se tornaram ditos populares.

– "Como passou, já se casou? A feridinha do pé já sarou? Batizou seu filho e não me convidou!"

E com as mulheres, apesar do dengue, conservam a troça:

– "Gente, carapicu tem dente que morde a gente! Menina, o trem na curva apita? Está bom, deixe, quando papai vier, mamãe faz queixa..."

Nasce-lhe da incompreensão do gesto todo o sabor da frase, e é aí, na dificuldade de compreender que, como dizem eles: – "*o Chico chora...*"

Nesse torvelinho de frases, algumas vivendo dias apenas, outras imortais, há um certo número de expressões típicas, de filosofias de sarjeta em três palavras, quase imortais. Ninguém sabe quem as disse primeiro, ninguém sabe a sua primeira significação. O fato é que servem para tudo, amoldam-se em casquinada a todas as coisas, e são por exemplo aquele: "oh! ferro! nunca vi tanto aço" de que a cidade vivia cheia há três anos, o imprevisto "cheirava-te", e esta agora: – "E eu, nada?"

"E eu, nada?" é uma frase que pinta um gesto, uma situação, um momento. O reverso desta formidável época de avanço não pode ser outro senão a indagação de alto lá! irônica e debochativa: "E eu, nada?"

No amor, no gozo, no prazer, no trabalho, na ambição, na glória, no mando, os que chegam depois, com algum atraso, e não têm coragem para jogar a cabeçada, têm na ponta da língua a frase fatal.

O general Pinheiro Machado, vendo que lhe tomam tudo, toca para Campos, cruza os braços:

– "E eu, nada?"

Os meninos do jardim da infância veem a rédea na mão dos velhos. Cada um por si exclama:

– "E eu, nada?"

O conselheiro Affonso Penna assiste, impassível, ao entusiasmo dos seus secretários. No fim, diz:

– "E eu, nada?"

A frase pode ser a divisão de metade maior, como dizem as crianças, quando pedem a repartição de um bolo, porque a humanidade sempre se dividiu numa parte que come, e na outra que espera a vez. A que espera a vez está mesmo a dizer o: – "E eu, nada?"

Frases tais valem por poemas e por tratados de sociologia. Quem a fez? ninguém sabe. Nascem do anônimo, o anônimo fá-la saltar ao ar de toda a parte, por todos os cantos, e agora, no Rio, cidade de ambições desvairadas, de riso, de troça, de luxúria, para todas as coisas, só há uma frase: – "E eu, nada?", pergunta camaleão, último grito dos sem vintém, da língua verde e do calão!

A DECADÊNCIA DOS CHOPES

Outro dia, ao passar pela Rua do Lavradio, observei com pesar que em toda a sua extensão havia apenas três casas de chope. A observação fez-me lembrar a rancorosa antipatia do malogrado Artur Azevedo pelo chope, agente destruidor do teatro, e dessa lembrança, que evocava tempos passados, resultou a certeza profunda de decadência do chope.

Os chopes morrem. É comovedor para quantos recordam a breve refulgência desses estabelecimentos. Há uns sete anos, a invenção partira da Rua da Assembleia. Alguns estetas, imitando Montmartre, tinham inaugurado o prazer de discutir literatura e falar mal do próximo nas mesas de mármore do Jacó. Chegavam, trocavam frases de profunda estima com os caixeiros, faziam enigmas com fósforos, enchiam o ventre de cerveja e estavam suficientemente originais. Depois apareceram os amigos dos estetas, que em geral desconhecem a estética mas são bons rapazes. Por esse tempo a Ivone, mulher barítono, montou o seu cabaré satânico à Rua do Lavradio, um cabaré com todo o sabor do vício parisiense, tudo quanto há de mais *rive-gauche*, mais *butte-sacrée*. Ia-se à Ivone como a um supremo prazer de arte, e a voz da pítia daquela Delfos do gozo extravagante recitava sonoramente as *Nevroses* de Rollinat e os trechos mais profundos de Baudelaire e de Bruant.

O *Chat-Noir* morreu por falta de dinheiro, mas a tradição ficou. Ivone e Jacó foram as duas correntes criadoras do chope nacional. As primeiras casas apareceram na Rua da Assembleia e na Rua da Carioca. Na primeira, sempre extremamente concorrida, predominava a nota popular e pândega. Houve logo a rivalidade entre os proprietários. No desespero da concorrência os estabelecimentos inventaram chamarizes inéditos. A princípio apareceram num pequeno estrado ao fundo, acompanhados ao piano, os imitadores da Pepa cantando em falsete a *estação das flores*, e alguns tenores gringos, de colarinho sujo e luva na mão. Depois surgiu o chope enorme, em forma de *hall* com grande orquestra, tocando trechos de óperas e valsas perturbadoras, depois o chope sugestivo, com sanduíches de caviar, acompanhados de árias italianas. Certa vez uma das casas apresentou uma harpista capenga mas formosa como as fidalgas florentinas das oleografias. No dia seguinte um empresário genial fez estrear um cantador de modinhas. Foi uma coisa louca. A modinha absorveu o público. Antes para ouvir uma modinha tinha a gente de arriscar a pele em baiúcas equívocas e acompanhar serestas ainda mais equívocas. No chope tomava logo um fartão sem se comprometer. E era de ver os mulatos de beiço grosso, berrando tristemente:

> Eu canto em minha viola
> Ternuras de amor,
> Mas de muito amor...

e os pretos barítonos, os Bruants de *nankin*, maxixando cateretês apopléticos.

O chope tornou-se um concurso permanente. Os modinheiros célebres iam ouvir os outros contratados, e nas velhas casas da Rua da Assembleia, à hora da meia-noite, muita vez o príncipe da nênia chorosa, o Catulo da Paixão Cearense, erguendo um triste copo de cerveja, soluçava o

> Dorme que eu velo, sedutora imagem.

com umas largas atitudes de Manfredo fatal.

E enquanto o burguês engolia o prazer popular que lhe falava à alma, na Rua da Carioca vicejavam as pocilgas literárias, com uma porção de cidadãos, de grande cabeleira e de fato no fio, que iam ouvir as musas decadentes, pequenas morfinômanas a recitar a infalível *Charogne*, de Baudelaire, de olhos extáticos e queixos a bater de frio...

Depois os dois regatos se fundiram num rio caudaloso. A força assimiladora da raça transformou a importação francesa numa coisa sua, especial, única: no chope. Desapareceram as cançonetas de Paris e triunfaram os nossos prazeres.

Onde não havia um chope? Na Rua da Carioca contei uma vez dez. Na Rua do Lavradio era um lado e do outro, às vezes a seguir um estabelecimento atrás do outro, e a praga invadira pela Rua do Riachuelo, a Cidade-Nova. Catumbi, o Estácio, a Praça Onze de Julho... Os empresários mais ricos fundavam casas com ideias de cassinos, como a *Maison Moderne*, o *High-Life*, o *Colyseu-Boliche*, mas os outros, os pequenos, viviam perfeitamente.

Não havia malandro desempregado. Durante o dia, em grandes pedras negras, os transeuntes liam às portas dos botequins uma lista de estrelas maior que a conhecia no Observatório, e era raro que uma dessas raparigas, cuja fatalidade é ser alegre toda a vida, não perguntasse aos cavalheiros:

– Não me conhece, não? Eu sou do chope, do 37.

Oh! o chope! Quanta observação da alma sempre cambiante desta estranha cidade! Eram espanholas arrepanhando os farrapos de beleza em olés roufenhos, eram cantores em decadência, agarrados ao velho repertório, ganindo o *celeste Aída*, e principalmente os modinheiros nacionais, cantando maxixes e a poesia dos trovadores cariocas – essa poesia feita de rebolados excitantes e de imensas tristezas, enquanto nas plateias aplaudiam rufiões valentes, biraias medrosas de pancada, trabalhadores maravilhosos, e soldados, marinheiros a gastar em bebidas todo o cobre, fascinados por esse vestígio de bambolina grátis.

Tudo isso acabara. O *High-Life* ardeu, a *Maison Moderne* cresceu de pretensão, criando uma espécie de cassino popular com aspectos de feira, os outros desapareciam, e eu estava exatamente na rua onde mais impetuosamente vivera o chope...

Entrei no que me ficava mais próximo, defronte do Apolo. À porta, uma das *chanteuses*, embrulhada num velho fichu, conversava com um cidadão de calças abombachadas. A conversa devia ser triste. Mergulhei na sala lúgubre, onde o gás arfava numa ânsia, preso às túnicas Auer já estragadas. Algumas meninas com o ar murcho fariscavam de mesa em mesa consumações. Uma delas dizia sempre:

– Posso tomar groselha?

E corria a buscar um copo grosso de água envermelhecida, sentava-se ao lado dos fregueses, sem graça, sem atenção. Do teto desse espaço de prazer pendiam umas bandeirolas sujas, em torno das mesas havia muitos claros. Só perto do tablado, chamava a atenção um grupo de sujeitos que, mal acabava de cantar uma senhora magra, rebentavam em aplausos dilacerantes. A senhora voltava nesse momento. Trazia um resto de vestido de cançonetista com algumas lantejoulas, as meias grossas, os sapatos cambados. Como se não visse os marmanjos do aplauso, estendia para a sala as duas mãos cheias de beijos gratos. E, de repente, pôs-se a cantar. Era horrível. Cada vez que, esticando as goelas, a pobre soltava um *mai piu!* da sua desesperada *romanza*, esse *mai piu!* parecia um silvo de lancha, à noite, pedindo socorro.

A menina desenxabida já trouxera para a minha mesa um copo de groselha acompanhado de um canudinho, e aí estava quieta, muito direita, olhando a porta a ver se entrava outra vítima

— Então esta cantora agrada muito? — perguntei-lhe.

— Qual o quê! Até queremos ver se vai embora. O diabo é que tem três filhos.

— Ah! muito bem. Mas os aplausos?

— O senhor não repare. Aquilo é a *claque*, sim senhor. Ela paga as bebidas.

— E quanto ganha a cantora?

— Dez mil-réis.

Saí convencido de que assistira a um drama muito mais cruel que o *Mestre de Forjas*, mas já agora era preciso ver o fim e como me tinham denunciado uma roleta da Rua de Sant'Anna, onde vegeta o último vestígio de chope, fui até lá.

Chama-se o antro *Colyseu-Boliche*. A impressão de sordidez é inacreditável. De velho, de sujo tudo aquilo parece rebentar, sob a luz pálida de algumas lâmpadas de acetileno. A cada passo encontra-se um brinquedo de apanhar dinheiro ao próximo e sente-se em lugares ocultos as rodas dos jaburus explorando a humanidade. No teatrinho, separado do resto da feira por um simples corrimão, havia no máximo umas 20 pessoas. Eram 11 horas da noite e um vento frio de temporal soprava. Junto ao estrado, um pianista deu o sinal e um mocinho lesto, de sapatos brancos, calça preta e dólmã alvinitente, trepou os três degraus da escada, fez três ou quatro rapapés como se adejasse, e começou com caretas e piruetas a dizer uma cançoneta aérea:

> Sabes que dos dois balões
> O do Costa é maior
> A minha afeição está posta
> Cada um come do que gosta!...

Deus do céu! Era nevralgicamente estúpido, mas a vozinha metálica do macaco cantador fazia rir dois ou três portugueses cavouqueiros com tal ruído que o pianista sacudia as mãos como renascendo de alegria.

Foi aí, vendo o último vestígio do passado esplendor dos chopes, que eu pensei no fim de todos os números sensacionais dos defuntos cabarés. Onde se perde a esta hora o turbilhão das cançonetistas e dos modinheiros?

Quanta vaidade delirante, quanta miséria acrescida! Decerto, a cidade, a mais infiel das amantes, já nem se recorda desses pobres tipos que já gozaram um dia o seu sucesso e tiveram por instantes o pábulo do aplauso, e, decerto, os antigos triunfadores ficaram para sempre perdidos na ilusão do triunfo que, sempre breve, é para toda a vida a inutilizadora das existências humildes...

OS HUMILDES

*E*sta greve do gás, que pôs em treva a cidade tantos dias, deixa-me apenas mais radicado um sentimento doloroso. E esse sentimento doloroso, nascido de longa observação, é tão banal que talvez toda a gente o tivesse, se observasse.

Quando pensou a cidade que havia, com efeito, por trás daquela sinistra fachada do Gás, homens a suar, a sofrer, a morrer para lhe dar a luz que é civilização e conforto? Quando esses homens, desesperados, largaram as pás, enxugaram o suor da fronte e não quiseram mais continuar a morrer, que ideia fazia a cidade – aquela elegante menina, este rapazola de passo inglês, o negociante grave, o conselheiro, o empregado público, os apaniguados da Sorte – daquele bando de homens, negros de lama do carvão e do suor, torcionados pelo Peso e pelo Fogo? Nenhuma. Esses pobres diabos, homens como nós, com família, com filhos, com ideais talvez, não existiam propriamente; eram como o *coke*, como os aparelhos de destilação, como os fornos uma quantidade componente do fato estabelecido neste princípio breve: *ex fumo dare lucem*. Mais nada. Só ao acender o bico de gás em vão é que surgiu a ideia do operário, do homem preso nas malhas de ferro de um sindicato poderoso, com a frase:

– Os operários fizeram greve...

É a noção de uma classe de oprimidos, classe diminuta, classe anônima, com a sua vida inteira amarrada à polé do trabalho hórrido, e que, de repente, só ao cruzar os braços, punha em sombra uma cidade inteira.

Estes conhecimentos foram rápidos e rapidamente desaparecerão. Amanhã, arranjadas definitivamente as coisas, o bando volta ao horror: ninguém ao passar pelo edifício lembrará tanta gente no trabalho desesperado, e o próprio bando estará resignado. Por quê? Porque é a vida, porque é preciso trabalhar, porque não há remédio...

Nada mais simples. Nada mais insignificante. Prestemos atenção aos condutores de homens, e deixemos a morrer os fracos e humildes – mesmo porque eles seriam incapazes de sair da engrenagem, da máquina fabulosa de carne e de aço de que são utensílios!

E, entretanto, a nossa vida, o nosso conforto, tudo quanto é agradável, assenta-se na resignação, inconsciente quase, dos humildes e nessa tremenda fúria com que a sociedade os esmigalha, sem olhar ao menos a sua agonia final.

Os humildes! Já leste o noticiário *sem importância* dos jornais? Já andaste por aí nas descargas, nas ilhas, nos grandes trabalhos? Pois lê e vai ver. Se tens um pouco de comiseração pela velhice e um pouco de amor pela mocidade em flor: os teus olhos ficarão para sempre pasmados dessas aglomerações sob o *regímen* bruto de um trabalho de animais e da maneira por que a morte mastiga, engole, degluta vorazmente as vidas desses homens que não são homens já – são as cabeças de um enorme rebanho.

Nas notas da Santa Casa e do Necrotério há todo o dia farta *messe* de informações. Oitenta por cento dos entrados para a autópsia do Necrotério são pobres-diabos desconhecidos, mortos no trabalho e que ninguém tem curiosidade de ver. Para a Santa Casa, com guia do delegado, entram também, todo o dia, os feridos e os estropiados do trabalho. Os jornais dão notas curtas: ontem, quando conduzia a carroça, Manuel, de 20 anos, caiu, quebrando a perna: – ontem, Joaquim, de 60 anos, carregador, na ocasião em que conduzia um saco... Ninguém imagina a estatística trágica de pobres rapazes, de adolescentes, estropiados, feridos, mortos, esmigalhados pelo trabalho feroz, e ninguém pensa em ter pena de um sexagenário que arrebenta sob o peso de um saco em plena calçada.

Eles, coitados, não sabem. São os humildes, são os ignorantes. Todas as emoções se lhes embotaram Os pais trabalhavam de sol a sol. Aos dez anos já trabalham. É preciso trabalhar para ganhar, com medo do patrão poderoso, do feitor, do espia, de toda a gente, para não perder aquela certeza assustada e mortal do pão.

Humildes! Quanta coisa se vê e se ouve (que é impossível contar) de miséria, de sentimento, de irreparável, de infinita candura nessas pobres almas sem luz, nesses seres em que o próprio instinto se encurta ao movimento do animal de carga! Houve um tempo em que eu me preocupei com a grande tragédia, e no meu cérebro até hoje ficaram gravados os cenários enormes e as pequenas cenas.

Das pequenas cenas, duas voltam-me à memória constantemente. E foram simples. Na primeira um rapazola, carroceiro, caíra da boleia fraturando a perna. Havia sangue, gente em torno e o coitado gemia. Enquanto o carro da Assistência não vinha – e esse carro tornou-se notável por não vir, uma autoridade qualquer aproveitava para interrogá-lo.

– Que idade tem?
– Saberá V.S.a que 20 e poucos, ai!
– Tem família?
– Ai! a mãe... minha mãe.
Interrompi a autoridade com uma curiosidade imprevista.
– Há quanto tempo você é carroceiro?
– Há muito... desde criança... há dez anos, para a mãe que é viúva.
E de repente em pranto:

– Ai! a minha vida, que vou perder o emprego, ai! que não trabalho mais...

Essa criança moída de trabalho para uma criatura miserável que era sua mãe, empastada de sangue, nunca mais me saiu da retina.

A outra foi num bonde da Saúde, à noite. No bonde deserto vinham três trabalhadores das Obras do Porto, a conversar.

– O João morreu hoje.
– O caixão caiu e ele afundou.
– Conte-me lá isso, intervim eu.
– Sei lá! Mais ou menos todo o dia morre um. Que quer? É preciso.

E era verdade. Nem os jornais davam notícias, nem é possível dar. Morrem nas pedreiras, morrem na estiva, morrem no minério, morrem sob as carroças, um hoje, amanhã outro. É fatal. Só quando morrem muitos é que se fala. Quando morrem ou quando fazem greve – porque o trabalho interrompe, o patrão dá o supremo desespero e a sociedade sente falta.

Para os humildes, porém, morrer é fácil. A greve é que é um problema assustador. Em certos sítios deste Rio de Janeiro gritalhão e meetingueiro, há regímens que seriam o inferno para os servos da gleba da Idade Média e que só podem ser comparados à alucinante visão da *História dos tempos futuros*, de Wells. A algumas braças de Niterói, há uma ilha que se intitula suavemente de *Fome Negra*. Os homens nessa região viraram apenas máquinas. São aparelhos da grande máquina de levar o minério, o *piquiry*, para os navios de carga. Quanto descansa essa gente? Quando dorme? Quando pensa? É impossível saber. Estão ali com as mãos rotas dessorando uma gosma amarela, a pele gretada, os olhares desconfiados. Para chegar até eles em trabalho é preciso uma espécie de assalto à vontade do feitor, à vontade dos espias. E quando a gente, entre as descargas, lhes dirige a palavra, os mais espertos dizem, olhando de soslaio:

— Olhe o feitor. Pelo amor de Deus, não fale, que eu sou demitido!

E os fracos, os tímidos, os covardes ganem com medo de tudo, do feitor, do patrão, símbolo molocheano que eles não conhecem, dos companheiros, de nós mesmos:

— Para que quer saber meu nome? Não sei! Deixe-me trabalhar! Estou muito bem!

É ali, a dois passos, um dos *trusts* de exploração da vida humana, do esgotamento de pobres-diabos, que nasceram pobres, que vivem pobres e que morrerão, abreviados pelo trabalho, ainda pobres, sem ao menos essa compensação magna: – o dinheiro... O messias que se erguer nesse ambiente está perdido. A suspeita pesa-lhe como um grilhão, faz-se em torno um cordão de isolamento contra a ideia nova em que o patrão tece, para a segurança dos seus interesses, todas as forças possíveis: o terror dos companheiros, a vigilância da polícia, o conservadorismo dos jornais, a hostilidade da massa.

De vez em quando, um desses devotados, também humilde mas possuído da vontade fraternal de melhorar a sorte dos companheiros, surge, fala de "emancipação do operariado" e de outras coisas graves, solenes e vazias. É um homem ao mar. Nem tu, nem aquele cavalheiro proprietário o conhecem. Mas a polícia já sabe que o bandido é um anarquista infame, os feitores não o largam com o olhar, os companheiros o evitam ou chasqueiam na sua ignorância das suas ideias de associações de classe, e o diretor da Companhia, a Companhia, o Sindicato, o Trust, a entidade absoluta e poderosa que detém as energias humanas enfim, tem o seu retrato com uma cruz no grupo fotográfico dos operários, recebe informações da sua pessoa, faz o *dossier* do crime para esmagá-lo com uma patada na primeira ocasião.

Naquele inferno do gás, velho e atroz, em que os homens são como os pistons de uma enorme máquina saindo de uma temperatura de ar livre, à chuva com frio ou com calor, quase nus, para entrar numa temperatura de caldeira, e de novo sair e tornar a entrar, sem parar, durante horas e horas; naquele horror em que as fornalhas lembram os olhos de ciclopes fantásticos numa fixação de hipnose – quantas vezes terá aparecido o revolucionário, quantas vezes terá aparecido já o desejoso de melhorar a vida daquela pobre gente? Muitas decerto... A timidez da humildade, porém, a timidez dos simples, que os faz eternamente explorados, extinguia os generosos sob o bridão insolente das exigências da Companhia. E ninguém sabia que ali, num trabalho que vos dá a impressão de um delírio permanente, de um círculo infernal esquecido pelo Dante, havia homens, homens como nós, a penar, a morrer, para escassamente comer e gentilmente nos dar, com lucros para todos, menos para eles, o bico de gás civilizado. Foi preciso a greve, para que se ouvisse um protesto de treva, um protesto mudo a soluçar nos combustores semiapagados, um enorme espasmo de sombra cobrindo a cidade inteira a indicar que eles existiam...

    A greve! A greve é ainda uma anomalia entre nós, quando a exploração do capital é um fato tão negro como na Europa. Mas é que lá os humildes começam a se reconhecer e aqui eles ainda são tão pobres, tão tímidos, carne de bucha da sociedade, tão ignorados dela que se ignoram quase totalmente a eles mesmos.

    E lembrar, a propósito de um caso, tanta aflição humana, tanto trabalho tremendo, tantos casos: a maior parte da espécie é imensamente comovente, posto que incorrigivelmente romântica e de um pieguismo colegial...

O VELHO MERCADO

*A*cabou de mudar-se ontem a Praça do Mercado. Naquele abafado e sombrio dia de ontem era um correr de carregadores, carroças e carrinhos de mão pelos squares rentes ao Pharoux levando as mercadorias da velha Praça abandonada para a nova instalação catita do Largo do Moura, e, ao passo que aí uma vida ainda desnorteada estridulava e enchia de ruído o silêncio do sinistro largo, na alegre e bonancheirona Praça ia uma desolação de abandono, com as casas fechadas e o arrastar de utensílios para o meio das ruas sujas. A mudança! Nada mais inquietante do que a mudança – porque leva a gente amarrada essa esperança, essa tortura vaga que é a saudade. Aquela mudança era, entretanto, maior do que todas, era um operação da cirurgia urbana, era para modificar inteiramente o Rio de outrora, a mobilização do próprio estômago da cidade para outro local. Que nos resta mais do velho Rio antigo, tão curioso e tão característico? Uma cidade moderna é como todas as cidades modernas. O progresso, a higiene, o confortável nivelam almas, gostos, costumes, a civilização é a igualdade num certo poste, que de comum acordo se julga admirável, e, assim com as damas ocidentais usam os mesmos chapéus, os mesmos tecidos, o mesmo andar, assim como dois homens bem vestidos hão de fatalmente ter o mesmo feitio da gola do casaco e do chapéu, todas as cidades modernas têm avenidas largas, squares, mercados e palácios de ferro, vidro e cerâmica. As cidades que não são civilizadas são exóticas, mas quão mais agradáveis. Não há avenidas, há outras coisas e quem vinha ao Rio gozava o interesse de uma cidade diferente das outras e tão curiosa no seu feitio, como é Toledo na sua maneira, como é o Porto, como o são algumas cidades da Itália, onde ainda não entrou o progresso, que estende logo um cais, destrói 20 ruas e solta sobre as ruínas um automóvel.

O Rio, cidade nova – a única talvez no mundo – cheia de tradições, foi-se delas despojando com indiferença. De súbito, da noite para o dia, compreendeu que era preciso ser tal qual Buenos Aires, que é o esforço despedaçante de ser Paris, e ruíram casas e estalaram igrejas, e desapareceram ruas e até ao mar se pôs barreiras. Desse descombro surgiu a *urbs* conforme a civilização, como ao carioca bem carioca, surgia da cabeça aos pés o reflexo cinematográfico do homem das outras cidades. Foi como nas mágicas, quando há mutação para a apoteose. Vamos tomar café? Oh! filho, não é civilizado! Vamos antes ao chá! E tal qual o homem, a cidade desdobrou avenidas, adaptou nomes estrangeiros, comeu à francesa, viveu à francesa.

Só a Praça do Mercado ainda resistia. A Praça! Essa velha bonacheirona que era o Ventre do Rio levara a escolher o seu local muitos séculos. Em mil seiscentos e sessenta e tantos, a Rua da Quitanda, era da Quitanda Velha, porque lá se instalara a Praça. Pouco depois a Rua da Alfândega era da Quitanda do Marisco, porque lá a Praça tentara o mercado. E nos tempos do Brasil colônia, a Praça, já se aproximando do seu lugar, ficava por trás da Câmara e incomodava nos seus palácios os vice-reis, porque desprendia muito mau cheiro.

Só em 1836 é que ela se abeirou do cais Pharoux e lá fixou as primeiras estacas das primitivas cabanas. Não há um século ainda. Alguns dos homens que a viram assim começar ainda vivem. Mas esses 70 anos bastaram para fazê-la um símbolo, na sua força, na sua originalidade, no espírito de coesão e na vida própria dos seus habitantes. O local fora durante muito tempo motivo de discussão de propriedade, mas a gente de lá sempre viveu como numa praça sua, no forte do estômago, organizando festas, batendo-se contra a polícia, incendiando-se, continuando.

Quem não sentiu a influência da Praça, quem não palpou aquela pletora de vida? Na Praça havia a abundância, a riqueza, a miséria e a vagabundagem. A lado de rapazolas que mourejavam desde pela madrugada entre montanhas de vegetais e ruínas sangrentas de carne, rastejando por entre as fortunas feitas às braçadas no desencaixotar das cebolas e dos alhos, viviam e morriam com fome garotos esquálidos, vagabundos estranhos, toda a vasa do crime, do horror da prostituição, bem idêntica à vasa cheia de detritos da velha doca e da rampa. Noite e dia aquela gente, que tinha um calão próprio e vivia separada da cidade, labutava, e era uma sensação esquisita sentir-lhe os vários aspectos...

Oh! os aspectos da Praça! Seria preciso pertencer a todas as classes sociais para apreendê-los e enfeixá-los. Às primeiras horas da noite, quando ainda há no céu alguma luz deixada pelo sol, as casas de pasto com a crua iluminação do gás, os botequins baratos, as casas de louças, as barracas de frutas e de aves, as bancas de peixe, os açougues, a praça dos legumes cheia de montanhas vegetais – passavam por uma crise de nervos. Eram os donos das faluas, eram carregadores, carteiros, garotos, gente de hotéis, homens das bancas de peixe, suando, gesticulando, gritando. Na rampa desciam por pranchas tipos hercúleos carregando caixões, os caixões passavam para outras cabeças e havia, ininterrupta, uma corrente viva de trabalho exaustivo, enquanto pelas bodegas comiam outros em mangas de camisa, mas calmos e já prósperos, ou de camisa de meia, suando e saudáveis, entre o farisaísmo dos ciganos à cata de coisas grátis e o bando de malandros parasitas, desde o garoto do recado ao mendigo falso.

Depois tudo era sombra, escuridão, obscuridade complacente e uma atmosfera feita de relentos de cozinha, do cheiro das aves, da maresia da vasa, dos animais, das couves em montanhas, toda uma orquestração impalpável de cheiros afrodisíacos, espalhando uma vaga, indizível luxúria. Homens que nunca sentiram o mal de viver, nem o mal moral da dúvida, nem a dor física, dormiam quase nus nos paralelepípedos, sobre as soleiras das portas, e não havia canto escuso em que não se encontrasse uma criatura a roncar – ou gente de labuta, ou gente parasita. Na sombra, indecisamente sombras delineavam-se e na atmosfera pesada de tantos cheiros um rumor sutil, feito de mil rumores, de roncos, de pios, de grunhidos, excitava ainda mais.

À meia-noite, porém, começavam a chegar os vendedores, as carroças de verduras das hortas distantes e as faluas pesadas do outro lado da baía.

Os proprietários, os compradores caminhavam sempre com um pauzinho na mão, à guia de bengala; os outros, carroceiros, deixavam a carroça e recostavam a dormir mais um pouco. E o trabalho começava da descarga da quitanda, ligava-se das faluas para a rampa outra corrente humana, na alegria dos homens. – Eh, José, eu já carreguei três! – A apostar como eu levo mais! – Duvido! E em cada uma, enquanto o chefe dirige a colocação por ordem, os cestos de tomates com os cestos de tomates, os molhos de salsas com os molhos de salsas, sempre havia o "espirituoso" encarregado de dizer graça, ou o pequeno vagabundo que às vezes trabalha mais que os outros para matar o tempo.

Ia a madrugada em fora, e à luz das estrelas ou sob a chuva a cena se repetia. A um certo momento, os vendedores de peixe e de ostras aquartelavam com as latas enferrujadas e os cestos, acendendo cotos de vela a iluminar em derredor. Defronte sempre abria uma casa de pasto. Era a hora em que bordejavam bêbedos, à espera de bote, as blusas vermelhas dos fuzileiros navais, era a hora em que apareciam os seresteiros para tomar vinho branco e comer ostras, era a hora em que, à saída dos bailes carnavalescos, paravam tipoias transbordantes de mulheres alegres e de rapazes divertidos para o fim da orgia.

– Vamos comer ostras ao Mercado?

Quem não teve esta pergunta lamentável uma vez na sua vida?

Quando, porém, os retardatários davam por si, já no céu se fizera a transfusão da luz e era a Aurora que abria sobre o mar e sobre as coisas, como uma grande casa, a renovação da vida. E tudo parecia acordar, fervilhar, brilhar: aves, animais, escamas de peixes, latas, pratos, homens, pássaros, numa grita infrene, que tinha da Arca de Noé e de uma aluvião de leilões. Apagando os mendigos, apagando os garotos, apagando o sono misterioso, entrava a grande massa dos compradores, saíam as levas dos vendedores ambulantes, todos na grande agitação que dá a compra da vida, enquanto homens saudáveis brandiam machados em cepos sangrentos, montes de verduras desapareciam em cabazes, peixes rolavam, cães ladravam, aves cacarejavam e, doirando tudo, alindando tudo, o sol cobria a ruína sórdida das barracas, envolvia as faluas e a sujeira da doca, arrastava pelo mar a rede de lhama de oiro da sua luz.

E era assim até ao meio-dia, em que sempre havia tempo para uma palestra e um descanso em todos os múltiplos ramos dessa babel do estômago.

Quantas vidas se passaram ali, sem outro desejo, naquela apoteose da abundância que fechava o apetite e devia dar saúde? Quantas lutas, quantas intriguinhas, quantas discussões, quantos combates, porque a gente da praça sempre foi valente? Quantos limitaram as festas aos coretos da Lapa, com ornamentações, leilões de prendas e outros brincos primitivos? Quantos tiveram aqueles quatro portões como os portões de uma cidadela que não se sentia?...

Com essas tristes reflexões deixei o novo Mercado pela velha e amada Praça. Havia, como eu, muito cavalheiro discreto a armazenar na retina pela última vez a topografia do Mercado. E o Mercado era desolador. O quadrilátero onde paravam as carroças de verdura estava deserto. A parte central, onde havia bancas de peixe, frutas, casas de cebolas e de louças, também deserta e junto ao chafariz seco um soldado de ar triste. Pelas ruas estreitas, uma ou outra casa ainda aberta a carregar os utensílios para o novo edifício, onde ninguém dorme e às dez horas fecha. No mais, portas batidas, portões de grade mostrando a ruína vasta das paredes e o anseio interminável de mudança. Paramos enfim na rampa. Alguns homens conversavam em mangas de camisa. Para eles era impossível deixar de aproveitar a rampa. Mas a doca estava quase vazia. Só, amarrada a um dos grossos e gastos argolões de ferro, uma falua balouçava. Era a última. Dali a minutos ela partiria, deixando abandonada a velha bonacheirona antiga, cuja história já tinha da legenda. Era a derradeira. A atmosfera estava carregada. E além da falua tão cansada e triste, arabescando o horizonte de treva, um bando de corvos em círculos concêntricos alastrava um pedaço do céu.

A PRESSA DE ACABAR

*E*videntemente nós sofremos agora em todo o mundo de uma dolorosa moléstia: – a pressa de acabar. Os nossos avós nunca tinham pressa. Ao contrário. Adiar, aumentar, era para eles a suprema delícia. Como os relógios, nesses tempos remotos, não eram maravilhas de precisão, os homens mediam os dias com todo o cuidado da atenção, e eram eles que diziam do dia 13 de dezembro:

Le jour croist le saut d'une puce

e que contavam, cheios de prazer, o aumentar dos dias nesse dezembro europeu pelos pulos, saltos e passos de diversos animais:

A la saint Thomas le jour croist
Le saut d'un chat;
A la Noël
Le saut d'un baudet;
Au nouvel an
Le pas d'un sergent.

Até o dia 17 de janeiro em que o dia crescia – o jantar de um frade...

Nenhum de nós gozaria a vida observando a delícia dos dias aumentarem. Nem dos dias, nem das noites. Estamos no mês em que as noites começam a encompridar, e ninguém ainda se lembrou de dizer que a 13 a noite cresce o pulo de uma pulga e que por Santo Antônio a noite será tão comprida que fartará um casal amoroso... E isto por quê? Porque nós temos pressa de acabar. Sim! Em tudo, essa estranha pressa de acabar se ostenta como a marca do século. Não há mais livros definitivos, quadros destinados a não morrer, ideias imortais, amores que se queiram assemelhar ao símbolo de Filémon e Baucis. Trabalha-se muito mais, pensa-se muito mais, ama-se mesmo muito mais, apenas sem fazer a digestão e sem ter tempo de a fazer.

Antigamente as horas eram entidades que os homens conheciam imperfeitamente. Calcular a passagem das horas era tão complicado como calcular a passagem dos dias. Inventavam-se relógios de todos os moldes e formas. As horas nesses relógios deixavam uma vaga impressão, e foi de São Luís, rei da França, a ideia de contar as horas das noites pelas candeias que acendia. Era confundir as horas.

Hoje, não. Hoje, nós somos escravos das horas, dessas senhoras inexoráveis que não cedem nunca e cortam o dia da gente numa triste migalharia de minutos e segundos. Cada hora é para nós distinta, pessoal, característica, porque cada hora representa para nós o acúmulo de várias coisas que nós temos pressa de acabar. O relógio era um objeto de luxo. Hoje até os mendigos usam um marcador de horas, porque têm pressa, pressa de acabar.

Quem hoje não tem pressa de acabar? É possível que se perca tempo – oh! coisa dolorosa! – mas com a noção de que o estamos perdendo. Perde-se tempo como se perde a vida – porque não há remédio, porque a fatalidade o exige. Mas com que raiva!

Vede o homem da bolsa. Esse homem podia andar devagar. Entretanto anda a correr, suando, a consultar o relógio, querendo fazer em quatro horas o que em outro tempo se fazia em quatro meses. Vede o jornalista. Dispara por essas ruas aflito, trepidante, à cata de uma porção de fatos que em síntese, desde o assassinato à complicação política, são devidos exclusivamente à pressa de acabar. Vede o espectador teatral. Logo que o último ato chega ao meio, ei-lo nervoso, danado por sair. Para quê? Para tomar chocolate depressa. E por que depressa? Para tomar o bonde onde o vemos febril ao primeiro estorvo. Por quê? Porque tem pressa de ir dormir, para acordar cedo, acabar depressa de dormir e continuar com pressa as breves funções da vida breve!

"Dar tempo ao tempo", é uma frase feita cujo sentido a sociedade perdeu integralmente. Já nada se faz com tempo. Agora faz-se tudo por falta de tempo. Todas as descobertas de há 20 anos a esta parte tendem a apressar os atos da vida. O automóvel, essa delícia, e o fonógrafo, esse tormento encurtando a distância e guardando as vozes para não se perder tempo, são bem os símbolos da época.

O homem mesmo do momento atual num futuro infelizmente remoto, caso a terra não tenha grande pressa de acabar e seja levada na cauda de um cometa antes de esfriar completamente – o homem mesmo será classificado, afirmo eu já com pressa, como o *Homus cinematograficus*.

Nós somos uma delirante sucessão de fitas cinematográficas. Em meia hora de sessão tem-se um espetáculo multiforme e assustador cujo título geral é: – *Precisamos acabar depressa.*

O homem-cinematográfico acorda pela manhã desejando acabar com várias coisas e deita-se à noite pretendendo acabar com outras tantas. É impossível falar dez minutos com qualquer ser vivo sem ter a sensação esquisita de que ele vai acabar alguma coisa. O escritor vai acabar o livro, o repórter vai acabar com o segredo de uma notícia, o financeiro vai acabar com a operação, o valente vai liquidar um sujeito, o político vai acabar sempre várias complicações, o amoroso vai acabar *com aquilo.* Daí um verdadeiro tormento de trabalho. Cada um desses sujeitos esforça-se inutilmente – oh! quanto!... – para acabar com o lendário Sísifo, com o lendário rochedo. O homem-cinematográfico, comparado ao homem do século passado, é um gigante de atividade. O comerciante trabalha em dois meses mais do que o seu antecessor em dez anos; o escritor escreve volumes de tal modo, aqui, na França, na Inglaterra, que os próprios colegas (aliás com a mesma moléstia) ficam a desconfiar de que o tipo tenha em casa um batalhão de profissionais anônimos: os amorosos ajeitam-se de tal forma que a paixão me dá hoje a impressão de um bailado desvairado que se denomina: *o cancan* dos beijos. A pressa de acabar torna a vida um torvelinho macabro e é tão forte o seu domínio que muitos acabam com a vida ou com a razão apenas por não poder acabar depressa umas tantas coisas...

Quem será capaz de dizer hoje sinceramente: – eu vivo para o teu amor? Vive-se dois minutos porque há pressa de outros amores que também se hão de acabar. Ainda outro dia uma jovem senhora casada de fresco dizia-me:

– Oh! não! não desejo ter filhos.

– Mas, minha senhora, o fim da vida...

– Não venha com frases. Preciso dizer-lhe que eu teria saudades de ter mesmo muitos filhos. Mas falta-me o tempo e eles ainda levam nove meses a chegar cá...

Felizmente, os petizes já começam a nascer nos automóveis, na terceira velocidade, e é provável que com algum esforço se consiga apressar o sistema atual da gestação.

Antes mesmo disso nós conseguimos acabar com a reflexão e o sentimento. O homem de agora é como a multidão: ativo e imediato. Não pensa, faz; não pergunta, obra; não reflete, julga.

Cada homem vale por uma turba. A turba é inconsciente, o homem começa a sê-lo nessa nevrose.

– Quantas mulheres amas neste momento?

– Pelo menos, três, fora as *passadas*. Mas vou acabar porque tenho outras.

– Por que escreveste um livro que é inteiramente o oposto do publicado uma semana antes?

– Porque era moda e eu precisava acabar mais um volume.

– Por que te suicidas, tu?

– Porque não posso acabar com o amor que dura há três meses!

A pressa de acabar! Mas é uma forma de histeria difusa! Espalhou-se em toda a multidão. Há nos simples, nos humildes, nos mourejadores diários; há nos inúteis, há nos fúteis, há nos profissionais da *coquetterie*, há em todos esse delírio lamentável. Qual é o fito principal de todos nós? Acabar depressa! O homem-cinematográfico resolveu a suprema insanidade: encher o tempo, atopetar o tempo, abarrotar o tempo, paralisar o tempo para chegar antes dele. Todos os dias (dias em que ele não vê a beleza do sol ou do céu e a doçura das árvores porque não tem tempo) diariamente, nesse número de horas retalhadas em minutos e segundos que uma população de relógios marca, registra e desfia – o pobre-diabo sua, labuta, desespera com os olhos fitos nesse hipotético poste de chegada que é a miragem da ilusão. Os que assistem, com a pressa de acabar, gritam inclementes a frase mais representativa do momento:

– Está na hora!

Os que representam (e são os mesmos) têm no cérebro a ideia fixa:

– É a hora! Vai chegar a hora...

Uns acabam pensando que encheram o tempo, que o mataram de vez. Outros desesperados vão para o hospício ou para os cemitérios. A corrida continua. E o Tempo também, o Tempo insensível e incomensurável, o Tempo infinito para o qual todo o esforço é inútil, o Tempo que não acaba nunca! É satanicamente doloroso. Mas que fazer? Acentuar a moléstia, passar adiante logo e recordar, nestas noites longas-longas? Não! Brevíssimas! – de mais o bom tempo de antanho em que nossos avós, sem relógios assegurados, sem a pressa de acabar, nos preparavam este presente vertiginoso com tempo ainda para verificar como os dias aumentavam o pulo de um gato, o passo de sargento ou o farto jantar de um frade...

VIDA VERTIGINOSA
(1911)

A ERA DO AUTOMÓVEL

E, subitamente, é a era do Automóvel. O monstro transformador irrompeu, bufando, por entre os descombros da cidade velha, e como nas mágicas e na natureza, aspérrima educadora, tudo transformou com aparências novas e novas aspirações. Quando os meus olhos se abriram para as agruras e também para os prazeres da vida, a cidade, toda estreita e toda de mau piso, eriçava o pedregulho contra o animal de lenda, que acabava de ser inventado em França. Só pelas ruas esguias dois pequenos e lamentáveis corredores tinham tido a ousadia d'aparecer. Um, o primeiro, de Patrocínio, quando chegou, foi motivo de escandalosa atenção. Gente de guarda-chuva debaixo do braço, parava estarrecida com se tivesse visto um bicho de Marte ou um aparelho de morte imediata. Oito dias depois, o jornalista e alguns amigos, acreditando voar com três quilômetros por hora, rebentavam a máquina de encontro às árvores da Rua da Passagem. O outro, tão lento e parado que mais parecia uma tartaruga bulhenta, deitava tanta fumaça que, ao vê-lo passar, várias damas sufocavam. A imprensa, arauto do progresso, e a elegância, modelo do esnobismo, eram os precursores da era automobilística. Mas ninguém adivinhava essa era. Quem poderia pensar na futura influência do Automóvel diante da máquina quebrada de Patrocínio? Quem imaginaria velocidades enormes na carriola

dificultosa que o conde Guerra Duval cedia aos clubes infantis como um brinco idêntico aos balouços e aos pôneis mansos? Ninguém! absolutamente ninguém.
– Ah! um automóvel, aquela máquina que cheira mal?
– Pois viajei nele.
– Infeliz!
Para que a era se firmasse fora precisa a transfiguração da cidade. E a transfiguração se fez como nas férias fulgurantes, ao tam-tam de Satanás. Ruas arrasaram-se, avenidas surgiram, os impostos aduaneiros caíram, e triunfal e desabrido o automóvel entrou, arrastando desvairadamente uma catadupa de automóveis. Agora, nós vivemos positivamente nos momentos do automóvel, em que o *chauffeur* é rei, é soberano, é tirano.

Vivemos inteiramente presos ao Automóvel. O Automóvel ritmiza a vida vertiginosa, a ânsia das velocidades, o desvario de chegar ao fim, os nossos sentimentos de moral, de estética, de prazer, de economia, de amor.

Mirbeau escreveu: – "O gosto que tenho pelo 'auto' irmão menos gentil e mais sábio do barco, pelo patim, pelo balanço, pelos balões, pela febre também algumas vezes, por tudo que me leva e me arrasta, de pressa, para além, mais longe, mais alto, além da minha pessoa, todos esses apetites são correlatos, têm a origem comum no instinto, refreado pela civilização, que nos leva a participar dos ritmos, de toda a vida, da vida livre, ardente, e vaga, vaga aí! como os nossos desejos e os nossos destinos..."

Não, eu não penso assim. O meu amor, digo mal, a minha veneração pelo automóvel vem exatamente do tipo novo que Ele cria preciso e instantâneo, da ação começada e logo acabada que Ele desenvolve entre mil ações da civilização, obra Sua na vertigem geral. O automóvel é um instrumento de precisão fenomenal, o grande reformador das formas lentas.

Sim, em tudo! A reforma começa, antes de andar, na linguagem e na ortografia. É a simplificação estupenda. Um simples mortal de há 20 anos passados seria incapaz de compreender, apesar de ter todas as letras e as palavras por inteiro, este período: "O Automóvel Clube Brasil sem negócios com a Sociedade de Automóveis de Reims, na garage Excelsior". Hoje, nós ouvimos diálogos bizaros:

– Foste ao A. C. B.?
– Iéss.
– Marca da fábrica?
– F. I. A. T. 60-H. P. Tenho que escrever a A. C. O. T. U. K.

O que em palestra diz-se ligando as letras em palavras de aspecto volapuckeano, mas que traduzido para o vulgar significa que o cavalheiro tem uma máquina da Fábrica Italiana de Automóveis de Turim, da força de 60 cavalos e que vai escrever para o Aereo Clube do Reino Unido.

É ou não é prodigioso? É a língua do futuro, a língua das iniciais só entrevista segundo Bidon pelo genial José de Maîstre, que fazia *cadáver* (mesmo credor) derivar de *corpus datus vermibus*.

Um artigo de 200 linhas escreve-se em 20 quase estenografado. Assim como encurta tempo e distâncias no espaço, o Automóvel encurta tempo e papel na escrita. Encurta mesmo as palavras inúteis e a tagarelice. O monossílabo na carreira é a opinião do homem novo. A literatura é ócio, o discurso é o impossível.

Mas o automóvel não simplifica apenas a linguagem e a ortografia. Simplifica os negócios, simplifica o amor, liga todas as coisas vertiginosamente, desde as amizades necessárias, que são a base das sociedades organizadas, até o idílio mais puro.

Um homem, antigamente, para fazer fortuna, precisava envelhecer. E a fortuna era lamentável de pequena. Hoje, rapazolas que ainda não têm 30 anos, são milionários. Por quê? Por causa do automóvel, por causa da gasolina, que fazem meninos nascer banqueiros, deputados, ministros, diretores de jornal, reformadores de religião e da estética, aliás com muito mais acerto que os velhos.

Se não fossem os 120 quilômetros por hora dos Dietriche de *course* não se andaria moralmente tão depressa. O automóvel é o grande sugestionador. Todos os ministros têm automóveis, os presidentes de todas as coisas têm automóveis, os industriais e os financeiros correm de automóvel no desespero de acabar depressa, e andar de automóvel é, sem discussão, o ideal de toda a gente.

Vá qualquer sujeito que se preza à casa de outro, de tílburi ou de carro. Com um pouco de intimidade o outro dirá fatalmente:

– Pobre criatura! Como deves estar moído. Levaste para aí uma infinidade de tempo! Despede o caranguejo e vem no meu *auto*.

Auto! Compreendam o quanto vai de misterioso, de principal, de autônomo nesta palavra! Daí, decerto, o poder fascinador para concluir negócios da invenção vertiginosa. Chega-se com estrépito, *stopa-se* brusco, salta-se.

– O senhor veio de automóvel?
– Para quem tem tanto que fazer!
– É uma bela máquina.
– É minha, e está às suas ordens.
– E o *chauffeur*?
– Também meu. Mas o *chauffeur* é sempre o que menos guia. Teria muito prazer em conduzi-lo...

No outro dia o negócio está feito, principalmente se o contratante não contrata por conta própria.

Para se ganhar dinheiro, acima do comum sedentário, é preciso ter um automóvel, conservá-lo, alugá-lo. A quimera montável dos idealistas não é outra senão o Automóvel. Nele, toda a quentura dos seus cilindros, a trepidação da sua máquina transfundem-se na pessoa. Não é possível ter vontade de parar, não é possível deixar de desejar. A noção do mundo é inteiramente outra. Vê-se tudo fantasticamente em grande. Graças ao automóvel a paisagem morreu – a paisagem, as árvores, as cascatas, os trechos bonitos da natureza. Passamos como um raio, de óculos enfumaçados por causa da poeira. Não vemos as árvores. São as árvores que olham para nós com inveja. Assim o Automóvel acabou com aquela modesta felicidade nossa de bater palmas aos trechos de floresta e mostrar ao estrangeiro *la naturaleza*. Não temos mais *la naturaleza*, o Corcovado, o Pão de Açúcar, as grandes árvores, porque não as vemos. A natureza recolhe-se humilhada. Em compensação temos palácios, altos palácios nascidos do fumo de gasolina dos primeiros automóveis e a febre do grande devora-nos. Febre insopitável e benfazeja! não se lhe pode resistir. Quando os novos governos começam, com medo de perder a cabeça, logo no começo ministros e altas autoridades dizem sempre:

– Precisamos fazer economias.

Como? Cortando orçamentos? Reduzindo o pessoal? Fechando as secretarias? Diminuindo vencimentos?

Não. O primeiro momento é de susto. As autoridades dizem apenas.

– Vamos vender os automóveis.

Mas logo altas autoridades e funcionários sentem-se afastados, sentem-se recuados, tem a sensação penosa de um Rio incompreensível, de um Rio anterior ao Automóvel, em que eram precisos meses para realizar alguma coisa e horas para ir de um ponto a outro da cidade. E então o ministro, mesmo o mais retrógrado e velho, revoga as economias e murmura:

– Vão buscar o Automóvel!

Oh! O Automóvel é o Criador da época vertiginosa em que tudo se faz depressa. Porque tudo se faz depressa, com o relógio na mão e ganhando vertiginosamente tempo ao tempo. Que ideia fazemos de século passado? Uma ideia correlata a velocidade do cavalo e do carro. A corrida de um cavalo hoje, quando não se aposta nele e o dito cavalo não corre numa raia, é simplesmente lamentável. Que ideia fazemos de ontem? Ideia de bonde elétrico, esse bonde elétrico, que deixamos longe em dois segundos. O Automóvel fez-nos ter uma apudorada pena do passado. Agora é correr para a frente. Morre-se depressa para ser esquecido dali a momentos; come-se rapidamente sem pensar no que se come; arranja-se a vida depressa, escreve-se, ama-se, goza-se como um raio; pensa-se sem pensar no amanhã que se pode alcançar agora. Por isso o Automóvel é o grande tentador. Não há quem lhe restista. Desde o Dinheiro ao Amor. O Dinheiro precisa de automóveis para mostrar quem é. O Amor serve-se do automóvel para fingir Dinheiro e apressar as conquistas. Por S. Patrício, patrono dos automóveis! Já reparastes que se julga os homens pelo Automóvel? Ouvi os comentários.

– Não. Ele está bem. Vi-o d'automóvel.
– Lá vai aquele canalha d'automóvel. Quanta ladroeira!
– Bravo! De automóvel...
– Os negócios dele são tantos que já comprou outro automóvel para dar-lhes andamento.

E no Amor?

As mulheres de hoje em dia, desde as cocotes às sogras problemáticas, resistem a tudo: a flores, a vestidos, a camarotes de teatro, a jantares caros. Só não resistem ao automóvel. O homem que consegue passear a dama dos seus sonhos nos quatro cilindros da sua máquina está prestes a ver a realidade nos braços.

– Vamos passear de automóvel?
– De automóvel?...

Toda a sua fisionomia ilumina-se. Se a paixão é por damas alegres, antes da segunda velocidade nós já vamos na reta da chegada. Se a paixão é difícil, há sempre a frase:

– Que bom automóvel! É seu?
– É nosso...

Então, com uma *carrosserie* de primeira ordem, *châssis* longo, motorista fardado, na terceira velocidade – pega-se.

— Ai que me magoas.

— Tu é que caíste...

Como o amor é o fim do mundo, num instante compreende-se que de automóvel lá se chegue com a rapidez instantânea. Compreende-se mesmo ser impossível a indiferença nas máquinas diabólicas. Quando se quer dar por concluída uma conquista, diz-se:

— Foi passear de automóvel com ele!

E para a mulher do século XX todo o prazer da vida resume-se nesta delícia:

— Vou passear d'automóvel!

Ah! o automóvel! Ele não criou apenas uma profissão nova: a de *chauffeur*; não nos satisfez apenas o desejo do vago. Ele precisou e acentuou uma época inteiramente Sua, a época do automóvel, a nossa delirante e inebriante época de fúria de viver, subir e gozar, porque, no fundo, nós somos todos *chauffeurs* morais, agarrados ao motor do engenho e tocando para a cobiça das posições e dos desejos satisfeitos, com velocidade máxima, sem importar com os guarda-civis, os desastres, os transeuntes, sem mesmo pensar que os bronzes podem vir a derreter na carreira doida do triunfo voraz!

Automóvel. Senhor da Era, Criador de uma nova vida, Ginete Encantado da transformação urbana, Cavalo de Ulisses posto em movimento por Satanás, Gênio inconsciente da nossa metamorfose!

O AMIGO DOS ESTRANGEIROS

– *P*ermite que o apresente?...
– Oh! por quem é!
– O senhor Cicrano, um dos nossos homens mais apreciáveis. Estes cavalheiros e estas damas já devem ser seus conhecidos.
– Sim, talvez...
– Não há dúvida alguma. São mesmo. O capitão japonês Iro Kojú, a conferente finlandesa Hips Heps, o joven paxá turco Muezim, *el señor Gorostiaga, nuestto amico del Plata, M.lle Clavein, la charmante virtuose des danses arabes, miss Gunther, the admirable miss Gunter...*
É na rua. O Sr. Cicrano faz muito atrapalhado um gesto esquivo, de quem não sabe o que há de dizer. O grupinho internacional sacode a cabeça indeciso, com esses sorrisos de dançarina que nada exprimem. O amigo dos estrangeiros, o olho redondo, o gesto redondo, a boca redonda, é o único à vontade. Esfrega as mãos, espera um segundo, e liga a conversação:
– Pois sim senhor! A senhora Hips Heps gostou muito do Corcovado.
– Ah! muito bem.
– *It is not, miss?*
– *All right, very beautiful...*
– E o senhor Gorostiaga a Beira Mar...

– *Es verdad. Mi quedé extactico, señor*!
– Ah! muito obrigado.

O amigo dos estrangeiros estala uma gargalhada feliz.

– Ah! Senhor Cicrano, estou convencido que a nossa capital é uma das primeiras do mundo!

– *Sin duda*! exclama Gorostiaga.

– *Mais naturellement*... sorri a virtuose das danças árabes.

O amigo dos estrangeiros ainda está uns segundos. Depois dá o sinal da partida. O Sr. Cicrano, aliviado, aperta aquelas mãos que nunca mais apertará e já não sabem por quem são apertadas. Passos adiante, o amigo dos estrangeiros descobre Beltrano, outro amigo:

– Esperem que lhes vou apresentar Beltrano. Querem?

– ... prazer! diz em massa e entre dentes o bloco dos *touristes*.

– Ainda temos tempo. Falta meia hora só para tomar o vapor e eu consegui duas lanchas com o inspetor da polícia marítima, a quem pretendo apresentá-los.

E, inclemente, o amigo dos estrangeiros segura Beltrano pela aba do casaco.

Quem é esse curioso homem amável? Por que uma tal temosia recreativa? É inútil indagar. O amigo dos estrangeiros representa um ponto de interferência entre a velha cidade patriarcal e hospitaleira e a nova cidade vertiginosa. Ele pode julgar-se como qualquer de nós um simples cavalheiro gentil, um pouco gentil demais. Nós não poderemos ter essa modéstia de classificação. O amigo dos estrangeiros é uma figura social, criada num certo momento pelo Destino em pessoa. Ele só, sozinho, resume o acolhimento das cidades novas desejosas de serem gabadas pelos representantes das antigas civilizações; ele só exprime e condensa uma semana oficial; ele só explica aquele comentário do ironista francês após uma visita à América:

– *Ils sont charmants, mais qu'ils sont assommants*!

O amigo dos estrangeiros parece não viver como os mais, parece não ter afazeres, preocupações, necessidades, além do afazer, da preocupação, da necessidade de encontrar estrangeiros e de enchê-los de gentilezas. Tambem é prodigioso, é incomparável. O seu faro policial, o seu instinto sherlockeano não poderão ter jamais rival. Numa cidade em que o brasileiro é apenas grande colônia, num porto de mar visitado por centenas de navios de todas as procedências, ele sabe descobrir o estrangeiro recém-chegado, sabe apanhar o estrangeiro com cartão de visita, sabe encontrar nos hotéis, nas ruas, em outros lugares a vítima peregrina. Os estrangeiros hão de dizer:

– Mas que homem amável! E como ele conhece gente!

O amigo dos estrangeiros encontrou-os, trocou bilhetes de visita, pediu informações e apresenta-os sem mais perguntas a quantos topa.

Os nacionais, que com ele têm pouca intimidade e só o conhecem através daquelas imperativas apresentações, tiram-lhe o chapéu com imenso respeito.

– Diabo! um sujeito que conhece o mundo inteiro...

Ele entretanto é uma flor, obrando por bondade, agindo por instinto. Um poder superior exige do seu bom coração aquele esforço gratuito e mesmo dispendioso – porque para ser hospitaleiro às direitas o amigo dos estrangeiros paga jantares, paga almoços, paga ceias, paga automóveis. Há quem sorria da sua missão – os frívolos. Os observadores admiram-no. Uma conversa de meia hora com tão importante figura internacional dá bem a medida do progresso do Brasil, da corrente de curiosidade que pelo nosso país se faz no mundo. Nunca o encontramos sem um cacho de estrangeiros de nome. São bacharéis de Coimbra, são oficiais de marinha, são filhos de milionários americanos, são doutores de universidades alemãs, são banqueiros russos, estudantes franceses, conferentes de várias nacionalidades, industriais de todas as terras, velhas damas literatas, atrizes com ou sem renome. Não diz bom-dia sem despejar dos bolsos alguns estrangeiros, não nos aperta a mão sem nos deixar na companhia de alguma personalidade desejosa de conhecer o nosso país. Essa condição especial deu-lhe uma segurança, uma autoridade verdadeiramente brilhantes. Ele aparece pelos teatros guiando um bando cosmopolita, entra sem dar satisfação ao porteiro e dirige-se ao empresário.

– Trago aqui alguns estrangeiros ilustres que desejam visitar as nossas casas de espetáculo. Já decerto ouviu falar neles. É o célebre nadador P'loureus, campeão do mundo, é o senador da Liberia Gomide, é o chefe zulu Togomú. Meus senhores, o distinto empresário, um dos nossos mais distintos empresários.

O empresário aturdido cumprimenta. O amigo dos estrangeiros põe-lhe a mão no ombro.

– Vai ter a gentileza de mandar-nos abrir um camarote para mostrar-lhes de como também temos teatro, não é? Os senhores vão ver uma opereta que aqui tem feito muito sucesso.

– Brasileira?
– Não, universal: a *Viúva Alegre*.
– Conhecem?

O empresário não tem remédio senão mandar abrir o camarote. Os estrangeiros não têm remédio senão ouvir mais uma vez a valsa fatal que soa aos ouvidos da humanidade, cantada e guinchada há muitíssimos meses. O amigo dos estrangeiros, porém, irradia, tendo conseguido mais uma prova de hospitalidade, sem poupar sacrifícios, e subindo as escadas:

– Os nossos empresários são como este, encantadores.
– Não há dúvida, dizem as vítimas, monologando internamente: raios o partam!

Mas a hospitalidade é isso, a hospitalidade é uma tradição aborrecidíssima, e o amigo dos estrangeiros é o mais cacetеado e sempre a sorrir. Há cinco anos diariamente passeia de automóvel do Cais do Porto ao recinto da Exposição ouvindo em todas as línguas as mesmas frases de admiração pela beleza da paisagem. Há cinco anos diariamente mostra a Avenida Central e as novas avenidas. Há cinco anos, diariamente leva a teatros e a clubes personalidades de outras terras. São tantos que às vezes confunde.

– O príncipe magiar Za Konnine disse que a Avenida é a mais bela do mundo.

– Seriamente?

– Não sei ao certo se foi o príncipe Za Konnine, se a condessa russa Trepoff, se o bailarino exótico Balduino, se o encarregado de negócios do grão-ducado de Baden.

– Grave problema, hein?

– Se lhe parece! Mas foi um deles, foi uma pessoa estrangeira notável.

E sorri vagamente inquieto. Quantas complicações não poderão advir daquela falta de segurança!...

O amigo dos estrangeiros está convencido de que presta um alto serviço gratuito à pátria, que é o chefe e único funcionário da repartição de propaganda ainda por fundar. Por isso explica sempre mais ou menos o motivo por que conduz os desembarcados. Se são chilenos, aperta os laços fraternais; se americanos do norte, canaliza para nós grandes capitais; se japoneses, mostra ao gigante do oriente que gigantes somos nós; se ingleses, alemães, franceses, completa a obra de missão de expansão econômica realizada na Europa. Nada mais comovente do que vê-lo gozar as palavras de banal gentileza dos que cicerona. Os seus olhitos redondos acompanham os menores gestos, surpreendem os mais breves movimentos, indagam com uma perpétua desconfiança logo excessivamente agradecida. À exclamação: – como é lindo! – seja em que língua for, sorri, cheio de vaidade:

– Então, que lhes dizia eu?

Parece que os estrangeiros estão a gabar uma coisa sua. Em noventa e nove casos sobre cem os estrangeiros farejam o fácil negócio de ganhar dinheiro apenas com promessas de trabalhos demonstrativos da sua admiração crescente. Crédulo e bom, o amigo dos estrangeiros interessa-se por eles, leva-os aos jornais, aos ministérios, à sociedade.

E diz com convicção:

– Sabe que vamos ter um livro muito sincero a nosso respeito?

– De quem?

– Daquele jornalista belga.

– Mas você é criança!

– Criança? Se ele me deu a sua palavra de honra!

O estrangeiro não escreve uma linha. O homem extraordinário conserva-se sorridente e puro, na sua missão superior. Se outros repetem a mesma história, o amigo dos estrangeiros continua a sorrir satisfeito e quando muito faz alusões vagas aos notáveis que por cá andaram sem escrever uma linha.

– O senhor deve conhecer Doumer?

– Muito bem, Mr. Doumer.

– Pois andou por cá, disse que ia fazer um livro em dois volumes.

– Não fez?

– E arranjou até – (eu não sei, é segundo dizem!) – uns bons cobres.

Para ele no fundo os estrangeiros são todos parentes e não tem vontade nenhuma de ofendê-los. Até aos argentinos faz amabilidades. Quando perde uma caravana fica cor de terra, perde a fala de raiva.

– Eu bem digo!... Levar os estrangeiros pelo Estácio a Tijuca.

– Então?

– Para ver ruas empoeiradas! Essa gente não entende mesmo.

Depois, sorrindo com afetado desprezo:

– Eu por mim, não me importo. Sua alma, sua palma.

Encontrei ontem o bom amigo dos estrangeiros. Vinha suando, redondo, acompanhado de cinco homens todos estrangeiros. Estava exausto.

— Mas então sempre na lida?
— Que se há de fazer? Estou que não posso mais.
— Descanse.
— Impossível. Acabo de recerber cartas de recomendação que me tomam o tempo até o fim do ano.
— Como assim?
— É que os estrangeiros de passagem só encontrando aqui um homem amável, que sou eu, guardam o meu nome e recomendam-me depois os amigos.
— De modo que você fica uma espécie de cônsul universal?
— Mais ou menos. Como descansar? É impossível.
— Sim, é difícil. A menos que não queira morrer.

O amigo dos estrangeiros sorriu, desconsolado. Os estrangeiros, os últimos cinco, estavam impacientes.

— Você permite que os apresente?
— Não.
— Por quê?
— Porque não quero.
— Não me faça isso. É gente de primeira. Vou levá-los ao ministério!

E sorrindo, o amigo curioso, ergueu a voz.

— Aqui este distinto periodista que já ouviu muito falar dos senhores.
— Oh! *monsieur*...
— *Monsieur*...
— *Merci, journaliste*... Aqui o reverendo Schmidt de onde mesmo? Aqui o senhor... o senhor... o senhor, como é mesmo o seu nome?... O senhor Berjanac, é verdade. Tão conhecido! Já fomos às obras do Porto. Tiveram uma excelente impressão.
— *Mais certainement*...

Olhei o amigo dos estrangeiros. Ele dizia aquilo com a mesma cara com que há cinco anos o mesmo repete! Era uma vocação! Era um predestinado! Era espantoso! E mais uma vez eu o considerei na galeria dos representativos das tendências morais de um país, um tipo excepcional, um tipo que os deuses faziam único e simbólico.

O CHÁ E AS VISITAS

A vida nervosa e febril traz a transformação súbita dos hábitos urbanos. Desde que há mais dinheiro e mais probabilidades de ganhá-lo, – há mais conforto e maior desejo de adaptar a elegância estrangeira. A ininterrupta estação de sol e chuva de todo ano é dividida de acordo com o protocolo mundano; o jantar passou irrevogavelmente para a noite. Todos têm muito que fazer e os deveres sociais são uma obrigação.

– Em que ocupará a minha amiga o seu dia de hoje?

– A massagista, às 9 horas, seguida de um banho tépido com essência de jasmim Aula prática de inglês às 10. *All right*! Almoço à inglesa. Muito chá. *Toilette*. Costureiro. Visita a Fulana. Dia de Cicrana. Chá de Beltrana. Conferência literária. Chá na Cavé. Casa. *Toilette* para o jantar. Teatro. Recepção seguida de baile na casa do general...

Não se pode dizer que uma carioca não tem ocupações no inverno. É uma vida de terceira velocidade extra-urbana. Mas também todos os velhos e todas as velhas que se permitem ainda existir não contêm a admiração e o pasmo pela transformação de mágica dos nossos costumes. E a transformação súbita, essa transformação que nós mesmos ainda não avaliamos bem, feita assim de repente no alçapão do Tempo, foi operada essencialmente pelo Chá e pelas Visitas.

Sim, no Chá e nas Visitas é que está toda a revolução dos costumes sociais da cidade neste interessantíssimo começo do século.

Há dez anos o Rio não tomava chá senão à noite, com torradas, em casa das famílias burguesas. Era quase sempre um chá detestável. Mas, assim como conquistou Londres e tomou conta de Paris, o chá estava apenas à espera das avenidas para se apossar do carioca. Há dez anos, minutos depois de entrar numa casa era certo aparecer um moleque, tendo na salva de prata uma canequinha de café:

– É servido de um pouco de café?

O café era uma espécie de colchete da sociabilidade no lar e de incentivo na rua. Assim, como sem vontade o homem era obrigado a beber café em cada casa, o café servia nos botequins para quando estava suado, para quando estava fatigado, para quando não tinha o que fazer – para tudo enfim.

Foi então que apareceu o Chá, impondo-se hábito social. As mulheres – como em Londres, como em Paris – tomaram o partido do Chá. O amor é como o chá, escreveu Ibsen. O chá é o oriente exótico, escreveu Loti. As mulheres amam o amor e o exotismo. Amaram o chá, e obrigaram os homens a amá-lo. Hoje toma-se chá a toda a hora com creme, com essências fortes, com e sem açúcar, frio, quente, de toda a maneira, mas sempre chá. O chá excita a energia vital, facilita a palestra, dá espírito a quem não tem – e são tantos!... – dizem mesmo que é indulgente, engana a fome e diminui o apetite. Quando as damas são gordas, o chá emagrece, quando as damas são magras dá-lhes com o seu abuso sensações de frialdade cutânea, um vago mal-estar nervoso, que é de um encanto ultramoderno. Por isso toda a gente toma chá.

– Onde vai?
– Tomar um pouco de chá. Estou esfomeado!
– Mas que pressa é esta?

– Quatro horas, meu filho, a hora de *five o'clock* da condessa Adrianna!...

O chá é distinto, é elegante, favorece a conversa frívola e o amor que cada vez mais não passa de *flirt*. É inconcebível um idílio entre duas xícaras de café. Não houve romancista indígena, nem mesmo o falecido Alencar, nem mesmo o bom Macedo, com coragem de começar uma cena de amor diante de uma cafeteira. Entretanto o chá parece ter sido apanhado na China e servido a quatro ou cinco infusões de mandarins opulentos, especialmente para perfumar depois de modo vago o amor moderno. Por isso vale a pena ir a um chá, a um *tearoom*.

Há ranchos de moças de vestes claras, rindo e gozando o chá; há mesas com estrangeiros e com velhas governantas estrangeiras, há lugares ocupados só por homens que vão namorar de longe, há rodas de cocotes cotadas ao lado da gente do escol. Tudo ri. Todos se conhecem. Todos falam mal uns dos outros. Às vezes fala-se de uma mesa para outra; às vezes há mesas com uma pessoa só, esperando mais alguém, e o que era impossível à porta de um botequim, ou à porta grosseira de uma confeitaria, é perfeitamente admissível à porta de um Chá.

– Dar-me-á V. Ex.a a honra de oferecer-lhe o chá?
– Mas com prazer. Morro de fome...

E dois dias depois, ele, que esperou 20 minutos, na esquina:

– Mas o Destino protege-me! Chegamos sempre à mesma hora para o nosso chá...

O nosso chá! O chá faz a reputação de uma dona de casa. Nos tempos de antanho, uma boa dona de casa era a senhora que sabia coser, lavar, engomar e vestir as crianças. Hoje é a dama que serve melhor o chá, e que tem com mais chic – *son jour*, para reter um pouco mais as visitas.

Se acordássemos uma titular do império do repouso da tumba para passeá-la pelo Rio transformado – era quase certo que essa senhora, com tanto chá e tantos salões que recebem, morreria outra vez.

Há talvez mais salões que recebam do que gente para beber chá. Diariamente as seções mundanas dos jornais abrem notícias comunicando os dias de recepção de diversas senhoras, de Botafogo ao Caju. Toda dama que se preza e não há dama ou cavalheiro sem uma alevantada noção da própria pessoa – tem o seu dia de recepção e a sua hora. Algumas concedem a tarde inteira, e outras dão dois dias na semana. Há pequenos grupos de amigos que se apropriam da semana e se distribuem mutuamente os dias e as horas. De modo que o elegante mundano com um círculo vasto de relações, isto é, tendo relações com alguns pequenos grupos, fica perplexo diante da obrigação de ir a três ou quatro salões à mesma hora, ficando um nas Laranjeiras, outro na Gávea, outro em S. Cristovão e outro em Paula Mattos – bairro talvez modesto quando por lá não passava o elétrico de Santa Tereza... Outrora só se davam o luxo de ter dias, o seu "dia", as damas altamente cotadas da corte.

O mesmo acontecia na França, antes de Luiz XVI.

A visita era imprevista, e sem pose.

Ouvia-se bater à porta:

– Vai ver quem é?

– É D. Zulmira, sim senhora, com toda a família.

Havia um alvoroço. Apenas dez da manhã e já a Zulmira! E entrava D. Zulmira, esposa do negociante ou do funcionário Leitão, com as três filhas, os quatro filhos, o sobrinho, a cria, o cachorrinho.

– Você? Bons ventos a tragam! Que sumiço! Pensei que estivesse zangada.

– Qual, filha, trabalhos, os filhos. Mas hoje venho passar o dia, Leitão virá jantar...

E ficava tudo à vontade. As senhoras vestiam as *matinées* das pessoas de casa, as meninas faziam concursos de doces, os meninos tomavam banho juntos no tanque e indigestões coletivas. Às cinco chegava o Leitão com a roupa do trabalho e ia logo lavar-se à *toilette* da dona da casa, o quarto patriarcal da família brasileira, tão modesto e tão sem pretensões... Só às 11 da noite o rancho partia ou pensava em partir, porque às vezes a dona da casa indagava.

– E se vocês dormissem...
– Qual! Vamos desarranjar...
– Por nós, não! É até prazer.

E dormiam mesmo e passavam um, dois, três dias, e as despedidas eram mais enternecidas do que para uma viagem.

Hoje só um doido pensa em passar dias na casa alheia. Passar dias com tanto trabalho e tantas visitas a fazer! Só a expressão – *passar dias* – é impertinente. Não se passa nem se vai comer à casa alheia sem prévio convite. Adeus a bonhomia primitiva, a babosa selvageria. Vai-se cumprir um dever de cortesia e manter uma relação de certo clã social que nos dá ambiente em público com as senhoras e prováveis negócios com os maridos. As damas elegantes têm o "seu dia". Há tempos ainda havia um criado bisonho para vir dizer.

– Está aí o Dr. Fulano.

Agora, o Dr. Fulano tem as portas abertas pelo criado sem palavras e entra no salão sem espalhafato. Os cumprimentos são breves. Raramente aperta-se a mão das damas. Há sempre chá, *petit fours*, e esse alucinante tormento mundano chamado *bridge*. Muitos prestam atenção ao *bridge*. Fala-se um pouco mal do próximo com o ar de quem está falando da temperatura e renovam-se três ou quatro repetições de ideias que agitam aqueles cerebrozinhos.

Depois um cumprimento, um *shake-hands* perdido, ondulações de reposteiros. Quanto menos demora mais elegância. Vinte minutos são um encanto. Uma hora, *chic*. Duas horas só para os íntimos, os que jogam *bridge*. Esses levam mesmo mais tempo. E sai-se satisfeito com o suficiente de *flirt*, de mundanice, de dever, de novidade para ir despejar tudo na outra recepção... Haverá quem tenha saudades da remotíssima época do Café e das Visitas que passavam dias? Oh! não! não é possível! Civilização quer dizer ser como a gente que se diz civilizada. Essa história de levar o tempo, sem correção, sem linha, numa desagradável bonancheirice, podia ser incomparável e era. Em nenhuma grande cidade com a consciência de o ser, se faziam visitas como no Rio nem se tomava café com tamanha insensatez. Mas não era *chic*, não tinha o brilho delicado da arte de cultivar os conhecimentos, erigir a conservação do conhecimento num trabalho sério e conservar a própria individualidade e a sua intimidade a salvo da invasão de todos os amigos.

Com o Chá e as Visitas modernas, ninguém se irrita, ninguém dorme a conversar, os cacetes são abolidos, a educação progride, há mais aparência e menos despesa, e um homem só pode queixar-se de fazer muitas visitas, isso com o recurso de morrer e exclamar como Ménage na hora do trespasse.

Dieu soit loué!
Je ne ferai plus de visites...

Temos aí o inverno, a "season" deliciosa. Em que ocupará a carioca o seu dia! Em fazer-se bela para tomar chá e ir aos "dias" das suas amigas. Não se pode dizer que não tenha ocupações e que assim não conduza com suma habilidade a reforma dos hábitos e dos costumes, reforma operada essencialmente pelo chá e pelas visitas...

Daí talvez esteja eu a teimar numa observação menos verdadeira. Em todo o caso o chá inspira esses pensamentos amáveis, e desde que tem o homem de ser dirigido pela mulher, em virtude de um fatalismo a que não escapam nem os livres-pensadores – mais vale sê-lo por uma senhora bem vestida, que toma chá e demora pouco...

MODERN GIRLS

– *X*erez? Coquetel?
– Madeira.
Eram 7 horas da noite. Na sala cheia de espelhos da confeitaria, eu ouvia com prazer o Pessimista, esse encantador romântico, o último cavalheiro que sinceramente odeia o ouro, acredita na honra, compara as virgens aos lírios e está sempre de mal com a sociedade. O Pessimista falava com muito juízo de várias coisas, o que quer dizer: falava contra várias coisas. E eu ria, ria desabaladamente, porque as reflexões do Pessimista causavam-me a impressão dos humorismos de um *clown* americano. De repente, porém, houve um movimento dos criados, e entraram em pé de vento duas meninas, dois rapazes e uma senhora gorda. A mais velha das meninas devia ter 14 anos. A outra teria 12 no máximo. Tinha ainda vestido de saia entravada, presa às pernas, como uma bombacha. A cabeça de ambas desaparecia sob enormes chapéus de palha com flores e frutas. Ambas mostravam os braços desnudos, agitando as luvas nas mãos. Entraram rindo. A primeira atirou-se a uma cadeira.
– Uff! que já não posso!...
– Mas que pândega!
– Não é, mamãe?...
– Eu não sei, não. Se seu pai souber...
– Que tem? Simples passeio de automóvel.

A menor, rindo, aproximou-se do espelho.

– Mas que vento! Que vento! Estou toda despenteada...

Mirou-se. Instintivamente olhamos para o espelho. Era uma carita de criança. Apenas estava muito bem pintada. As olheiras exageradas, as sobrancelhas aumentadas, os lábios avivados a carmim líquido faziam-lhe uma apimentada máscara de vício. Era decerto do que gostava, porque sorriu à própria imagem, fez uma caretinha, lambeu o lábio superior e veio sentar-se, mas à inglesa, traçando a perna.

– Que toma?

– Um chope.

A outra exclamou logo:

– Eu não, tomo *whisky and caxambu*.

– *All right*.

– E a mamã?

– Eu, minha filha, tomaria uma groselha. O senhor tem?

– Esta mamã com os xaropes!

E voltou-se. Entrava um sujeito de cerca de 40 anos, o olho vítreo, torcendo o bigode, nervoso. O sujeito sentou-se de frente, despachou o criado, rápido, e sem tirar os olhos do grupo, em que só a pequena olhava para ele, mostrou um envelope por baixo da mesa. A pequena deu uma gargalhada, fazendo com a mão um sinal de assentimento. E emborcou com galhardia o copo de cerveja.

Nem a mim, nem ao Pessimista aquela cena podia causar surpresa. Já a tínhamos visto várias vezes. Era mais um caso de precocidade mórbida, em que entravam com partes iguais o calor dos trópicos e a ânsia de luxo, e o desespero de prazer da cidade ainda pobre. Aqueles dois rapazes, aliás inteiramente vulgares, para apertar, apalpar e debochar duas raparigas, tinham alugado um automóvel, mas tendo nele a mãe por contrapeso. A boa senhora, esposa de um sujeito decerto sem muito dinheiro, consentira pelo prazer de andar de automóvel, pelo desejo de casar as filhas, por uma série de razões obscuras em que predominaria decerto o desejo de gozar uma vida até então apenas invejada. O homem nervoso era um desses caçadores urbanos. A menina, a troco de vestidos e chapéus, iria com ele talvez.

– É a perdição! – bradou o Pessimista.
– É a vida...
– Você é de um cinismo revoltante.
– E você?

O Pessimista olhou-me:
– Eu, revolto-me!
– E o que adianta com isso?
– Satisfaço a consciência...
– Que é uma senhora cada vez mais complacente.

O Pessimista enrouqueceu de raiva. Eu, com um gesto familiar, tirei o chapéu às meninas – que imediatamente corresponderam ao cumprimento.

– Oh, diabo! Conhecê-las!
– Nunca as vi mais gordas.
– E cumprimenta-as?
– Por isso mesmo: para as conhecer. É que essas duas meninas são, meu caro Pessimista, um caso social – um expoente da vida nova, a vida do automóvel e do velívolo. O homem brasileiro transforma-se, adaptando de bloco a civilização; os costumes transformam-se; as mulheres transformam-se. A civilização criou a suprema fúria das precocidades e dos apetites. Não há mais crianças. Há homens. As meninas, que aliás sempre se fizeram mais depressa mulheres que os meninos homens, seguem a vertigem. E o mal das civilizações, com o vício, o cansaço, o esgotamento, dá como resultado crianças pervertidas. Pervertidas em todas as classes; nos pobres por miséria e fome; nos burgueses por ambição de luxo; nos ricos por vício e degeneração. Certo, há muitíssimas raparigas puras. Mas estas, que se transformaram com o Rio, estas que há dez anos tomariam sorvete, de olhos baixos e acanhados, estas são as *modern girls*.

– Um termo inglês...

— Diga antes americano – porque americano é tudo que nos parece novo. Antigamente tremeríamos de horror. Hoje, estas duas pequenas são quase nada de grave. Semivirgens? Contaminadas de *flirt*? Sei lá! É preciso conhecer o Rio atual para apanhar o pavor imenso do que poderíamos denominar a prostituição infantil. Este é o caso bonito – não se aflija –, bonito à vista dos outros, porque os outros são sinistros. O que Paris e Lisboa e Londres, enfim as cidades europeias oferecem tão naturalmente, prolifera agora no Rio. A miséria desonesta manda as meninas, as crianças, para a rua e explora-as. Há matronas que negociam com as filhas de modo alarmante. Há cavalheiros que fazem de colecionar crianças um esporte tranquilo. A cidade tem mesmo, não uma só, mas muitas casas publicamente secretas, frequentadas por meninas dos 12 aos 16 anos. Ainda outro dia vi uma menina de madeixas caídas e meia curta. Olhou-me com insolência e entrou numa casa secreta, que fica bem em frente ao ponto de bonde em que me achava. Estas talvez não façam isso ainda, estas são as eternas perdidas.

— As eternas perdidas?...

— Criaturinhas com o trópico, o vício das ruas, o apetite do luxo que não podem ter, criaturinhas que desde o colégio, desde os dez anos se enfeitam, põem pó de arroz, batom, e namoram. O lar está aberto aos milhares, como se diria antigamente nos dramalhões. Elas têm um noivo, quando deviam estar a pular a corda. É um rapaz alegre, que lhes ensina coisas, e pitorescamente lhes *dá o fora* tempos depois, desaparecendo. Logo aparece outro. As meninas, por vício e mesmo porque lhes pareceria deprimente não ter um apaixonado permanente, recebem esse e com ele contratam casamento. Ao cabo de dois ou três meses a cena repete-se e vem terceiro, de modo que é muito comum ouvir nas conversas das pobres mamães: – "A minha filha vai casar". – "Ah! Já sei, com aquele rapaz alto, louro?" – "Não. Agora é com aquele baixo, moreno, que em tempos namorou a filha do Praxedes"...

– Você é imoral...
– Estou a descrever-lhe um mal social apenas. Não é assim? É. São as *modern girls*. E o mesmo fenômeno se reproduz na alta sociedade, com mais elegância, sem a declaração de noivado oficial, mas com um *flirt* tão íntimo que se teme pensar não ser muito mais... Quais as ideias dessas pobres criaturinhas, meu caro Pessimista? Coitadinhas! Ingenuidade, a ingenuidade do mal espontâneo. Elas são antes vítimas do nome, da situação, do momento, da sociedade. Nenhuma delas tem plena convicção do que pratica. E algum de nós, neste instante vertiginoso da cidade, tem plena consciência, exata consciência do que faz?
– Estamos todos malucos.
– Di-lo você! O fato é que de repente nos atacou uma hiperfúria de ação, um subitâneo desencadear de desejos, de apetites desaçaimados. Não é vida, é a convulsão de um mundo social que se forma. O cinismo dos homens é o cinismo das mulheres, seres um tanto inferiores, educados para agradar os homens – vendo os homens difíceis, os casamentos sérios, o futuro tenebroso. As *modern girls*! Não imagina você a minha pena quando as vejo sorrindo com imprudência, copiando o andar das cocotes, exagerando o desembaraço, aceitando o primeiro chegado para o *flirt*, numa maluqueira de sentidos só comparável às crises rituais do vício asiático!... Elas são modernas, elas são coquetes, elas querem aparecer, brilhar, superar. Elas pedem o louvor, o olhar concupiscente, como os artistas, os deputados, as cocotes; as palavras de desejo como os mais alucinados títeres da Luxúria. E tudo por imitação, porque o instante é esse, porque o momento desvairante é de um galope desenfreado de excessos sem termo, porque já não há juízo...
– Virou moralista?
– Como Diógenes, caro amigo.
Entretanto, o grupo das meninas e dos rapazes acabara as bebidas. Os rapazes estavam decerto com pressa de continuar os apertões nos automóveis.

– Vamos. Já 20 minutos.
– Não quer mais nada, mamã?
– Não, muito obrigada.
– Então, em marcha.
– Para a Beira-Mar!
– Nunca! – interrompeu um dos rapazes. – Vou mostrar-lhes agora o ponto mais escuro da cidade: o Jardim Botânico.
– Faz-se tarde. Olha teu pai, menina...
– Qual! Em dez minutos estamos lá! É um automóvel esplêndido.
– Partamos.

O bando ergueu-se. Houve um arrastar de cadeiras. Saiu a senhora gorda à frente. A menina mais velha seguia com um dos rapazes, que lhe segurava o braço. A menina menor também partia acompanhada pelo outro, que lhe dizia coisas ao ouvido. Ficamos sós – eu, o Pessimista e o homem nervoso da outra mesa, o tempo, aliás, apenas para que o homem nervoso se levantasse e, tomando de um lenço que ficara esquecido na mesa alegre, o embrulhasse com a sua carta... A menor das pequenas voltava, rindo, a dizer alto para fora:

– Esperem, é um segundo...

Correu à mesa, apanhou o lenço com a carta, lançou um olhar malicioso ao homem, e partiu lépida, sem se preocupar com o nosso juízo.

– Essas é que são as ingênuas? – berrou o Pessimista.
– Há ingênuas e ingênuas. Ingênuas xarope-de-groselha...
– E ingênuas *whisky-and-caxambu*?
– Exatamente. Esta, porém, é menos que *whisky*, e mais que xarope – é o comum das *modern girls* o que se pode chamar...
– Uma ingênua coquetel?
– E com ovo, excelente amigo, e com ovo!

OS LIVRES ACAMPAMENTOS DA MISÉRIA

Certo já ouvira falar das habitações do morro de Santo Antônio, quando encontrei, depois da meia-noite, aquele grupo curioso – um soldado sem número no boné, três ou quatro mulatos de violão em punho. Como olhasse com insistência tal gente, os mulatos que tocavam, de súbito emudeceram os pinhos, e o soldado, que era um rapazola gigante, ficou perplexo, com um evidente medo. Era no Largo da Carioca. Alguns elegantes nevralgicamente conquistadores passavam de ouvir uma companhia de operetas italiana e paravam a ver os malandros que me olhavam e eu que olhava os malandros num evidente início de escandalosa simpatia. Acerquei-me.
– Vocês vão fazer uma "seresta"?
– Sim, senhor.
– Mas aqui no Largo?
– Aqui foi só para comprar um pouco de pão e queijo. Nós moramos lá em cima, no morro de Santo Antônio...
Eu tinha do morro de Santo Antônio a ideia de um lugar onde pobres operários se aglomeravam à espera de habitações, e a tentação veio de acompanhar a "seresta" morro acima, em sítio tão laboriosamente grave. Dei o necessário para a ceia em perspectiva e declarei-me irresistivelmente

preso ao violão. Graças aos céus não era admiração. Muita gente, no dizer do grupo, pensava do mesmo modo, indo visitar os seresteiros no alto da montanha.

– "Seu" Tenente Juca, confidenciou o soldado, ainda ontem passou a noite inteira com a gente. E ele quando vem, não quer continência nem que se chame de "seu" tenente. É só Juca... V.S.a também é tenente. Eu bem que sei...

Já por esse ponto da palestra nós íamos nas sombras do Teatro Lírico. Neguei fracamente o meu posto militar, e começamos de subir o celebrado morro, sob a infinita palpitação das estrelas. Eu ia à frente com o soldado jovem, que me assegurava do seu heroísmo. Atrás, o resto do bando tentava cantar uma modinha a respeito de uns olhos fatais. O morro era como outro qualquer morro. Um caminho amplo e maltratado, descobrindo de um lado, em planos que mais e mais se alargavam, a iluminação da cidade, no admirável noturno de sombras e de luzes, e apresentando de outro as fachadas dos prédios familiares ou as placas de edifícios públicos – um hospital, um posto astronômico. Bem no alto, aclarada ainda por um civilizado lampião de gás, a casa do Dr. Pereira Reis, o matemático professor. Nada de anormal e nem vestígio de gente.

O bando parou, afinando os violões. Essa operação foi difícil. O cabrocha que levava o embrulho do pão e do queijo, embrulho a desfazer-se, estava no começo de uma tranquila embriaguez, os outros discutiam para onde conduzir-me. O soldado tinha uma casa. Mas o Benedito era o presidente do Clube das Violetas, sociedade cantante e dançante com sede lá em cima. Havia também a casa do João Rainha. E a casa da Maroca? Ah! mulher! Por causa dela já o jovem praça levara três tiros. Eu olhava e não via a possibilidade de tais moradas.

– Você canta, tenente?

– Canto, mas vim especialmente para ouvir e para ver o samba.

— Bem. Então, entremos.
Desafinadamente, os violões vibraram. Benedito cuspiu, limpou a boca com as costas da mão, e abriu para o ar a sua voz áspera:

> O morro de Santo Antônio
> Já não é morro nem nada...

Vi, então, que eles se metiam por uma espécie de corredor encoberto pela erva alta e por algum arvoredo. Acompanhei-os, e dei num outro mundo. A iluminação desaparecera. Estávamos na roça, no sertão, longe da cidade. O caminho, que serpeava descendo era ora estreito, ora largo, mas cheio de depressões e de buracos. De um lado e de outro casinhas estreitas, feitas de tábuas de caixão, com cercados, indicando quintais. A descida tornava-se difícil. Os passos falhavam, ora em bossas em relevo, ora em fundões perigosos. O próprio bando descia devagar. De repente parou, batendo a uma porta.
— Epa, Baiano! Abre isso...
— Que casa é esta?
— É um botequim.
Atentei. O estabelecimento, construído na escarpa, tinha vários andares, o primeiro à beira do caminho, o outro mais embaixo sustentado por uma árvore, o terceiro ainda mais abaixo, na treva. Ao lado, uma cerca, defendendo a entrada geral dos tais casinhotos. De dentro, uma voz indagou quem era.
— É o Constanço, rapaz, abre isso. Quero cachaça.
Abriu-se a porta lateral e apareceu primeiro o braço de um negro, depois a parte do tronco e finalmente o negro todo. Era um desses tipos que se encontram nos maus lugares, muito amáveis, muito agradáveis, incapazes de brigar e levando vantagem sobre os valentes. A sua voz era dominada por uma voz de mulher, uma preta que de dentro, ao ver quem pagava, exigiu logo 600 réis pela garrafa.

— Mas 600, dona...

— À uma hora da noite, fazer o homem levantar em ceroulas, em risco de uma constipação...

Mas Benedito e os outros punham em grande destaque o pagador da passeata daquela noite e, não resistindo à curiosidade, eles abriram a janela da barraca, que ao mesmo tempo serve de balcão. Dentro ardia sujamente uma candeia, alumiando prateleiras com cervejas e vinhos. O soldadinho, cada vez mais tocado, emborcou o copo para segredar coisas. O Baiano saudou com o ar de quem já foi criado de casa rica. E aí parados enquanto o pessoal tomava parati como quem bebe água, eu percebi, então, que estava numa cidade dentro da grande cidade.

Sim. É o fato. Como se criou ali aquela curiosa vila de miséria indolente? O certo é que hoje há, talvez, mais de 500 casas e cerca de 1.500 pessoas abrigadas lá por cima. As casas não se alugam. Vendem-se. Alguns são construtores e habitantes, mas o preço de uma casa regula de 40 a 70 mil-réis. Todas são feitas sobre o chão, sem importar as depressões do terreno, com caixões de madeira, folhas de flandres, taquaras. A grande artéria da *urbs* era precisamente a que nós atravessamos. Dessa, partiam várias ruas estreitas, caminhos curtos para casinhotos oscilantes, trepados uns por cima dos outros. Tinha-se, na treva luminosa da noite estrelada, a impressão lida da entrada do arraial de Canudos, ou a funambulesca ideia de um vasto galinheiro multiforme. Aquela gente era operária? Não. A cidade tem um velho pescador, que habita a montanha há vários lustros, e parece ser ouvido. Esse pescador é um chefe. Há um intendente geral, o agente Guerra, que ordena a paz em nome do Dr. Reis. O resto é cidade. Só na grande rua que descemos encontramos mais dois botequins e uma casa de pasto, que dá ceias. Está tudo acordado, e o parati corre como não corre a água.

Nesta empolgante sociedade, onde cada homem é apenas um animal de instintos impulsivos, em que ora se é muito amigo e grande inimigo de um momento para outro, as amizades só se demonstram com uma exuberância de abraços e de pegações e de segredinhos assustadora – há o arremedo exato de uma sociedade constituída. A cidade tem mulheres perdidas, inteiramente da gandaia. Por causa delas tem havido dramas. O soldadinho vai-lhes à porta, bate:

– Ó Alice! Alice, cachorra, abre isso! Vai ver que está aí o cabo! Eu já andei com ela três meses.

– Que admiração, gente!... Todo mundo!

Há casas de casais com união livre, mulheres tomadas. As serenatas param-lhes à porta, há raptos e, de vez em quando, os amantes surgem rugindo, com o revólver na mão. Benedito canta à porta de uma:

>Ai! tem pena do Benedito,
>Do Benedito Cabeleira.

Mas também há casas de famílias, com meninas decentes. Um dos seresteiros, de chapéu-panamá, diz de vez em quando:

– Deixemos de palavrada, que aqui é família!

Sim, são famílias, e dormindo tarde porque tais casas parecem ter gente acordada, e a vida noturna ali é como uma permanente serenata. Pergunto a profissão de cada um. Quase todos são operários, "mas estão parados". Eles devem descer à cidade e arranjar algum cobre. As mulheres, decerto também, descem a apanhar fitas nas casas de móveis, amostras de café na praça – "troços por aí". E a vida lhes sorri e não querem mais e não almejam mais nada. Como Benedito fizesse questão, fui até a sua casa, sede também do Clube das Violetas, de que é presidente. Para não perder tempo, Benedito saltou a cerca do quintal e empurrou a porta, acendendo uma candeia. Eu vi, então, isso: um espaço

de teto baixo, separado por uma cortina de saco. Por trás dessa parede de estopa, uma velha cama, onde dormiam várias damas. Benedito apresentou vagamente:
– Minha mulher.
Para cá da estopa, uma espécie de sala com algumas figurinhas nas paredes, o estandarte do clube, o vexilo das Violetas embrulhado em papel, uma pequena mesa, três moços roncando sobre a esteira na terra fria ao lado de dois cães, e, numa rede, tossindo e escarrando, inteiramente indiferente à nossa entrada, um mulato esquálido, que parecia tísico. Era simples. Benedito mudou o casaco e aproveitou a ocasião para mostrar-me quatro ou cinco sinais de facadas e de balaços no corpo seco e musculoso. Depois cuspiu:
– Epa, José, fecha...
Um dos machos que dormiam embrulhados em colchas de fita ergueu-se, e saímos os dois sem olhar para trás. Era tempo. Fora, afinando instrumentos, interminavelmente, os seresteiros estavam mesmo como "paus-d'água" e já se melindravam com referências à maneira de cantar de cada um. Então, resolvemos bater à porta da caverna de João Rainha, formando um barulho formidável. À porta – não era bem porta, porque abria apenas a parte inferior, obrigando as pessoas a entrarem curvadas, clareou uma luz, e entramos todos. Numa cama feita de taquaras dormiam dois desenvolvidos marmanjões, no chão João Rainha e um rapazola de dentes alvos. Nem uma supresa, nem uma contrariedade. Estremunharam-se, perguntaram como eu ia indo, arranjaram com um velho sobretudo o lugar para sentar-me, hospitaleiros e tranquilos.
– Nós trouxemos ceia! gaguejou um modinheiro.
Aí é que lembramos o pão e o queijo, esmagados, esmagados entre o braço e o torso do seresteiro. Havia, porém, cachaça – a alma daquilo – e comeu-se assim mesmo, bebendo aos copos o líquido ardente. O jovem soldadinho estirou-se na terra. Um outro deitou-se de papo para o ar.

Todos riam, integralmente felizes, dizendo palavras pesadas, numa linguagem cheia de imprevistas imagens. João Rainha, com os braços muito tatuados, começou a cantar.
— O violão está no norte e você vai pro sul, comentou um da roda.
João Rainha esqueceu a modinha. E enquanto o silêncio se fazia cheio de sono, o cabra de papo para o ar desfiou uma outra compridíssima modinha. Olhei o relógio: eram três e meia da manhã.
Então, despertei-os com três ou quatro safanões:
— Rapaziada, vou embora.
Era a ocasião grave. Todos, de um pulo, estavam de pé, querendo acompanhar-me. Saí só, subindo depressa o íngreme caminho, de súbito ingenuamente receoso de que essa turnê noturna não acabasse mal. O soldadinho vinha logo atrás, lidando para quebrar o copo entre as mãos.
— Ó tenente, você vai hoje à Penha?
— Mas nem há dúvida.
— E logo vem ao samba das Violetas?
— Pois está claro.
Atrás, o bolo dos seresteiros berrava:

>O morro de Santo Antônio
>Já não é morro nem nada...

E quando de novo cheguei ao alto do morro, dando outra vez com os olhos na cidade, que embaixo dormia iluminada, imaginei chegar de uma longa viagem a um outro ponta da terra, de uma corrida pelo arraial da sordidez alegre, pelo horror inconsciente da miséria cantadeira, com a visão dos casinhotos e das caras daquele povo vigoroso, refestelado na indigência em vez de trabalhar, conseguindo bem no centro de uma grande cidade a construção inédita de um acampamento de indolência, livre de todas as leis. De repente, lembrei-me de que a varíola cairia ali ferozmente, que talvez eu tivesse passado pela toca de variolosos. Então, apressei o passo de todo. Vinham a empalidecer na pérola da madrugada as estrelas palpitantes e canoramente galos cantavam por trás das ervas altas, nos quintais vizinhos.

ESPLENDOR E MISÉRIA
DO JORNALISMO

Um jovem, chegado do Norte, apareceu na redação do jornal. Era noite. A sala estava cheia. As secretarias especiais todas ocupadas, a grande mesa do centro repleta de repórteres, de cabeça baixa, escrevendo, enchendo tiras. Às janelas jornalistas conversavam. À mesa do secretário, dois sujeitos pediam súplices. As perguntas, os risos, as gargalhadas cruzavam-se.

De instante a instante, o retinir do telefone ligava à admistração, a delegacias distantes, à tipografia. O redator principal deixava o seu gabinete, com o sorriso nos lábios. Estava admirável e era tratado com deferências especiais. O carro esperava-o, um carro muito bem-posto. Um literato em plena apoteose da crônica aclamada paradoxava num grupo, com ares íntimos e superiores. A média tinha o traje impecável. A alegria inundava as faces, e o secretário, erguendo um pouco a voz, depunha na mesa um grande maço de convites para bailes, para jantares, para teatros, para piqueniques, para almoços, para ceias, para sessões solenes e dizia:

– Escolham!

O jovem chegado do Norte foi até o cronista. Que criatura deliciosa e feliz esse homem!

De uma delicadeza de veludo, achando tudo fácil, o mundo um jardim encantado, onde se colhe a flor que se quer, e a vida um sonho cor-de-rosa. Oh! estava desvanecido!

Então conheciam-no no Norte! oh! A futilidade, o hoje que o amanhã esquece!... E o que vinha fazer? Trabalhar? Mas os ministros eram uns anjos à procura de homens de talento, mas os empregos choviam... Queria aceitar do seu pobre jantar? Depois dar-lhe-ia um dos seus cartões permanentes para o *music-hall*, para a opereta, para o drama ou para o circo de cavalinhos – tudo a mesma coisa igual a circo. O rapaz chegado do Norte aceitou por um excessivo acanhamento e, como a conversa se generalizasse, gaguejou:

– Mas que força! mas que potência que é uma empresa jornalística!

– Apenas a infância, estamos na infância, porque relativamente aos outros países as nossas tiragens são insignificantes. Mas é uma empresa esta que tem cerca de dois mil contos de material e que sustenta 600 pessoas mais ou menos.

– Nunca vi um jornal por dentro...

– Nunca? indagaram várias vozes de rapazes.

– É fácil. Quer vê-lo agora?

Deram-lhe explicações: a reportagem, a redação, a colaboração; mostraram-lhe gabinetes, livros de assinantes em cofres fortes para não se perderem em caso de incêndio, os imensos *halls* da tipografia e dos linotipos, a sala da clichagem, a sala da fotografia, a sala da gravura, a estereotipia, as máquinas, seis ou sete máquinas enormes, espécies de monstros conscientes.

– Um jornal que custa 100 réis ao público fica num número comum, somando as diárias de todos os vencimentos, por quase três contos. Só a grande tiragem pode compensar...

– E esta obra tremenda faz-se hoje para recomeçar amanhã?

– Se nós temos ontem? Vai achar inútil que um batalhão de gente se esbofe de trabalho para uma obra que já não serve amanhã? Que quer? A civilização! A ânsia da novidade, da notícia, da mentira, do *bluff*...

– É espantoso!

– E se fôssemos jantar?

Meio atordoado, o jovem chegado do Norte acompanhou o cronista, participando um pouco do brilho do homem célebre. Cumprimentos respeitosos, abraços, perguntas, gente que se voltava. Na Avenida um ministro que ia tomar o seu automóvel parou, conversou. Mais adiante o chefe de polícia rasgou um cumprimento que parecia de delegado para o chefe. No restaurante foi um "brouhaha". O proprietário em pessoa veio espalhar pétalas de rosa na mesa. Das outras mesas, nomes de cotação na política, na finança, na indústria cumprimentavam.

– V. Ex.a toma como sempre?...

– Champagne brut Imperiale, Appollinaris...

O jantar foi delicado e agradável. O cronista falava com desprendimento de contos de réis, da sua amizade com o presidente da República. O jovem indagava de certos nomes cuja fama até a sua província chegara.

– Ah! está muito bem. Tem talvez uns 300 contos.

– E Fulano?

– Fulano é inteligentíssimo. Há dez anos dormia em rolos de jornais. Hoje tem carro, tem automóvel e comprou esta semana uma casa para a amante no valor de 100 contos.

– E Beltrano, o grande poeta?

– Parte para Paris, a ver a primeira do "Chantecler"...

No fim do jantar, elegantemente, o cronista facilitou ao jovem dois ou três ingressos de casa de espetáculo, mandou buscar um carro, despediu-se cheio de ternura e partiu. O carro era de praça, mas esse final foi a gota-d'água para o transbordamento da admiração. O jovem chegado do Norte, à meia-noite, estava no seu quarto, pensando.

Tinha 20 anos, queria subir, rapidamente. Que melhor profissão a adotar? O jornalismo leva a tudo, mas é, especialmente, a profissão sonhada: a glória, fama, dinheiro, tudo fácil! Que outra profissão poderia ter tanto esplendor? E essa gente não tinha assim tanto talento, afinal. Ao contrário! Oh! pertencer a um jornal, fazer a chuva e o bom tempo para uma porção de gente, dominar, ganhar dinheiro, ter as mulheres a seus pés, os homens no bolso, vir talvez a ser dono de um grande diário, privando na intimidade das potências políticas...

No dia seguinte estava resolvido. Entraria para um jornal. Levou um mês para consegui-lo. Nenhuma capacidade de dentro das gazetas servia como empenho. Arranjou um industrial muito rico e um senador. O jornal estava na gaveta de ambos. Entrou e foi repórter.

Então ele viu a ânsia perdulária por dinheiro dos jornais; ele viu que as remunerações secretas dos governos são rateadas e pagas mal como as contas de um particular em apuros; ele viu que o não compreendiam sincero e bom senão com o fito de gorjetas vergonhosas, ele compreendeu o trabalho dilacerante e exaustivo dos que tinham subido, e a fúria com que se agarravam às posições, atacados violentamente pelos invejosos da mesma profissão.

Não era um esplendor. Era a miséria infernal. Ele repórter, tinha um ordenado que seria irrisório se o secretário não ganhasse uma soma mensal perfeitamente cômica, e se o poeta admirável não tivesse por cada crônica, assinada com o seu grande nome, o que qualquer barbeiro faz por dia. A qualquer parte aonde fosse era traduzido por notícia. Não era homem, era um futuro número de linhas não pagas. Nem simpatias nem afeições na vida dos profissionais. Inveja, maledicência, calúnia, o horror, e o interesse relativamente fraco diante da gula voraz de fora, querendo o jornal para agente de todas as pretensões. A todas as autoridades servia esperando ser servido num empreguinho que não vinha. A quantos se aproximavam punha-se ponte de passagem para uma gratidão que não surgia. Andava atrasado, endividado, perseguido pelo alfaiate. E tinha diante de si essa coisa aflitiva e atroz que se chama: a boemia de trabalho. Trabalha hoje pela manhã; trabalha amanhã imprevistamente, até de madrugada. Não almoça hoje por falta de tempo; ceia amanhã em vez de jantar.

Ao cabo de um ano tinha 250 mil-réis por mês e já assinara uma "enquete" sobre costureiras. Não abrira mais um livro. Sentia-se sem saber nada e entretanto, capaz de compreender e de tratar imediatamente de qualquer assunto. Era uma espécie de ignorância enciclopédica, ao serviço de uma porção de gente, que dele se servia para trepar, para subir, para ganhar, com carinho e cinismo.

– O jornalismo leva a tudo, com a condição de dele sair a tempo...

Mas sair como? Com ele dera-se um conto de fadas. Vira um palácio rutilante. Entrará. Dentro havia principalmente contrariedades e as portas para sair tinham desaparecido. Oh! passar toda a vida a fazer notícias, a ser uma parte de gazeta que se repete todos os dias!... Quis ver se lhe aumentavam o ordenado. Mas se havia na casa repórteres de 60 mil-réis por mês? A única posição conveniente era no jornal a de diretor. Diretor ou gerente. Quanto dinheiro! Quanta honra! Mas também como essa honra era relativa de uns maganões políticos que lisonjeavam para obter o nome impresso com elogio! Como em dinheiro o arroto mentia! Uma vez disseram-lhe que o seu jornal recebera 60 contos para defender um negócio complicado. Junto aos sujeitos que fingiam ter pago, ele ouviu as frases normais.

– Não podemos fazer mais... estes jornais... temos sido muito gentis.

– Seis dezenas de contos...

– Oh! não falemos nessas ninharias.

As ninharias de seis dezenas de contos limitavam-se ao pagamento à linha das publicações feitas por eles, e pagamento regateado e atrasado.

Isso deu-lhe um grande desgosto. Os jornais barateavam-se. Grandes torres levantadas à vaidade humana eram aproveitadas barato demais. Se as opiniões não existiam, se um sujeito querendo uma nota na primeira página estava certo de a obter, por que dá-la por um preço irrisório e as mais das vezes grátis, tudo quanto há de mais grátis? Essa barateza geral era em tudo. O jornal desconhecia a sua força fenomenal, a força que ele sentia onde estivesse.

– É do jornal.
– É repórter!

Certo havia um vago receio. Mas podia fazer tudo; era tratado com considerações especiais de primeira figura.

– Arranjas-me isso?
– Eu? Não posso...
– Você, do jornal tal!...

Poderia ele? Não poderia? Podia às vezes, pedindo a toda gente que conhecia.

Alguns atendiam, quando indiretamente iam receber um grande obséquio por seu intermédio. Assim, fez-se correspondente telegráfico, com os políticos de alguns Estados na mão, telegrafando tudo quanto o jornal ia dar. Com o pescoço comprido viveria das ramas. E as ramas deram-lhe redobrado serviço, fizeram-no mentir com desassombro. Ao cabo de um ano, convencido do seu valor para a galeria, tinha uma sinecura de 800 mil-réis do governo, recebia avisos reservados do ministério em que exercia o jornalismo, ganhava um conto e tanto de jornal.

A ambição, as preocupações, os interesses, os negócios tomavam-lhe a alma. Queria ter mais, queria ter muito mais – e o jornalismo chegando a um certo ponto não dá mais. Muita vez pensando, ele não sabia dizer a sua situação. Era pouco definida. Poderia soçobrar no dia seguinte...

Mas com elegância comia nos primeiros restaurantes, com 20% de abatimento, posava grátis nas confeitarias para levar concorrência, conseguia que os que lhe pediam favores correspondessem com o máximo.

– Grande cavador, você!

– Cavador, o homem que trabalha forçando o seu temperamento...

Deu um balanço na alma; viu quanto tinha piorado em tudo, sentiu mesmo a inanidade de uns dinheirinhos. E entrou na redação, onde já era redator.

E sucedia que outro jovem chegado do Norte aparecera.

– Então, o senhor quer ser jornalista?

– Eu desejava...

– Não caia nessa. É uma vida infernal! De 100 vence a metade de um. Tudo isto é a ilusão. Vire estes rapazes! Não sai níquel. Examine-os. Estão todos doentes. Não é vida; é uma torrente!

– Mas o senhor... murmurou o recém-vindo.

– Eu cheguei há alguns anos. Mas se fosse a recomeçar preferiria quebrar pedra. Seja empregado público!

– Não, eu vou ser jornalista.

– A atração, o inferno...

E o jovem que tinha chegado do Norte alguns anos antes, vendo a resolução do que chegara ontem, já temendo a vitória desse, já temendo uma antipatia, já temendo o ataque de jornal de que tinha um louco medo, covarde, assustado, neurastênico, insincero, sorriu, abrandou a voz.

– Que se há de fazer? Com estas disposições vence-se. Estou às suas ordens para ajudá-lo a colocar-se...

O HOMEM QUE QUERIA SER RICO

O homem que queria ser rico foi um dia à Fortuna.
— Fortuna, disse ele, eu tinha vontade de ter dinheiro, porque o dinheiro é até agora o melhor elemento da felicidade. Não digas que eu tenho ambição desmedida. Tenho ambição igual à de toda gente, nem mais nem menos. E talvez a causa dessa vontade seja resultante do pavor, do terror de ver-me um dia impossibilitado de trabalhar, a morrer de fome. Os ignorantes chamam-te de cega. És irônica, apenas. Dás aos idiotas o dinheiro. E dás aos inteligentes também. Dás ao maior número. O mundo parece-me uma grande negociata, donde só eu não me arranjo! Fortuna, não rias! Faze-me ganhar dinheiro, faze-me!

O homem que queria ser rico estava de joelhos. A Fortuna cessou de rir.

— Meu caro, o teres dinheiro é uma questão da vontade do Destino. A minha roda, como todas as rodas, mesmo as mais mecanicamente certas, roda para onde ele quer. Pode haver bandalheira, mas é por sua vontade.

— Então eu... Fortuna, soluçou o pobre homem.

— Tu propriamente não és infeliz, senão porque queres ser rico. Tenta-o pois. Às vezes o Destino deixa-se enternecer...

— Como?

— Fazendo o que os outros fazem...

O homem que queria ser rico amava o luxo e era honesto. Desprezou o luxo e começou a encarar a honestidade como um escrúpulo pernicioso. Tinha amigos talvez, se é possível que neste mundo vindo de Caim e Abel haja amizades. Tinha simpatias. Resolveu ver no homem apenas um bicho a explorar. De manhã, ao acordar, andando pelas ruas durante o dia, ao almoço, ao jantar, ao dormir, a preocupação de arranjar dinheiro verrumava-lhe o cérebro. Era preciso uma grande soma, uma soma para o banco! E, curvado sobre o trabalho ou à caça dele, a ideia apunhalava-o:
— dinheiro!

O dinheiro vinha, mas vinha pouco, à custa do seu suor. O homem juntava as pequenas notas até fazer uma grande e nesse dia delirava.

— Não a troco nem que esteja para morrer! Na semana que vem talvez arranje outra!

É alguma coisa: um conto! Quando tiver dez ponho-os no banco!

Mas na semana seguinte havia atrasos de pagamentos, rejeitavam-lhe serviço, havia o imprevisto e ele tinha de trocar a única nota — porque tanto falava em contos de réis que os fornecedores não lhe deixavam a porta. Verdade é que o contratempo vinha com esperança. Um sujeito aproximava-se.

— Quer você fazer um negócio?

Era sempre uma questão de influência, de jogos de dinheiro, de desonestidade. O homem que queria ser rico comprometia-se logo sem a menor vergonha.

— Qual! O trabalho honrado não dá fortuna a ninguém! Trabalha-se para não morrer de fome e enriquecer os outros. O negócio é tudo!

E vinham-lhe à mente histórias fabulosas de cavalheiros a que a advocacia administrativa dera fortuna, ladrões do estado milionários, propostas aceitas com gordas comissões.

– Ora, se não aceito! Aceito! Amanhã mesmo...

E mentalmente ia calculando os negócios: daqui um conto, dali três, dacolá 20. Talvez uma vez pudesse fazer 40 contos. Quantos companheiros do seu tempo de menino, quase analfabetos, estavam ricos, com automóveis, prédios. Ter dinheiro, poder não fazer nada com a existência garantida, agir conforme a fantasia própria!

Porque a amante o roubasse um pouco à ideia fixa, abandonou-se, e, muita vez, nos grupos ficava como esquecido, impotente para conter a onda tulmutuosa de pensamentos, de plano, de ideias para arranjar o dinheiro – que o desvairava quase.

Mas os negócios não se realizavam. Uns depois da proposta passavam adiante sem satisfação; outros eram tomados mais gordamente pelos de fora. E essa gente que o ludibriava e figurava no grande baile dos panamás de toda ordem – sorria apertava-lhe a mão como se não tivesse preocupações graves.

Que diferença!

No seu cérebro as circunvoluções entumesciam-se; o desespero, a vergonha, a ambição giravam-lhe em vertigem dentro do crânio. O pobre homem que queria ser rico voltava ao labor sério.

– Que se há de fazer? Não nasci para as trapalhices. Ao menos o trabalho dá para se viver!

Então, como um furo de grampo atravessava-lhe o cérebro a ideia: e se não pudesse mais trabalhar? E teria de toda a vida fazer o mesmo, sem cansar, quando tudo cansa, quando o próprio aço quebra de cansado? Ah! era preciso ser rico, era preciso arranjar dinheiro, maços de notas a render. E ele teria, ele havia de ter, porque querer e força de vontade são as duas alavancas do mundo.

Extenuava-se de novo no trabalho. Às pessoas que aparentavam riqueza ou que tinham mostrava sempre a jactância de igual em sorte. Os sujeitos que tiravam a grande na loteria, os roleteiros e bolsistas felizes, os meninos com dote, os empreiteiros milionários, os tipos amigos íntimos das altas posições causavam-lhe ironias e desprezo.

— Também eu hei de ter!

E os anos iam passando. O homem que queria ser rico não notava que perdera o cabelo, que já corcovava e que de fato não tinha vivido na vida normal. Não se divertira nos bailes, não dançara, não pulara, não cantara, não assobiara. Nem assobiara quando o assobio é o mais libertário transporte permitido pela educação. As mulheres, os prazeres, os carinhos da amizade não os tivera. De manhã à noite só a grande vontade de ser rico, de ter dinheiro, não muito, qualquer coisa, o bastante para ter tempo de entrar na vida. E suando, arfando, batendo a enxada no terreno sáfaro, os seus olhos viam, sem ver, por diante dele passar a torrente da existência feita de risos, de lágrimas, de fúrias, de ambições, de desesperos, apenas sem aquele caráter de exceção.

Um dia, ao sair de casa, o homem topou uma carteira. Abriu-a. Tinha um cheque ao portador sobre um banco. Encostou-se a uma parede, alucinado. E nem um segundo passara, diante dele um cavalheiro correto, dizia:

— Muito obrigado! Felizmente o senhor achou-a.
— É sua?
— Perdi-a há dez minutos. Estava louco! Obrigado.

O homem que queria ser rico viu que lhe tomavam a fortuna e sem coragem de reagir quedou-se, desiludido. Era impossível! Evidentemente era impossível! Quanta gente acha carteiras, quanta gente as rouba mesmo se as restituir? A ele, só a ele que queria ser rico é que acontecia tamanho caiporismo! Teria de ser toda vida um pobretão, indo cada vez mais para a miséria, andando a pé quando sonhava automóveis, morando em bibocas quando imaginava palácios, vestindo panos grossos quando desejava o contato de tecidos preciosos. Foi andando trôpego pela rua, enveredou por um jardim, sentou-se num banco, muito triste. Que fazer mais? Resignar-se? Não pensar mais em ser rico? A essa ideia rilhou os dentes, torceu os braços de raiva! Oh! não poder fazer o que queria, não conseguir o seu fim!

– Por que entregaste a carteira? perguntou-lhe uma voz.

Voltou-se e viu a Fortuna, que sorria amavelmente, porque o sorriso da Fortuna é como o das meretrizes, sem significação de simpatia.

– Não me fales! Não me fales! Podia ter sido ao menos leal comigo! Vê. Estou velho, magro, corcovado, extenuado, sem cabelo, sem viço, sem ideias. Só penso numa coisa: em fazer dinheiro, e cada vez mais raro o dinheiro nas minhas mãos, eu sinto, estás a ouvir? sinto que tudo quanto passa se pode converter em moedas para quem tem sorte! É o final da moléstia. Não posso mais.

– Mas tu tens sido infeliz?

– Ainda perguntas!

– Vejo-te sempre com algum dinheiro.

– Algum dinheiro que diminui, não cresce, míngua, não aumenta, encurta. Algum dinheiro, sempre algum dinheiro para dar-me a angustiosa ideia de que se vai sumir de todo para nunca mais voltar. Algum dinheiro!... Era melhor não ter nenhum, era melhor viver sem uma moeda de cobre para não ter a esperança. Esse dinheiro que me dás em troca do suor da minha agonia é o chumbo que me prega ao desespero!

Então a Fortuna sorriu piedosamente.

– Tens razão. Mas que se há de fazer? Os manuais de enriquecer são mentiras. Para fazer dinheiro é preciso não pensar apenas em fazer dinheiro. O dinheiro está no fim das coisas ou no começo. Não se deve ser muito trabalhador nem muito ladrão. Mas é preciso ser as duas coisas a propósito, vivendo. Tu esqueceste de viver. Sem viver não se aproveita a ocasião. Aquela carteira não era da pessoa que t'a tomou. Se soubesses viver, não a terias entregue. Fica sabendo, meu caro, que não basta querer ser rico para o conseguir. É preciso saber guardar as carteiras e interessar-se pelos que as perderam.

– A Fortuna não deve filosofar.

– É a única coisa que não custa.

O homem que queria ser rico, simplesmente rico, sem outra qualidade, curvou a cabeça, ergueu-se, e deixou o banco onde estivera com a Fortuna. Ao sair, olhou para trás e ainda a viu, que lhe dizia adeus.

Nesse mesmo dia, ao passar por umas obras, caiu-lhe um andaime em cima, quebrando-lhe uma perna. Remetido para o hospital, o homem exigiu do dono do andaime uma indenização louca. Obteve-a. Estava com dinheiro grosso.

E desde então começou a enriquecer, convencido de que o que tem de ser tem muita força e que não são os que procuram a fortuna os que mais depressa a obtêm...

UM MENDIGO ORIGINAL

*M*orreu trasanteontem, às sete da tarde, de uma congestão, o meu particular amigo, o mendigo Justino Antônio.

Era um homem considerável, sutil e sórdido, com uma rija organização cerebral que se estabelecia neste princípio perfeito: a sociedade tem de dar-me tudo quanto goza, sem abundância mas também sem o meu trabalho – princípio que não era socialista mas era cumprido à risca pela prática rigorosa.

A primeira vez que vi Justino Antônio num alfarrabista da Rua São José, foi em dia de sábado. Tinha um fraque verde, as botas rotas, o cabelo empastado e uma barba de profeta, suja e cheia de lêndeas. Entrou, estendeu a mão ao alfarrabista.

– Hoje, não tem.

– Devo notar que há já dois sábados nada me dás.

– Não seja importuno. Já disse.

– Bem, não te zangues. Notei apenas porque a recusa não foi para sempre. Este cidadão, entretanto, vai ceder-me 500 réis.

– Eu!

– Está claro. Fica com esta despesinha a mais: 500 réis aos sábados. É melhor dar a um pobre do que tomar um chope. Peço, porém, para notares que não sou um mordedor, sou mendigo, esmolo, esmolo há 20 anos. Tens diante de ti um mendigo autêntico.

– E por que não trabalha?
– Porque é inútil.
Dei sorrindo a cédula. Justino não agradeceu, e quando o vimos pelas costas, o alfarrabista indignado prorrompeu contra o malandrim que com tamanho descaro arrancava os níqueis à algibeira alheia. Achei original Justino. Como mendigo era uma curiosa figura perdida em plena cidade, capaz de permitir um pouco de fantasia filosófica em torno de sua diogênica dignidade. Mas o mendigo desaparecera, e só um mês depois, ao sair de casa, encontrei-o à porta.
– Deves-me dois mil-réis de quatro sábados, e venho a ver se me arranjas umas botas usadas. Estas estão em petição de miséria.
Fi-lo entrar, esperar à porta da saleta, forneci-lhe botas e dinheiro.
– E se me desses o almoço?
Mandei arranjar um prato farto, e com a gula de descrevê-lo, fui generoso.
– Vem para a mesa.
– A mesa e o talher são inutilidades. Não peço senão o que necessito no momento. Pode-se comer perfeitamente sem mesa e sem talher.
Sentou num degrau da escada e comeu gravemente o prataraz. Depois pediu água, limpou as mãos nas calças e desceu.
– Espera aí, homem. Que diabo! Nem dizes obrigado.
– É inútil dizer obrigado. Só deste o que falta não te faria. E deste por vontade. Talvez fosse até por interesse. Deste-me as botas velhas como quem compra um livro novo. Conheço-te.
– Conheces-me?
– Não te enchas, vaidoso. Eu conheço toda a gente. Até para o mês.
– Queres um copo de vinho?
– Não. Costumo embriagar-me às quintas; hoje é segunda.

Confesso que o mendigo não me deixou uma impressão agradável. Mas era quanto possível novo, inédito, com a sua grosseria e as suas atitudes de Sócrates de ensinamentos. E diariamente lembrava a sua figura, a sua barba cheia de lêndeas... Uma vez vi-o na galeria da Câmara, na primeira fila, assistindo aos debates, e na mesma noite, entrando num teatro do Rocio, o empresário desolado disse-me:

– Ah! não imaginas a vazante! É tal que mandei entrar o Justino.

– Que Justino?

– Não conheces? Um mendigo, um tipo muito interessante, que gosta de teatro. Chega à bilheteria e diz: "Hoje não arranjei dinheiro. Posso entrar?". A primeira vez que me vieram contar a pilhéria achei tanta graça que consenti. Agora, quando arranja dez tostões compra a senha sem dizer palavra e entra. Quando não arranja repete a frase e entra. Um que mal faz?

Fui ver o curioso homem. Estava em pé na geral, prestando uma sinistra atenção às facécias de certo cômico.

– Justino, por que não te sentas?

– É inútil. Vejo bem de pé.

– Mas o empresário...

– Contento-me com a generosidade do empresário.

– Mas na Câmara estavas sentado.

– Lá é a comunhão que paga.

Insisti no interrogatório, a falar da peça, dos atores, dos prazeres da vida, do socialismo, de uma porção de coisas fúteis, a ver se o mendigo falava. Justino conservou-se mudo. No intervalo convidei-o a tomar uma soda, por não ser quinta-feira.

– Soda é inútil. Estás a aborrecer-me. Vai embora.

Outra qualquer pessoa ficaria indignadíssima. Eu curvei resignadamente a cabeça e abalei vexado.

A voz daquele homem, branda, fria, igual, no mesmo tom, era inexorável.

– É um tipo o teu espectador, disse ao empresário.
– Ah!... ninguém lhe arranca palavra. Sabes que nunca me disse obrigado?

Eu andava precisamente nesse tempo a interrogar mendigos para um inquérito à vida da miséria urbana e alguns dos artigos já haviam aparecido. Dias depois, estando a comprar charutos, entra pela tabacaria adentro o homem estranho.

– Queres um charuto?
– Inútil. Só fumo às terças e aos domingos. Os charuteiros fornecem-me. Entrei para receber os meus dois mil-réis atrasados e para dizer que não te metas a escrever a meu respeito.
– Por quê?
– Porque abomino a minha pessoa em letra de forma, apesar de nunca a ter visto assim. Se fizeres a feia ação, sou forçado a brigar contigo, sempre que te encontrar.

A perspectiva de rolar na via pública com um mendigo não me sorria. Justino faria tudo quanto dissera. Depois era um fenômeno de hipnose. Estava inteiramente dominado, escravizado àquela figura esfingética da lama urbana, não tinha forças para resistir à sua calma e fria vontade. Oh! ouvir esse homem! Saber-lhe a vida!

Como certa vez, entretanto, à uma hora da manhã, atravessasse o equívoco e silencioso jardim do Rocio, vi uma altercação num banco. Era o tempo em que a polícia resolvera não deixar os vagabundos dormirem nos bancos. Na noite de luar, dois guardas civis batiam-se contra um vulto esquálido de grandes barbas. Acerquei-me. Era ele.

– Vamos, seu vagabundo.
– Vai à força!
– É inútil. Sabem o que é este banco para mim? A minha cama de verão há 12 anos! De uma hora em diante, por direito de hábito, respeitam-na todos. Tenho visto passar muito guarda, muito suplente, muito delegado. Eles vão-se,

eu fico. Nem tu, nem o suplente, nem o comissário, nem o delegado, nem o chefe serão capazes de me tirar esse direito. Moro neste banco há uma dúzia de anos. Boa noite.

Os civis iam fazer uma violência. Tive de intervir, convencê-los, mostrar autoridade, enquanto Justino, recostado e impassível, dizia:

– Deixa. Eles levam-me, eu volto.

Afinal os guardas acederam, e Justino deitou-se completamente.

– Foi inútil. Não precisava. Mas eu sou teu amigo.

– Meu amigo?

– Certo. Nunca te pedi nada que te pudesse fazer falta e nunca te menti. Fica certo. Sou o teu melhor amigo, sou o melhor amigo de toda a gente.

– E não gostas de ninguém.

– Não é preciso gostar para ser amigo. Amigo é o que não sacrifica.

E desde então comecei a sacrificar-me voluntariamente por ele, a correr à polícia quando o sabia preso, a procurá-lo quando o não via e desesperado porque não aceitava mais de dois mil-réis da minha bolsa, e dizia, inexorável, a cada prova da minha simpatia.

– É inútil, inteiramente inútil!

Durante três anos dei-me com ele sem saber quantos anos tinha ou onde nascera. Nem isso. Apenas ao cabo de seis meses consegui saber que fumava aos domingos e às terças, embebedava-se às quintas, ia ao teatro às sextas e às segundas, e todo dia à Câmara. Nas noites de chuva dormia no chão! numa hospedaria; em noites secas no seu banco. Nunca tomava banho, pedia pouco, e ao menor alarde de generosidade, limitava o alarde com o seu desolador: é inútil. Teria tido vida melhor? Fora rico, sábio? Amara? Odiara? Sofrera? Ninguém sabia! Um dia disse-lhe:

– A tua vida é exemplar. És o Buda contemporâneo da Avenida.

Ele respondeu:

— É um erro servir de exemplo. Vivo assim porque entendo viver assim. Condensei apenas os baixos instintos da cobiça, exploração, depravação, egoísmo em que se debatem os homens se na consciência de uma vontade que se restringe e por isso é forte. Numa sociedade em que os parasitas tripudiam – é inútil trabalhar. O trabalho é de resto inútil. Resolvi conduzir-me sem ideias, sem interesse, no meio do desencadear de interesses confessados e inconfessáveis. Sou uma espécie de imposto mínimo, e por isso nem sou malandro, nem mendigo, nem um homem qualquer – porque não quero mais que isso.

— E não amas?

— Nem a mim mesmo porque é inútil. Desses interesses encadeados resolvi, em lugar de explorar a caridade ou outro gênero de comércio, tirar a percentagem mínima, e daí o ter vivido sem esforço com todos os prazeres da sociedade, sem invejas e sem excessos, despercebido como o invisível. Que fazes tu? Escreves? Tempo perdido com pretensões a tempo ganho. Que gozas tu? Teatros, jantares, festas em excesso nos melhores lugares. Eu gozo também quando tenho vontade, no dia de porcentagem no lugar que quero – o menor, o insignificante – os teatros e tudo quanto a cidade pode dar de interessante aos olhos. Apenas sem ser apontado e sem ter ódios.

— Que inteligência a tua!

— A verdadeira inteligência é a que se limita para evitar dissabores. Tu podes ter contrariedades. Eu nunca as tive. Nem as terei. Com o meu sistema, dispenso-me de sentir e de fingir, não preciso de ti nem de ninguém, retirando dos defeitos e das organizações más dos homens o subsídio da minha calma vida.

— É prodigioso.

— É um sistema, que serias incapaz de praticar, porque tu és como todos os outros, ambicioso e sensual.

Quando soube da sua morte corri ao necrotério a fazer-lhe o enterro. Não era possível. Justino tinha deixado um bilhete no bolso pedindo que o enterrassem na vala comum, "a entrada geral do espetáculo dos vermes".

Saí desolado porque essa criatura fora a única que não me dera nem me tirara, e não chorara, e não sofrera e não gritara, amigo ideal de uma cidade inteira fazendo o que queria sem ir contra pessoa alguma, livre de nós como nós livre dele, a dez mil léguas de nós, posto que ao nosso lado.

E também com certa raiva – por que não dizê-lo? – porque o meu interesse fora apenas o desejo teimoso de descobrir um segredo que talvez não tivesse.

Enfim morreu. Ninguém sabia da sua vida, ninguém falou da sua morte. Um bem? Um mal?

Nem uma nem outra coisa, porque, afinal, na vida tudo é inteiramente inútil...

O ÚLTIMO BURRO

*E*ra o último bonde de burros, um bondinho subitamente envelhecido. O cocheiro lerdo descansava as rédeas, o recebedor tinha um ar de final de peça e o fiscal, com intimidade, conversava.
– Então paramos?
– É a última viagem.
Estávamos numa rua triste e deserta. Viéramos do movimento alucinante de centenas de trabalhadores que em outra, à luz de grandes focos, plantavam as calhas da tração elétrica e víamos com uma fúria satânica ao cabo a rua silenciosa, outras centenas de trabalhadores batendo os trilhos.
Saltei, um pouco entristecido. Olhei o burro com evidente melancolia e pareceu-me a mim que esse burro, que finalizava o último ciclo da tração muar, estava também triste e melancólico.
O burro é de todos os animais domésticos o que mais ingratidões sofre do homem. Bem se pode dizer que nós o fizemos o pária dos bichos. Como ele tivesse a complacência de ser humilde e de servir, os poetas jamais cantaram, os fabulistas referem-se a ele com desprezo transparente, e cada um resolveu nele encontrar a comparação de uma qualidade má.
– É teimoso como um burro! dizem, e de um sujeito estúpido: – que burro! Cada bicho é um símbolo e o burro

ficou sendo o símbolo da falta de inteligência. Mas ninguém quis ver que no burro o que parece insuficiência de pensar é candura d'alma, e ninguém tem a coragem de notar a inocência da sua dedicação.

Eu tenho uma certa simpatia por esse estranho sofredor. Há homens infinitamente mais estúpidos que o burro e que entretanto até chegam a ser ricos e a ter camarote no Lírico. Há bichos muito menos dotados de inteligência e que entretanto ganharam fama. A raposa é espertíssima, quando no fundo é uma fúria irrefletida, o boi é filosófico, o cavalo só falta falar, quando de fato regulam com o burro, e a infinita série de inutilidades do lar, desde os gatos e fraldiqueiros aos pássaros de gaiola, tem a admiração pateta dos homens, quando essa admiração devia pender para o caso simples e doloroso do burro.

O burro é bom, é tão bom que a lenda o pôs no estábulo onde se pretende tenha nascido um grande sonhador a que chamam Jesus. O burro é resignado. Ele vem através da história prestando serviços sem descansar e apanhando relhadas como se fosse obrigação. Não é um, são todos. Eu conheço os burros de carroça, com o couro em sangue, suando, a puxar pesos violentos, e conheço os burros de tropa na roça, e os burros de bondes, magros e esfomeados. São fatalmente fiéis e resignados. Não lhes perguntam se comeram, se dormiram, se estão bem. Eles trabalham até rebentar, e até a sua morte é motivo de pouco caso. Para demonstrar nos conflitos, que não houve nada, sujeitos em fúria dizem para os curiosos:

– Que olham? Morreu um burro!

O burro é carinhoso e familiar. Ide vê-los nas limitadas horas de descanso. Deitam-se e rebolam na poeira como na grama, e beijam-se, beijam-se castamente, sem outro motivo, chegando até por vezes a brincar.

O burro é triste. O seu zurro é o mais confrangente grito de dor dos seres vivos; o ornejar de um gargolejar de soluços.

O burro é inteligente. Examinai os burros das carroças de limpeza pública às horas mortas, nas ruas desertas. Vai o varredor com a pá e a vassoura. É burro de resignação. Vai o burro a puxar a carroça. É o varredor pela inteligência. São bem dois amigos, conhecem-se, conversam, e quando o primeiro diz ao segundo:
— Chó, para!
Logo o burro para, solidários na humilde obra, comem os dois coitados.

Esse exemplo é diário. A história cita o burro do sábio Ammonius em Alexandria, que assistindo às aulas preferia ouvir um poema a comer um molho de capim.

O burro é pacífico. Se só houvesse burros jamais teria havido guerras. E para mostrar o cúmulo da paciência desse doce animal, é preciso acentuar que quase todos gostam de ouvir música. Um abade anônimo do século VII, tratando do homem e dos animais num livro em que se provava terem os animais alma, diz que foram os animais a ensinar ao homem tudo quanto ele desenvolveu depois. O burro ensinou o labor contínuo e resignado, o labor dos pobres, dos desgraçados. Todos os bichos podem trabalhar, mas trabalham ufanos e fogosos como os cavalos ou com a glória abacial dos bois. O burro está na poeira, lá embaixo, penando e sofrendo. Por isso quando se quer dar a medida imensa dos esforços de um coitado, diz-se:
— Trabalha como um burro!

Pobre quadrúpede doloroso! Não tem amores, não tem instintos revoltados, não tem ninguém que o ame! Quando cai exausto, para o levantar batem-lhe; quando não pode puxar é a murros no queixo que o convencem. De fato, o homem domesticou uma série de animais para ser deles servo. Esses animais são na sua maioria uns refinados parasitas, com a alma ambígua de todo parasita, tenha pelo ou tenha pele ou tenha penas. Os grandemente úteis dão muito trabalho. Só o burro não dá. E ninguém pensa nele!

Aqui, entre nós, desde o Brasil colônia, foi ele o incomparável auxiliador da formação da cidade e depois o seu animador. O burro lembra o Rio de antes do Paraguai, o Rio do segundo império, o Rio do começo da República. Historicamente, aproximou os pontos urbanos, conduzindo as primeiras viaturas públicas. Atrelaram-no à gôndola, prenderam-no ao bonde. E ele foi a alma do bonde durante mais de 50 anos, multiplicando-se estranhamente em todas as linhas, formando famílias, porque eram conhecidos os burros do Jardim Botânico, os lerdos burros da S. Cristóvão, os magros e esfomeados burros da Carris.

O progresso veio e tirou-os fora da primeira. Mas era um progresso prudente, no tempo em que nós eramos prudentes. Vieram os alemães, vieram os assaltantes americanos, e na nuvem de poeira de tantas ruas abertas e estirpadas, carros elétricos zuniram matando gente aos magotes, matando a influência fundamental do burro. Eu via o último burro que puxara o último bonde na velha disposição da viação urbana. E era para mim muito mais cheia de ideias, de recordações, de imagens do que estar na Câmara a ouvir a retórica balofa dos deputados.

Aproximei-me então do animal amigo.

Certo, o burro é desses destinados ao olvido imediato. Entre a força elétrica e a força das quatro patas não há que escolher. Ninguém sentirá saudades das patas, com o desejo de chegar depressa. O burro do bonde não terá nem missa de sétimo dia após uma longa vida exaustiva de sacrifícios incomparáveis. Que fará ele? Dava-me vontade de perguntar-lhe no fim daquela viagem, que era a última:

– Que farás tu?

Resta-lhe o recurso dos varais das carroças. Burro de bonde além de especializado numa profissão formava a casta superior dos burros. Sair do bonde para o varal é decadência. Também as carroças são substituídas por automóveis rápidos que suportam muito mais peso. E ninguém fala dos monoplanos. Dentro de alguns anos monoplano e automóvel tornarão lendárias as tropas com a poesia das madrinhas... Como as espécies desaparecem quando lhes falha o meio e não as cuidam os homens, talvez o burro desapareça do mundo nas condições dos grandes sáurios. Em breve não haverá nas cidades um nem para amostra.

As crianças conhecê-lo-ão de estampas. Em três ou quatro séculos ver um burro vivo será mais difícil do que ir a Marte.

Oh! a tremenda, a colossal ingratidão do egoísmo humano! Nós outros só damos importância ao que alardeia o serviço que nos presta e aos parasitas. O burro na civilização é como um desses escravos velhos e roídos, que não cessou um segundo de trabalhar sem queixumes. Vem o aparelho novo. Empurram-no.

– Sai-te, toleirão!

E ninguém mais lembra os serviços passados.

Eu mesmo seria incapaz de pensar num burro tendo um elétrico, apesar de considerar o doce e resignado animal o maior símbolo de uma paciente aglomeração existente em toda parte e a que chamam povo – povo batido de cocheiros, explorado por moços de cavalariça, a conduzir malandros e idiotas, carregado de cargas e de impostos. Naquele momento desejava saber o que pensava o burro. Mas decerto ele talvez não soubesse que era o último burro que pela última vez puxava o último bondinho no Rio, finalizando ali a ação geral do burro na viação e na civilização urbanas. Tudo quanto pensara era de fato literatura mórbida, porque nem os burros por ela se interessariam nem os homens teriam a gratidão de pensar no animal amigo, mandando fazer-lhe um monumento ao menos. O homem nem sabia, pois o caso não fora anunciado. Aquele burro representativo talvez pensasse apenas na baia – que é o ideal na vida para os burros e para todas as outras espécies vivas.

Assim, sentindo por ele a angustiosa, a torturante, a despedaçante sensação da grande utilidade que se faz irrevogavelmente inútil, eu estava como a vê-lo boiar na maré cheia da velocidade, como os detritos que vão ter à praia, como os deputados que deixam de agradar às oligarquias, como os amigos dos governos que caem, como os sujeitos desempregados. Quanta coisa esse burro exprimia!

Então peguei-lhe a queixada, quis guardar-lhe a fisionomia, posto que ele teimasse em não m'a deixar ver bem. Mas como, na outra rua, retinisse o anúncio de um elétrico estuguei o passo, larguei o burro sem saudade – eu também! sem indagar ao menos para onde levariam esse animal encarregado de ato tão concludente das prerrogativas da sua espécie, sem mesmo lembrar que eu vira o último burro do último bondinho na sua última viagem urbana...

E assim é tudo na vida apresada.

O DIA DE UM HOMEM EM 1920

(*Escrito em 1910*)

Dentro de três meses as grandes capitais terão um serviço regular de bondes aéreos denominados *aerobus*. O último invento de Marconi é a máquina de estenografar. As ocupações são cada vez maiores, as distâncias menores e o tempo cada vez chega menos. Diante desses sucessivos inventos e da nevrose de pressa hodierna, é fácil imaginar o que será o dia de um homem superior, dentro de dez anos, com este vertiginoso progresso que tudo arrasta...

O Homem superior deitou-se às três da manhã. Absolutamente enervado por ter de aturar uma ceia com champanha e algumas cocotes milionárias, falsas da cabeça aos pés porque é falsa a sua cor, são falsas as olheiras e sobrancelhas, são falsas as pérolas e falsa a tinta do cabelo nessa ocasião, por causa da moda, em todas as belezas profissionais *beije foncé*. Acorda às seis, ainda meio escuro, por um movimento convulsivo dos colchões e um jato de luz sobre os olhos produzido pelo despertador elétrico último modelo de um truste pavoroso.

– Caramba! Já seis!

Aperta um botão e o criado-mudo abre-se em forma de mesa apresentando uma taça de café minúscula e um cálice também minúsculo de elixir nevrostênico. Dois goles; ingere tudo. Salta da cama, toca noutro botão, e vai para diante do espelho aplicar à face a navalha maravilhosa que em 30 segundos lhe raspa a cara. Caminha para o quarto de banho, todo branco, com uma porção de aparelhos de metal. Aí o espera um homem que parece ser o criado.

– Ginástica sueca, ducha escocesa, jornais.

Entrega-se à ginástica olhando o relógio. De um canto, ouve-se uma voz fonográfica de leilão.

– Últimas notícias: hoje, à uma da manhã, incêndio quarteirão leste, 40 prédios, 700 feridos, virtude mau funcionamento Corpo de Bombeiros. Seguro prédios dez mil contos. Ações Corpo baixaram. Hoje, 2 e 12, um *aerobus* rebentou no ar perto do Leme. Às 12 e 45, presidente recebeu telegrama encomenda pronta Alemanha, 500 aeronaves de guerra. O cinematógrafo Pão de Açúcar em sessão contínua estabeleceu em suportes de ferro mais cinco salas. Anuncia-se o *crack* da Companhia da Exploração Geral das Zonas Aéreas do Estreito de Magalhães. Em escavações para o Palácio da Companhia do Moto Contínuo foi encontrado o esqueleto de um animal doméstico das civilizações primitivas: o burro.

Instalou-se neste momento, por quinhões, a Sociedade Anônima das Cozinhas Aéreas no Turquestão. O movimento ontem nos trens subterrâneos foi de três milhões de passageiros. As ações baixam. O movimento de *aerobus* de oito milhões havendo apenas 20 desastres. O recorde da velocidade: chega-nos da República do Congo com três dias de viagem apenas, no seu aeroplano de *course*, o notável Embaixador Zambeze. Foi lançada na Cafrária a moda das *toilettes pyrilampe* feitas de tussor luminoso. Fundaram-se ontem trezentas companhias, quebraram quinhentas, morreram cinco mil pessoas. Com a avançada idade de 38 anos, o Marechal Ferrabraz deu ontem o seu primeiro tiro acertando por engano na cara do seu maior amigo, o venerando Coronel Saavedra. Impossível a cura, aplicou-se a eletrocução...

Dez minutos. O Homem superior está vestido. O jornal para de falar. O Homem bate o pé e desce por um ascensor ao 17º andar, onde estão a trabalhar 40 secretários.

Há em cada estante uma máquina de contar, e uma máquina de escrever o que se fala. O Homem superior é presidente de 50 companhias, diretor de três estabelecimentos de negociações lícitas, intendente-geral da Compra de Propinas, chefe do célebre jornal *Eletro Rápido*, com uma edição diária de seis milhões de telefonógrafos a domicílio, fora os 40 mil fonógrafos informadores das praças, e a rede gigantesca que liga as principais capitais do mundo em agências colossais. Não se conversa. O sistema de palavras é por abreviatura.

– Desminta S. C. Aéreas. Ataque governo senil 29 anos. Some. Escreva.

Os empregados que não sabem escrever entregam à máquina de contar a operação, enquanto falam para a máquina de escrever.

Depois o Homem superior almoça algumas pílulas concentradas de poderosos alimentos, sobe ao 30º andar num ascensor e lá toma o seu cupê aéreo que tem no vidro da frente, em reprodução cinematográfica, os últimos acontecimentos. São visões instantâneas. Ele tem que fazer passeios de inspeção às suas múltiplas empresas com receio de que o roubem, receio que aliás todos têm uns dos outros. O secretário ficou encarregado de fazer 80 visitas telefônicas e de sensibilizar em placas fonográficas as respostas importantes. Antes de chegar ao *bureau* da sua Companhia do Chá Paulista, com sede em Guaratinguetá, o aparelho Marconi instalado no forro do cupê comunica:

– "Mandei fazer 15 vestidos pirilampos. Tua Berta."

– "Ordem Paquin dez vestidos pirilampos. Condessa Antônia."

– "Asilo dos velhos de 30 anos fundado embaixatriz da Argélia completou 12º aniversário, pede proteção."

– "Governo espera ordem negócio aeroplanos."

– "Casa 29 das Crianças Ricas informa falecimento sua filha Ema."

– "Guerra cavalaria aérea rio-grandense cessada fantasma Pinheiro miragem."

O Homem superior aproveita um minuto de interrupção do trânsito aéreo, pelo silvo do velocipaéreo do civil de guarda da Inspetoria de Veículos no Ar, e responde sucessivamente:

– Sim, sim, sim. Perfeito. Enterro primeira classe comunique Mulher Superior, Cortejo Carpideiras Elétricas. Oculte notícia cavalaria entrevista fantasma.

E continua a receber telegramas e a responder, quer ao ir quer ao voltar da companhia onde se produz um quilo de chá por minuto para abafar a produção chinesa, porque todas as senhoras, sem ter nada que fazer (nem mesmo com os maridos), levam a vida a tomar chá – o que, segundo o Conselho Médico, embeleza a cútis e adoça os nervos. Esse Conselho, decerto, o Homem comprou por muitos milhões e foi até aquela data o único Conselho de que precisou. A ciência *super omnia...*

Ao chegar de novo ao escritório central das suas empresas, tem mais a notícia da greve dos homens do mar contra os homens do ar. Os empregados das docas revoltam-se contra a insuficiência dos salários: 58$500 por dia de cinco horas, desde que os motoristas aéreos ganham talvez o dobro. O Centro Geral Socialista, de que o Homem superior é superiormente sócio benemérito, concorda que os vencimentos devem ser igualados numa cifra maior que a dos homens do ar. Qual a sua opinião? É preciso pensar! Sempre a questão social! Se houvesse uma máquina de pensar? Mas ainda não há! Ele tem que resolver, tem que dar a sua opinião, opinião de que dependem exércitos humanos. Ao lado da sua ambição, do seu motor interno, deve haver uma bússola, e ele se sente, olhando o ar, donde fugiram os pássaros, igual a um desses animais de aço e carne que se debatem no espaço. Não é gente, é um aparelho.

Então, esquecido das coisas frívolas, inclusive do enterro da filha, telefona para o *atelier* do grande químico a quem sustenta vai para cinco anos, na esperança de realizar o sonho de Lavoisier: o homem surgindo da retorta; e volta a trabalhar, parado, mandando os outros, até tarde.

Depois, sobe a relógio, ducha-se, veste uma casaca. Deve ter um banquete solene, um banquete de alimentos breves, inventado pela Sociedade dos Vegetaristas, cuja descoberta principal é a cenoura em confeitos.

O Homem superior aparece, é amável. A sua casa de jantar é uma das maravilhas da cidade, toda de cristal transparente para que poderosos refletores elétricos possam dar aos convidados, por meio de combinações hábeis, impressões imprevistas; reproduções de quadros célebres, colorações cambiantes, fulgurações de incêndio e prateados tons de luar. No *coup du milieu*, um sorvete amargo que ninguém prova, a casa é um *iceberg* tão exato que as damas tremem de frio; no conhaque final, que ninguém toma por causa do artritismo, o salão inteiro flutua num incêndio de cratera. Para cada prato vegetal há uma certa música ao longe, que ninguém ouve por ser muito enervante.

As mulheres tratam negócios de modas desde que não têm mais a preocupação dos filhos. Algumas, as mais velhas, dedicam-se a um gênero muito usado outrora pelos desocupados: a composição de versos. Os homens digladiam-se polidamente, a ver quem embrulha o outro. O Homem, de alguns, nem sabe o nome. Indica-os por uma letra ou por um número. Conhece-os desde o colégio. Insensivelmente, acabado o jantar, aquelas figuras sem a menor cerimônia partem em vários aeroplanos.

– Já sabes da morte de Ema?
– Comunicaram-me, diz a Mulher superior. Tenho de descer à terra?
– Acho prudente. Os convites são feitos, hoje, pelo jornal.
– Pobre criança! E o governo?
– Submete-se.
– Ah! Mandei fazer...
– Uns vestidos pirilampos?
– Já sabes?
– É a moda.
– Sabes sempre tudo.

O Homem superior sobe no ascensor para tomar o seu cupê aéreo. Mas sente uma tremenda pontada nas costas.

Encosta-se ao muro branco e olha-se num espelho. Está calvo, com uma dentadura postiça e corcova. Os olhos sem brilho, os beiços moles, as sobrancelhas grisalhas.

É o fim da vida. Tem 30 anos. Mais alguns meses e estalará. É certo. É fatal. A sua fortuna avalia-se numa porção de milhões. Sob os seus pés fracos um Himalaia de carne e sangue arqueja. Se descansasse?... Mas não pode. É da engrenagem. Dentro do seu peito estrangularam-se todos os sentimentos. A falta de tempo, numa ambição desvairada que o faz querer tudo, a terra, o mar, o ar, o céu, os outros astros para explorar, para apanhá-los, para condensá-los na sua algibeira, impele-o violentamente. O Homem rebenta de querer tudo de uma vez, querer apenas, sem outro fito senão o de querer, para aproveitar o tempo reduzindo o próximo. Faz-se necessário ir à via terrestre que o seu rival milionário arranjou em pontes pênseis, com jacarandás em jarras de cristal e canaleiras artificiais. Nem mesmo vai ver as amantes. Também, para quê?

De novo toma o cupê aéreo e parte, para voltar tarde, decerto, enquanto a Mulher superior, embaixo, na terra, procura conservar materialmente a espécie com um jovem condutor de máquinas de 12 anos, que ainda tem cabelos.

Vai, de repente com um medo convulsivo de que o cupê aéreo abalroe um dos formidáveis *aerobus*, atulhados de gente, em disparada pelo azul sem fim, aos roncos.

– Para? indaga o motorista com a vertigem das alturas.

– Para frente! Para frente! Tenho pressa, mais pressa. Caramba! Não se inventará um meio mais rápido de locomoção?

E cai, arfando, na almofada, os nervos a latejar, as têmporas a bater, na ânsia inconsciente de acabar, de acabar, enquanto por todos os lados, em disparada convulsiva, de baixo para cima, de cima para baixo, na terra, por baixo da terra, por cima da terra, furiosamente, milhões de homens disparam na mesma ânsia de fechar o mundo, de não perder o tempo, de ganhar, lucrar, acabar...

OS DIAS PASSAM...
(1912)

A REVOLUÇÃO DOS "FILMES"

Ao sair de uma igreja, onde a visitação não era excessiva, e antes pelo contrário deixava pela nave grandes claros, disse-me um velho frequentador de festas populares:
– Agora já não é nas igrejas a semana santa.
– Onde é então?
– Nos cinematógrafos. Vá ver. Os "filmes" de arte realizaram uma completa transformação nos costumes. Há 20 anos, a semana santa não era uma coisa séria como a de Sevilha, mas evidentemente havia uma nota de fé característica, com a grande concorrência às igrejas, aquele sinistro enegrecer da cidade, toda ela de fato preto, envolta em crepes, enrodilhada em trajes lutulentos. As crises religiosas trazem crises de sensualidade. Estudar as festas da semana santa em todo mundo através da história, é notar, mesmo nos êxtases espanhóis de Idade Média, esse apetite de instintos acrescido na ideia fixa da morte do homem-Deus e no mistério da paixão. Esses apetites foram aqui a acentuar-se cada vez mais. Nos últimos tempos a concorrência aos templos continuava grande, mas que se via?
– A fé...
– A fé! Sim, não há dúvida; tudo é fé. Mas a quinta e a sexta da Paixão tornaram-se uma espera ansiosa e palpitante. As turbas foram aos templos, mas os crimes contra Deus e contra a lei multiplicaram-se. Dariam um volume as

anotações das anomalias, dos desvairamentos, das taras psíquicas, dos desesperos sexuais destas duas noites. A paixão virou em festa, o desdobramento da missa do galo. Já não se faz questão de preto. Já os namorados aproveitam esses dias de folga para passear as meninas vestidas de branco de igreja em igreja. Há ladrões a roubar carteiras. Cleptômanas delirantes de joelhos, navalhando bolsos de saias, êxtases amorosos na tristeza da morte salvadora... Era a transformação. O cinematógrafo acaba de fazer a grande revolução. Venha vê-los. É Cristo em espetáculo.

Então tristemente começamos a peregrinação pelos novos templos, onde agora se faz a Paixão. A maioria anunciava quase toda a história de Cristo, com fitas que levavam mais de uma hora. Outros ainda davam na mesma sessão o "Beijo de Judas". Na avenida, era impossível entrar em qualquer casa-cinema. Havia uma multidão suarenta e febril até ao meio da rua disputando lugar e avançando lentamente contra uma onda de gente feliz que saía. O movimento era de tal sugestão, que quem passava, parava, olhava e instintivamente incorporava-se ao exército invasor, limpando a cara lustrosa do suor, dando empurrões, querendo entrar, querendo ver. Outrora era assim nas igrejas, na de São Francisco, na Catedral, às nove da noite da quinta-feira...

Como aqui há em cada canto um cinematógrafo, tive a curiosidade de ver se os outros faziam tão grandes receitas. E admirei. Para a Paixão tinham aberto outros e mesmo no vastíssimo Lyrico, no nosso maior teatro, naquele Coliseu de madeira povoado de uma multidão rumorejante e negra. Aí o povo não se acotovelava à porta, mas nas saídas. Nos salões do Largo do Rocio, da Rua Visconde do Rio Branco, era uma verdadeira revolução. Os *chasseurs* reclamistas, a espécie agaloada de dervixes urrantes dessas casas, que em Paris usam chapéu alto e casaca e aqui têm boné e fardeta, não se esgoelavam, bracejavam para conter o povaréu, murmurando: – "É impossível mais gente. A lotação está completa para a sessão que vai começar!". No Rio Branco, estridentemente iluminado, era tanta a gente à porta, que os *tramways* elétricos viam-se forçados a diminuir a marcha, soando os tímpanos, tatalando as campainhas para avisar o pessoal que aglomerava sobre os trilhos. Um sujeito mesmo que estava quase dentro da sala de espera e de repente se viu empurrado para fora, pela vaga movediça do povo, ergueu a bengala e ia provocando um rolo, que pôs meninas trêmulas, no braço dos namorados, alarmou matronas, incitou os homens. Em pequenas salas, com ares de serem arranjadas apenas para a semana, salas inconfortáveis e mal à vontade, o apinhamento de visitantes era o mesmo. Já alguns filocinemas, desses frequentadores acérrimos, que, a fundo, conhecem concorrências, casas e fitas, diziam no meio da rua: – "Qual! Se este está assim cheio, imaginem na Avenida ou nos conhecidos!". E esperavam resignados uma possibilidade, a brecha para entrar, ver um pouco no forno da plateia o filme da Paixão suficientemente trepidante.

Ameçava chuva, porém. O saboreador da semana santa vinha precavidamente com uma capa de borracha, e esperava, à primeira queda-d'água, o afastamento do público – que é o único público do mundo com um medo inconfundível à chuva. A chuva anunciou-se entretanto. A multidão continuou a engrossar diante de cada casa-cinema. A chuva caiu pesada. Abriram-se as quizilentas negruras dos guarda-chuvas, e homens, e damas, e crianças e rapazes continuavam a esperar a sua vez, incapazes de voltar para casa, sem ver num pano branco impalpável e mudo a Paixão, o desenrolar das tristes cenas por que passou Cristo na doce ideia de regenerar um mundo cada vez pior. E era uma cena curiosa e inédita na cidade: as ruas e as praças meio escuras com a luz em desmaio nos combustores; as fachadas dos cinematógrafos com iluminações violentas e policromas, cartazes dependurados, e sob a luz dos arcos voltaicos, sob os cordões d'água da chuva cada vez mais forte, aquela multidão de guarda-chuvas e fato negro, firme, esperando...

Conseguimos entrar num de classe inferior, e isso porque a onda nos forçava. Ficamos de pé, encostados à parede, tal a quantidade de gente que lá havia. A Paixão, com um cenário escrito por um dramaturgo e cronista parisiense, era animada por conhecidos artistas da Comédia Francesa. Eu vi apenas a preocupação do gesto estilizado de Lambert Fils e as pretensiosas atitudes permanentes de atrida sofredor do urrante, mas ali felizmente mudo, Munetto Sully. As caras, aquelas centenas de caras na sombra, na treva pálida das salas de cinema, arfavam de religiosidade, de emoção, e quando a luz de novo se fez, ao fim do martírio de Cristo, na claridade havia olhos de mulheres molhados de lágrimas e faces empastadas de homens cheios de emoção...

À saída continuava a chover. Era quase uma tempestade. Resolvi recolher e passei por uma igreja. Estava integralmente vazia. Só um negralhão alcoólico à porta esperava quem tivesse troco para uma pequena cédula que pretendia distribuir pelos pobres. E o relativo abandono dos templos pelos cinematógrafos, a patente revolução realizada pelos filmes na característica urbana de uma nacionalidade, fez-me pensar.

É um mal o cinematógrafo para a fé? É uma exploração de vendilhão a desses *managers*, alguns de última hora? É escândalo profano divertir o povo quando ele se devia entregar à amarga meditação? Não! Cem vezes não! Tudo no mundo obedece a uma oculta harmonia, e a uma intenção progressiva mas conservadora. Os deuses são coisa muito séria, os deuses são pensamentos dos homens corporificados, são ideias símbolos; são permanentes sugestões. A ideia emenda a natureza, o deus melhora o homem que o inventou. Os deuses não morrem. Há mais deuses no espaço, através da história, nas lendas dos povos, que há homens na terra. Nenhum deles morreu. A memória de alguns esquece-os:

muitos combatem-nos; a maioria é ignorada ou pouco sabida pelo mundo. Mas diante de um deus qualquer, seja egípcio ou grego, babilônico ou hindu, viking ou africano, o homem sente fatalmente qualquer coisa de superior à humanidade, à sua espécie, porque é a ideia eterna a explicar o sentimento e a emendar o incompreensível.

Diante de Hermés ou de Pallas Athene, nós sentimos que Hermés e Pallas Athene não morreram, porque são a ideia da suave beleza e da suprema sabedoria; diante de Osíris, que não tem mais um só crente, nós veneramos a ideia capaz de conter longamente e aperfeiçoar raças desaparecidas. Diante de Cristo – por quem tanto se combateu, matou e guerreou, nós o louvamos como o sugestionador da beleza de bondade, porque fosse ele um simples arruaceiro, não tivesse ele existido, graças ao acúmulo de ideias sãs de que o fizeram portador, ele emendou integralmente a natureza e o homem, dando-lhes o que até então não tinham.

Deus-Cristo e terno não há motivo para a fé mesmo imensa perder-se em dor. Os mais crentes sabem que ele vai reviver, quebrando o túmulo, depois dos passos da tragédia. Mas para que Cristo tenha crentes em multidão, para que não venha a povoar museus solitariamente como Hermes ou Zeus, Phtat ou Osíris – é preciso manter viva e latente a sugestão, fazer ver a mesma ideia de diversas maneiras. As turbas ignoram as religiões, acreditam por instinto, modificam-se por impulsos. A solenidade das igrejas cada vez mais estreita ia estendendo na ignorância geral uma névoa de esquecimento. A maioria dos católicos que visitavam as igrejas se ignora, por completo, a significação daqueles atos, não sabe as mais das vezes nem mesmo a simples lenda cristã. O cinematógrafo apossa-se da ciência, do teatro, da arte, da religião, junta verdades positivas e ilusões para criar o bem maravilhoso da mentira e fixa de novo a multidão, fixa-a sugestionada, fixa-a pelo espetáculo, fixa-a pela recordação, dá-lhes qualidades de visão retrospectiva, fá-la ver, e crer, celestemente removida ao momento da tortura, ao lado do Deus-Homem, humano na tela mais ainda irreal porque apenas sombra na luz do *écran*.

E é um mal para a religião? Não. É um bem. Na igreja, o espetáculo é sempre o mesmo: triste de aparência, mas obrigando o povo a pensar, a trabalhar o cérebro, para se comover. Três partes e meia dos visitantes não se comovem, antes se entregam a um passeio de excitação sensual. No cinematógrafo, logo, imediatamente, a multidão vê a agonia, a multidão sofre a tremenda injustiça, e chora, e freme, e melhora. A sugestão eleva-a. Melhor do que visitar 20 igrejas, sem fé, entre gente sem fé também, é assistir a uma dessas sessões, ingenuamente crente. Sai-se renascido com o exemplo, sai-se com a bondade – esse sentimento lírico que decai – muito mais aumentada. Nesta semana os cinematógrafos fizeram obra muito maior para a igreja do que o padre Maria com as suas conferências.

Certo, o cinematógrafo pode e é aproveitado não só para o desenvolvimento de conhecimentos científicos, para o alargamento de noções sérias, como para excitar o riso e a depravação. Mas os próprios apaixonados dos "filmes", esses grandes educadores sem palavras, talvez não se lembrem que na crise ganhadora dos empresários-cinemas a servir a sede de real ilusão da cidade, o cinematógrafo, simples aplicação da eletricidade, indústria científica para as divulgações úteis, vinha, servo pressuroso da Fé, fazer na sua indiferença, mais viva a chama da Crença, mais ardente a Religião, um pouco melhor – pelo menos no momento – os homens a quem os deuses sempre bem fizeram...

GENTE ÀS JANELAS

No carro que lentamente nos levava pelas ruas da cidade, o estrangeiro, verdadeiramente espantado e admirado com a maravilha urbana, a Beira-Mar, a Central, as grandes construções, a atividade febril das ruas comerciais, o porto, o cais, e mesmo o Pão de Açúcar, voltou-se e disse-me de repente:

– Depois, vê-se bem que é uma cidade como nenhuma outra.

– Ah! sim, tem a característica pessoal.

– É, espera sempre a passagem do préstito.

– Que préstito?

– Não sei; mas deve ser um préstito ou uma procissão.

– Ora esta! por quê?

– Porque está toda a gente sempre à janela e às portas, dando conta do que se passa na rua...

Olhei o estrangeiro desconfiado da sua ironia. Se eu fosse inglês, não compreenderia que se falasse com ironia da minha terra. Se fosse japonês, também não. Mas sou latino-americano, descendente de português e brasileiros, o que quer dizer que tenho quatro motivos para pensar sempre que fazem troça de uma suposta inferioridade do meu país, porque reúno a sensibilidade americana e latina, a maior portuguesa e ainda a maior brasileira...

Mas o estrangeiro era, como se diz na nossa língua, um *gentleman*, ou um perfeito homem, e eu vi apenas que, tendo visto bem, ele desejava explicações.

– Ah! sim, notou este nosso defeito?

– Defeito! fez ele. Mas então não esperam nada?

– Meu caro, não esperam, isto é, esperam e não esperam. É uma história comprida. Quer que lh'a conte?

– Ia pedir-lhe...

Acendi o charuto, recalquei o patriotismo, e como certos santos que, com a confissão de males graves pensam ganhar o parceiro, falei:

– Realmente, V. observou muito bem. Temos vários costumes originais. Esse é um. Estamos sempre à janela, apesar de não esperarmos préstito.

– Não esperam?

– Não, nem mesmo quando ele vem. Somos bastante despreocupados para tal. E a janela é talvez um símbolo dessa despreocupação, dessa *rêverie*, e desse mau costume.

O estrangeiro olhou-me com cara de quem não compreendia. Nem eu, quanto mais ele! Apenas eu era o orador e diplomata. Quando não se sabe o que dizer, amontoam-se substantivos, alguns em línguas estrangeiras. Faz sempre efeito...

– *Rêverie*? Mau costume? repetiu o homem sucumbido.

– Sim. O carioca vive à janela. Você tem razão. Não é uma certa classe; são todas as classes. Já em tempos tive vontade de escrever um livro notável sobre o "lugar da janela na civilização carioca", e então passeei a cidade com a preocupação da janela. É de assustar. Há um bairro elegante, o único em que há menos gente às janelas. Mesmo assim, em 30% das casas nas ruas mais caras, mais cheias de *villas* em amplos parques, haverá desde manhã cedo gente às janelas. Na mediania burguesa desse mesmo bairro: casas de comerciantes, de empregados públicos, de militares, vive-se à janela. Nos outros bairros, em qualquer é o mesmo, ou antes, é pior. Pela manhã, ao acordar, o dono da casa, a senhora, os filhos, os criados, os agregados, só têm uma vontade: a janela. Para quê? Nem eles mesmos sabem. Passar de bonde pelas ruas da Cidade Nova desde as sete horas da manhã é ter a certeza de ver uma dupla galeria de caras estremunhadas, homens em mangas de camisa ou pijama, crianças, senhoras. Os homens leem o jornal. As mulheres olham a rua; os meninos espiam, cospem para baixo, soltam papagaios. Passe você às nove horas. A animação é maior. Passe ao meio-dia. Parece que vem vindo não um simples batalhão, mas logo uma brigada. Passe às três da tarde, às sete da noite, às nove, às dez, está tudo sempre cheio. Durante muito tempo preocupei-me. Qual o motivo dessa doença tão malvista no e pelo estrangeiro? Que faz tanta gente debruçada na Rua Bomjardim, como na Rua General Polydoro ou no canal do Mangue? Até hoje ignoro a causa secreta. Mas vi ser à janela que o Rio vive.

À janela brincam as crianças, à janela compram-se coisas, à janela espera-se o namorado, à janela namora-se, salta-se, ama-se, come-se, veste-se, e dá-se conta da vida alheia, e não se faz nada. Principalmente não se faz nada. Catão vivia para dar na vista dentro de uma casa de vidro. A influência positivista foi tão grande entre nós que muito antes de Raymundo Mendes e Miguel Lemos, já a cidade vivia às claras e para outrem à janela. Daí a razão por que sabem uns das vidas dos outros. Os que saem são vistos. Os que estão em casa também. Bem 80% feminino passa o maior do seu tempo olhando a rua da janela. E os homens, logo que estão em casa, atiram-se à janela. Olhe V., sempre pensei que cocheiros e carroceiros gostassem pouco de estar de janela. É um engano. Passe V. à noite pelas proximidades de companhias de carroças e veja nas casas assobradadas de alugar cômodos quanta gente espera o préstito...

– Curioso, fez o estrangeiro. Sabe que a princípio fiquei um pouco atrapalhado?

— Pensou que estava em Marselha...
— É...
— Ah! essas também. Mas agora, para não confundir, quase sempre vêm para a rua.
— Teria vontade de perguntar a uma dessas pessoas o que a interessa tanto.
— Nada. Não saberia dizer. Tenho uma vizinha, que positivamente acabou irritando-me.

A mulher estava sempre à janela. Ia eu tomar a barca de Petrópolis pela manhã, e a mulherzinha à janela. Vinha pela madrugada de um desses clubes de jogo onde a gente se aborrece, e a mulherzinha à janela. Voltava a casa, em horas de atividade, e ela, fatal, parada à janela. Um dia não me contive: indaguei a razão desse gosto excessivo. E ela, aflita: "Então eu sou janeleira? Verdade! Não reparei. Mas também que se há de fazer?".

— Janeleira?
— É um termo essencialmente nosso, que significa, adulterando a antiga e insolente significação, uma pessoa que gosta de estar à janela...
— Afinal, como tudo na vida é convenção...
— Não há dúvida, para uma pessoa de fora este nosso hábito presta-se a subentendidos mais ou menos fortes.
— Pois não é?
— É. Pode-se glosar de várias maneiras. V. ainda há bem pouco achou que era um povo que esperava um préstito ou a procissão.
— Oh! sem querer, sem intenção.
— Outros perversos podem dizer que espera outra coisa. Entretanto, caro observador, é apenas uma gente que espera sem maldade a vida dos outros. Quer exemplos?
— Com prazer.
— Olhe aquela casa assobradada. Três jovens à janela, um gato, um petiz, o cachorro. Passa um bonde. Elas cum-

primentam. O petiz salta a correr. Aposto que o pequeno diz: mamãe, passou aí o namorado de Cota. – É mentira, diz Cota, quem passou foi D. Mariquinhas. – Por sinal que ia com o Dr. Alípio, acrescenta a mais velha. – Menina, falando assim de uma senhora casada... Não acabará a censora porque a que ficou à janela fez um gesto nervoso para dentro: venham ver, depressa, depressa... Quem passa?

– Sei lá, fez o estrangeiro.

– Você diria: é o rei que vai à caça. Pois não, senhor. É uma senhora que elas nunca viram, de que ignoram o nome, mas que examinam com o ar do Augusto Rosa na *Santa Inquisição*.

– Francamente...

– Conheço o meu povo. Está vendo aquela moça paramentada, numa janela, enquanto a velha em outra parece à espera de alguém para mandar ao armazém? É a que se mostra, a que vem à janela para ser vista, a romântica. Há grande variedade no gênero, até a da literata: menina que abre o volume quando passa o bonde.

– Com efeito.

– Espere; um par na casa pegado. Estão sós à janela. Aqueles, tendo que optar entre serem vistos pela gente de casa e vistos pelos trauseuntes, escolheram os últimos. Beijam-se, apertam-se. Olhe que as janelas poderiam contar coisas.

– Como se perde tempo.

– Só? Nesse caso, por exemplo, perde-se talvez mais...

– Mas ali tem uma senhora idosa, atentamente olhando. Já não vê; já nada no mundo a pode interessar. Está ali por estar, porque vendo muita gente é que melhor se isola uma pessoa. Olha, não vê, e está à janela, sempre à janela, porque a janela é a escápula do lar sem dele sair, é o conduto da rua sem os seus perigos, é o óculo de alcance para a vida alheia, é a facilidade, a economia, o namoro, o amor, o relaxamento, o fundamental relaxamento... Afinal também um pouco de sonho, de ideal latente. Somos engraçados. A janela é a abertura para o imprevisto. Vivemos na abertura. E, no fundo, quer saber?

— Claro.

— No fundo é mesmo o que pensava você.

— Como?

— Há tanta gente à janela, porque, realmente, sem o saber, um instinto vago lhes diz que vem aí o préstito ou a procissão. Apenas não sabem qual é o préstito. Não saber, e ficar, e não ver, e continuar, é o que se chama esperança. Nós somos o povo mais cheio de esperança da terra – porque vivemos à janela.

E, depois de assim desculpar e filosofar, reclinei-me no carro, não sem uma certa raiva de uma janela em que dez pessoas olhavam para nós como para bichos ferozes...

CRÔNICAS E FRASES DE GODOFREDO DE ALENCAR
(1916)

AFRODÍSIA

A praia estendia do negro monte do Leme ao promontório da Igrejinha a larga charpa franjada da avenida sobre a areia. Era o reluzente tom negro do macadame lustrado pela corrida dos automóveis, eram os tons surdos da areia, desde o amarelo fosco ao argento sem brilho. O mar deixava a espaço vastas áreas úmidas em que o chão ora era liso ora encapelado, desventrado, em convulsões de dunas. A alongar o olhar naquela imensa curva bamba vibrava o acorde fosco dos brancos e dos ouros pálidos em torno da fita negra.

Nós vínhamos de uma rua transversal e no primeiro momento, com receio ao vai e vem célere dos autocarros, olhando para um lado, olhando para outro, só fixávamos na retina o plano da avenida. Mas a criatura loura, envolta no manto de púrpura, correu, meteu-se na areia e, como nós acompanhássemos o seu passo, murmurou:

– Olha: é bonito...

Era ao fundo da montanha, ora escalvada, ora coberta de árvores verde-negras. E, bordando a avenida, o bazar arquitetônico das construções: casas à holandesa, brunidas e aconchegadas, "vilas" como as da Costa Azul, palácios espalhafatosos de um mau gosto grandioso, fundos de chalés abomináveis, terraços, mirantes, varandas, muxarabiês, aspecto de linhas do Renascimento, de tendências rococó, de estilo moderno, de belezas bizantinas. Todas as cores fortes gritavam nesse casario, e, entre vermelhos e verdes e amarelos, as brancuras dos mármores correspondiam com brilho às brancuras surdas da areia.

    Insensivelmente eu desejava achar bonito. Nos balcões, nos terraços, nos jardins, nos portões a linha de casas animava-se de gente. Eram chás servidos ao ar livre, senhoras e meninas e rapazes vestidos de branco a conversar, a rir e os automóveis indo e vindo com criaturas que riam, estabeleciam a corrente comunicativa de uma alegria macia e imensa. De resto, fazia-se a hora indecisa, em que o sol já desapareceu e a noite ainda não veio, hora de saudade e de desejo, da satisfação e da esperança. As montanhas, as árvores, participavam do instante fluídico em que as coisas materiais pareciam ungidas de óleos sagrados. O céu, imenso, vasto, parecia de mel azul e o vento largo vinha embebido num estranho e tonificante cheiro de infinito.

– Olha agora a praia e o mar...

    Atentei. A praia estava cheia de gente também. Em certos pontos cavalheiros e damas abancados em torno de mesas a bebericar; em outros, grupos de observadores; e em toda a sua extensão, a movimentação quase nua da multidão de banhistas, multidão que entrava um pouco pelo verde líquido do mar e se envolvia nos borbotões de rendas dos vagalhões. Um momento o meu espírito corrompidamente mundano lembrou Ostende, Nice. Mas não era isso apenas. Os olhos tinham de perder-se na agitação multiforme das linhas e das cores. A natureza fazia em grande o *studio* de um apaixonado da forma. Crianças corriam e no seu passo róseo, os braços abertos iam como o desabrocho de flores vivas. Jovens de simples calção, os cabelos presos num lenço de cor aguda, estendiam na areia sob enormes para--sóis de riscas rubras. Outras caminhavam para a onda, a carne de jasmim presa do arrepio prévio; mais outras vinham da água, a gotejar, envoltas nos roupões. E era um profundo prazer mergulhar os olhos nas curvas tenras, nas linhas airosas, nos semblantes perturbados de riso que iam, passavam, vinham, partiam. Parecia que tudo quanto a cidade tem de belo, as crianças e as mulheres, estava ali, inteiramente feliz, correndo ao abraço envolvente do velho Deus Oceano, e que o Oceano e o Céu formavam como uma enorme concha aberta donde corriam todas aquelas margaridas de carne...

– Devo dizer que não contava absolutamente com esta festa de moleza inebriante.

– Não conheces a tua cidade?

– Nunca se conhece bem o que se conhece muito.

– A tua cidade tem um padroeiro cristão, jovem, belo e teimoso. Mas os deuses antigos continuam sendo as sugestões da vida e os numes familiares. Não pensarás que guarda a cidade Atena Aptera? Depois do desastre da Grécia nunca mais a sabedoria pensou em proteger cidades. Com uma natureza destas, a tua cidade era a predestinada ao culto dos deuses perfeitos. Há um grande Deus a que o Rio presta todos os anos festas votivas.

– Qual?

– Dionisos, a que chamam agora Carnaval. Há outra, de preocupação permanente, de que neste momento vês a festa.

– O Oceano?

– Não. Afrodita. Que importam as leis e os governos, os negócios públicos e as glórias, a fortuna e as posições para o carioca? Desde que possa gozar e amar – ninguém está mais contente. Percorre as cidades mais notáveis, as regiões de ritos mais estranhos. Não encontrarás nunca uma terra em que os homens tragam aos olhos tão constante a ideia acariciante da mulher e onde a mulher em todas as idades ondule como canéfora das satisfações, siga sempre como o prêmio do amor. É decerto da terra, das coisas, do ar, das árvores, dos pássaros, das flores. Tudo se curva, tudo parece transbordante de sumos, tudo cheira a luxúria, tudo envolve, apega-se, apossa-se numa incrível palpitação...

— Está talvez fantasiando...

— Deliciosa terra. Se tudo diz desejo insofrido, amor contínuo — como resistir? Assim, misteriosamente, a deusa perfeita estabeleceu a atração das praias, o grande momento em que os cariocas correm ao mar e entregam-se à onda, como sacrifício à deusa que os anima. Viste em alguma cidade essas procissões seminuas de banhistas?

— De fato. Há anos o Rio só tolerava meio nus pelas ruas os jovens remadores. Eles davam indiretamente um exemplo. Para uma raça feita de cipós e lianas, as amplas musculaturas tostadas do sol e a força viril dessa mocidade eram um incentivo. Mas agora é demais. De madrugada, as ruas mais afastadas das praias são percorridas por homens e mulheres em calção de banho; e à tarde, o escândalo repete-se mais aflitivo. No Flamengo estamos ao escurecer numa procissão de seminudezas; em Santa Luzia é como um hino.

— E do outro lado da baía, em Icaraí, nas ilhas esparsas desse golfo ardente, aqui — diante do mar solto...

— Breve se quisermos fotografar uma senhora no seu traje habitual, fotografamo-la em calção de banho.

— E os homens e as crianças que têm vida também. Nota, porém, a diferença entre o carioca à beira da praia e o carioca em qualquer outro lugar: nos teatros, nos chás, nas repartições, no trabalho ou no prazer. Aqui podes vê-lo tranquilo, descansando, vivendo. Olha aquele grupo em que quatro senhoras, dois homens e seis crianças cavam a areia, rindo. O mundo escondeu para eles a sua face feia. Nos outros lugares é um nervosismo insatisfeito, o sulco da preocupação, qualquer coisa de desastroso e amargo que lhes repuxa o semblante. Aqui todas as secretas vontades da beleza acordam. Não há uma atitude feia. As crianças lembram amores; as mulheres animam de ritmos as estátuas antigas que representavam as deusas. Em outro qualquer lugar os homens pedanteiam horrendas elegâncias e as mulheres são exposições de modas atrozes. Aqui o Ar. Espaço. O grande mar donde tudo surgiu Liberdade. A carne fluidificada no ambiente e todos os segredos da terra e da água cantando dentro do nosso sangue...

— Não vai continuar este hino?
— Por que, se falo de um bom gosto carioca?
— Mas eu sinto a mesma desequilibrante delícia.
— Só não sentiste antes porque não sabias. O Rio nestes meses celebra nas praias as afrodísias, as festas do rei Cinirô e Vênus. Não sorrias. É melhor ter Vênus por padroeira. Lembra-te da origem tríplice da Vênus entre os Tebanos. Uma era Vênus Celeste, o puro amor, a outra, a Vênus Popular, a terceira, a Vênus Apostrófia, ou preservadora, que afastava os corações de impureza.
— E qual delas venera o Rio neste momento de afrodísias?
— As três, porque as três dominam o seu coração... Mas, filha do Céu e do Dia ou filha da espuma do mar e do sangue de Celo, ela é o infinito gozo alegre. Duvidarás que esteja aqui, neste cenário de maravilhas? Onde ela chega, chegam os Risos e os Brincos. Olha a multidão. Brinca e ri deliciosamente. Onde ela está, homens e deuses esquecem-se. Os homens parecem esquecidos. Quando ela vem, as horas não andam, porque são as horas que a conduzem. Quando ela sacode a trama de seu cinto um novo mundo aflora aos nossos olhos, porque nesse cinto Homero, o divino, notava "todos os encantos sedutores, o amor, o desejo, os divertimentos, as secretas conversas, os inocentes enganos e o encantador brinco que insensivelmente surpreende o espírito e a alma dos mais sensatos"... Estamos aqui todos assim...

As palavras murmuradas por aquela criatura feita de rosas e de ouro enfraqueciam o meu entendimento. Sentei-me na areia, como centenas de outros homens severos que eu nunca imaginaria sentados na areia. Dizia ela a verdade? O Rio inteiro com o novo apetite de oceano que o despe duas vezes por dia à beira das praias, inconscientemente exprimia em festas votivas o seu amor a Afrodite? Parecia-me impossível pensar de outro modo! A natureza inteira era um ex-voto de beleza e de amor. Não havia no céu vestígio do sol. O espaço a princípio todo de um azul diluído, de repente embebeu a sua turquesa líquida de estranho esplendor. Sobre o mar de verde-azul e o céu de azul e verde era como se um derradeiro espasmo de sol oculto criasse um luar sem lua, um luar de reflexos de raios em madréporas, um luar em que se fundiam verdes de alga e róseos de dilúculos, ouros de aurora e pérolas de sonho... Oceano e céu, fundidos na linha do horizonte, formavam como uma concha de nácar, abrindo a iridescência das ondas e dos ares sobre a praia.

A estranha criatura largou o manto, caminhou para o mar.

– Goza como os outros esta hora! Afrodite vai partir. É a hora de ambrosia.

– Mas por que partir?

– Porque tudo acaba para poder recomeçar.

Os seus pequenos pés sentiram a franja das espumas. Deu mais um passo. Um vagalhão envolveu-a. Ela estirou-se. As ondas precipitaram-se cheias de uma cor que tinha a saudade de todas as cores. Ainda um instante vi erguer-se o seu busto e aquele semblante que ria entre as espumas oceânides. Foi tudo. Afrodite? Anadiomena? Epôntia, Tritônia? Vênus? Quem o poderá dizer? Vi apenas que voltava a mim só num trecho da Avenida Atlântica, enquanto uma turba imprevista e seminua corria cheia de alegria dentro da madrépora irreal da tarde a escorrer sobre a fluidez do mar. E até agora não sei se foi a própria Afrodite a explicar-me ardentemente o ardor sensual da cidade...

AS OPINIÕES DE SALOMÉ

A princesa Salomé estava de pé e batia palmas.
– Princesa, atenção, podem reparar...
– Que importa?
Era numa dessas casas de exagero, nas quais, durante as ceias, dançarinos de profissão provocam a alegria dos dançarinos espontâneos. Eu fora sempre muito precavido contra a sedução literária da princesa Salomé. Depois de fazer perder a cabeça a Iohanaan, naquele episódio tão abreviadamente contado em dois evangelhos, essa menina árabe, há seis séculos pelo menos, alucina artistas do pincel e da pena. Ninguém pode mais saber a sua beleza, se ingênua e burguesa, como as de Durer e de Van-Thulden, se de carnação de pérola, tal a do Ticiano, se tentadora com a de Regnault, se o suspiro oriental de Rochegrosse ou o lírio da luxúria das telas de Moreau. Salomé é a princesa dos mil semblantes. E, quanto à sua história, há calúnias quase exatas como a de Flávio José, que lhe deu 32 anos, uma viuvez, dois filhos e um segundo casamento ao tempo que Herodes lhe pedia para dançar... Nada mais a temer que uma bailarina capaz de conservar e aumentar a sua fama através o tempo – grande sepulcro.
Certa noite, entretanto, vendo dançar o tango, um amigo, cheio de estética, indagara:

– Que diria Salomé das horríveis danças modernas?

Desde essa hora, a princesa da Judea tornou-se a minha obsessão! Eu precisava encontrá-la, eu precisava ouvi-la! E, como os símbolos vivem eternamente, acabara, afinal, por encontrar na elegante casa de comida e dança a estranha bailarina.

Salomé ainda não dissera nada. Batia palmas, de pé, maravilhosamente vestida. A saia imensa, cor de luar, com bordados de seda verde, era como uma flor multipetalar. O corpete, todo verde de líquen, firmava o cálix do seu colo de rosa. A cabeleira esmaecida sob um leve pó de pérola. E no colo, nos braços, nos pulsos, na garganta, na fronte, nos lóbulos das orelhas, grossas esmeraldas verdes e pérolas brancas exprimiam a sua conservação e a sua beleza amorosa. Pintada como um ídolo, erguendo os braços, ela cheirava a sândalo; rindo, o seu lábio sangrava luxúria; andando, todo o corpo tinha a graça aromal de uma flor que vivesse...

– Alteza, sinto-a contemporânea, contemporânea como qualquer das senhoras que nos olham.

A enteada de Herodes teve um risinho que não exprimia senão o consentimento. Eu continuei:

– Vejo que apreciou o *one step*...

A esposa em segundas núpcias de Aristóbulo suspirou:

– Muito.

– Exatamente a esse respeito desejava fazer-lhe uma pergunta. Conhece as danças modernas?

A neta do rei Aretas olhou-me espantada:

– Todas.

Quando se fala com um grande artista estrangeiro, principalmente mulher, o distinto, o agradável é desprezar tudo que ele não fez. Essa curvatura é quase sincera quando se trata de um artista antigo. Se aparecesse Safo, eu comentaria desagradavelmente os vates contemporâneos. Assim, ao lado da filha de Herodíade, tomei um ar superior.

— Como a princesa deve deplorar a decadência da dança! Dança é a expressão harmoniosa do som sem voz, é o vocabulário gesticular de tentação, alfabeto hieroglífico do amor. Religião, símbolo, gozo – é o passo que liga o céu à terra. O ser que dança, sacrifica aos deuses e tem no corpo os deuses. Os antigos sabiam compreender a dança. Assim aquele rei tão interessante, chamado David...

A princesa interrompeu:

— Esse cantava...

— E dançou também diante da Arca.

— Sério?

— Palavra...

A ignorância da admirável criatura pareceu-me ironia. Insisti, pois:

— Dança para ser aquilo que deve ser – um poema de carne e espírito – precisa-se fazer o prazer dado e não recebido. Os povos com arte, como na Judea, ó filha de Antipas, só compreendiam a dança assim. Na Ásia, na Grécia, em Roma dançavam as mulheres e os adolescentes para prazer dos deuses e gozo dos homens, e os homens só como exercício sagrado. A decadência da dança veio do par, da dança do homem com a mulher ao mesmo tempo.

— Você acha? – fez a princesa cerrando os olhos.

Recuei um pouco na banqueta.

— Sim, enfim... A dança deixou de ser a tentação, a promessa. Nada mais aborrecido do que as pavanas, os minutos, as polacas.

— Não conheço esses aborrecimentos.

— Pois claro. A princesa tem espírito. Dança não pode ser isso. Dança é o poema da mulher, é a purificação sensual da cadência, é o meneio da volúpia prometendo, é arrepio do tigre e ruflo de asa de pombas, incensário celeste, todas as perversidades. Os homens não deviam dançar. A dança é a lembrança do paraíso: a Mulher Serpente que se contorce e se enrosca e a cabeça ergue no trilangue apetite da perdição. Vossa alteza teve a prova do que pode a verdadeira dança...

— Espantoso o que você fala? Não compreendo!

— É sua modéstia. Deve estar cansada do louvor. Mas que dizer, se à princesa, e só a ela, devemos saber ainda o que é a dança? Sem Salomé teríamos as danças artísticas, Maud Allen, Isadora Duncan? Não! Salomé tem uma influência muito maior que a própria Terpsícore.

— Quem é essa senhora?

— A musa da dança.

— Não conheço.

Decididamente Salomé não tinha muitos conhecimentos. Mas às dançarinas não se exige erudição. Basta sentimento. Erudição é uma coleção de dicionários em torno de cinco ou seis gritos do instinto que a humanidade teve o cuidado de vir desenvolvendo. Para Salomé era perfeitamente inútil saber coisas. Assim, ao vê-la aérea como o retrato que dela fez Ghirlandajo, sorrindo com o sorriso que Luini lhe emprestou, continuei, inflamado.

— Princesa, é muito mais necessário aprender a dançar do que aprender a ler.

— Certo. Eu nunca tive necessidade de aprender a ler.

— E foi a expressão do ritmo, o fogo que atrai, a compreensão instintiva. Por isso eu estou certo do que lhe vou perguntar. Conhece as danças modernas?

— Já lhe disse que sim.

— O passo do urso?

— Sim.

— O trote do peru?

— Sim, homem! E o *lame-duck*, e o passo do peixe, e o passo do capenga.

— Há nada mais atroz do que esse jardim zoológico coreográfico? Mais ridículo do que tais corridas, marcadas pela paródia de uns passos de bicos aprendidos nas jaulas ou nas gaiolas? Menos estéticos do que a atração galopante dos meninos com as raparigas? É simplesmente atroz! Os homens, mesmo no passo do jacaré, ou no passo do sapo, têm a impertinência inconsciente de galinhos novos. As mulheres deixam de ser a tentação admirada e perturbadora para ser um objeto sem vontade, uma coisa que pula nas mãos do par.

— V. julga isso? – tornou a princesa semicerrando as pestanas pintadas.

Recuei de novo na banqueta.

— Sim! O *one-step*, por exemplo. Dizem ser uma dança de alegria. Convenho. Mas dos homens! Quando os romanos ainda eram selvagens, o hino do rapto das sabinas devia ter sido um *one-step*...

— Quem lhe disse que as sabinas não estavam alegres?

— Mas, princesa, a tristeza é a falta de imaginação dessas danças, num momento em que todos deram para dançar! É possível que vossa alteza tolera uma dança, espécie de luta romana da costa sul da África em que as mulheres se contorcem, banhadas em suor, presas ao par pelas mãos, pelos braços, por todo o corpo, dança que chamam maxixe?

— V. não gosta do maxixe? interrogou a dançarina da Judea, de novo cerrando as pestanas.

Recuei mais na banqueta.

— Não digo eu; digo a Arte, digo Salomé! E, assim como o maxixe, essa outra, que parece um exercício de geometria maluca e que se denomina tango. Salomé, como todas as meninas contemporâneas, divertir-se há com o tango, marcando o terreno em 40 passos diversos ao som de uma triste música, que lembra o bamboleio de um barco perdido? É crível que a esposa de Aristóbulo e, antes, de um Tetrarca, ache interesse na dança que parece a extração de uma raiz quadrada com os pés, aflitivamente matemática e triste da tristeza da mulher serva e escrava do homem?

Nesse momento entre nuvens de fumo dos cigarros, únicos incensários daquele templo, os tcheques falsificados da orquestra atacaram os primeiros compassos de um bêbedo que vai cair n'água...

A princesa Salomé ergueu-se suspirando.

– Que vai fazer?

– Vou dançar o tango.

– Princesa! E a sua responsabilidade artística? A cabeça de Iokanaan ficará desmoralizada. Não seria dançando o tango com o velho Herodes que vossa alteza conseguiria a degolação do Precursor!

A filha de Herodíade franziu a testa levemente.

– V. tem-se fartado de dizer tolices! Em primeiro lugar nunca exigi a cabeça de ninguém. É uma calúnia. Ou antes, um exagero simbólico de dois evangelistas que os artistas tomaram ao pé da letra. Esses dois evangelistas, meu pobre amigo, querendo explicar a morte de um sujeito discursador, aproveitaram a oportunidade para mostrar a loucura a que arrasta os homens, sejam eles quais forem – uma mulher que dança. Os pobres escrevinhadores morreram e as mulheres continuaram a perder a cabeça dos homens, dançando. Iokannan é todo o homem que sente. Salomé está em todas as mulheres e todas as mulheres estão em Salomé. Daí a minha falta de idade, a eterna juventude de Salomé, que parecia virgem a S. Mateus, quando já tinha dois filhos e é a Salomé Fênix, renascida em todas as flores de carne, que o mundo chama mulheres.

Parou. O tango continuava. Depois, sorrindo o sorriso que está no seu retrato feito por Leonardo:

– Quanto à inferioridade das danças de agora, não se arreceie você! A prova da vida é a dança. Se o coração não bate, o homem está morto. Se um povo não dança, o povo é cadáver. As danças modernas provam que o coração está batendo demais. Estamos todos vivos no torvelinho das atrações. Tudo é bonito, quando há desejo. E se as mulheres, dançando sozinhas, perdiam os homens que as olhavam, agora ainda é pior, porque não só as olham os que não dançam como principalmente os que com elas dançam...

Bateu de leve no meu rosto com a mão que era uma fragrância e atirou-se num arranco ao par que a esperava. Eu vi desaparecer no turbilhão, debatendo-se sob o braço másculo, a criadora da dança dos sete véus, amante de todas as danças de agora, Salomé, filha de Herodíade, núbil carne de flor, mulher sem outra consciência que o desejo, vaso ondeante de luxúria, perdição em qualquer dança, eterna princesa monstruosa da humanidade. E, por todos os lados, como numa sala de espelho, em cada par, torcendo-se e bamboleando-se, outras Salomés refletiam Salomé, filha de Tetrarca – a que pode, sempre que quer, fazer perder a cabeça a todos os precursores sem nunca ter precisado trazer num prato de prata a cabeça do Baptista...

ZÉ PEREIRA

Pela madrugada, no momento em que o céu é cor de pérola, pálido de indecisão entre a agonia da noite e o dealbar do dia, ouvi à porta o atroador barulho de alguns bombos. Cheguei à janela e vi um homem em mangas de camisa com um cocar à guisa de chapéu e uma pança enorme, que era um bombo enorme.

– Ó imbecil, abre!

Desci precipitadamente, abri-lhe a porta.

– Desculpe estar de pijama...

– É o meu traje – regougou o homem. Para os homens e as mulheres. Não me conheces?

– Não tenho a honra.

– Deixe-me entrar, sentar-me um instante...

Apaguei-me. O homem, tremendo, entrou, escarrou algumas vezes, arriou o bombo e sentou-se. Depois disse, feroz e importante:

– Eu sou o Zé Pereira – o Zé Pereira de Morais...

– Prazer...

– Ó cretino, não compreendeste? O Zé Pereira do Carnaval!

Recuei alguns passos. Olhei-o bem. E, à proporção que o olhava, uma onda de entusiasmo enchia e envolvia todo o meu ser.

– Tu, o Zé Pereira?

– Em carne e osso e bombo! Começa hoje o meu reinado efetivo. Infelizmente só à noite. Mas lendo as gazetas, esses papéis impressos que andam por aí, noto há vário tempo que, apesar da minha influência, já não me fazem reclamos. Deu-me na veneta interrogar alguns rabiscadores, antes do acender das primeiras luzes. Francamente, que pensas tu de mim?

Encarei o homem colossal e disse:

– Penso que é injustiça não te fazerem reclamos. Mas explico a injustiça. Houve quem dissesse que os deuses viviam dentro de nós, eram a explicação subjetiva dos nossos gestos. Por isso as tendências coletivas acentuadas nas cidades tinham o padroeiro como explicação da alma urbana. Tu não eras a nossa alma. Chegaste, venceste, ficaste mais que padroeiro, ficaste na alma carioca. A cidade esquece o teu nome nos jornais, porque é um imenso Zé Pereira, cheio de zé-pereiras da primeira à última hora do ano. Na monarquia, tu eras cômico. Na República, és símbolo. Mais. És a razão de ser multiplicada por milhões dentro de ti mesmo, que és a cidade. Falar de ti, para quê, pois?

Zé Pereira – José Pereira de Morais – revirou para o meu lado a larga face obtusa, sem compreender. Eu tomei coragem e continuei:

– Sim! Que és tu em primeiro lugar? O barulho! Um barulho furioso, contínuo, barulho de apocalipse, barulho de fim de mundo, para coisa nenhuma. Que é a cidade? A cidade do barulho! Homens de alma elevada asseguraram o poder criador do silêncio – o silêncio de ouro propício à eclosão das belas coisas, à maturação das ideias, ao mútuo conhecimento das criaturas, os trabalhos do cérebro, dos braços e do coração. Todas as cidades do mundo, mesmo aquelas com uma população seis e oito vezes maior do que esta – fazem durante o dia muito menos rumor e têm longas horas de silêncio. Aqui, é o desespero do barulho. A todas as horas. Cada um pessoalmente acredita ser de seu dever e da sua importância fazer barulho; o motorista transformando o automóvel em máquina de estrondos e de cornetas ou o *tramway* em "samba" de retintins, os vendedores a gritar, os simples transeuntes a conversar num permanente tom de *meeting*, os vizinhos que apostam qual consegue impedir o outro de fazer mais barulho... Essa nevrose tem o nome de liberdade e é generalizada. Tu, Zé Pereira de Morais, tens uma sinfonia estridente nas 24 horas? Para que falar de ti nos jornais agora?

Além do barulho, que és tu mais? Dizem que a Alegria. Esta cidade, graças ao clima extenuante e flagelador, graças ao cadinho das raças misturando as tristezas do eito às saudades do exílio, teve durante muito tempo a fama de triste. Talvez não fosse. É preciso compreender a Alegria. Não só gritando se é alegre. Mas depois de tua inoculação – ó admirável Zé Pereira de Morais! – o mais difícil é aqui quem não seja destruidora e ferozmente alegre contra os outros. Assim como aconteceu com a moda da civilização, em que todos democraticamente são elegantes e têm o direito de dar chás, usar luvas, flertar e tornar em licença de costumes a sugestão elástica das seções mundanas, assim de repente todos resolveram o estado da alegria perpétua. E como sinceramente uma população não pode ser alegre sempre, fingiram a alegria. Fingir é exagerar. Não fingimos a alegria como a menina finge a elegância coleando na Avenida à maneira de cobras paralíticas. A alegria é pândega, é farra, é gritaria – é a ferocidade lúgubre, é tambor sem significação. Tomamos um automóvel e trepamos logo para a tolda, com os pés no assento. O Carnaval vem longe e já andamos fantasiados e sem máscara; damos bailes e os bailes acabam no outro dia. E para que ninguém ignore que rebentamos de alegria, transformamo-nos em bufarinheiros da epilepsia, tocando trombeta das sacadas noite e dia, e usando atrozmente o teu bombo. Está tudo alegre, zabumbantemente alegre, escandalosa, desesperadamente alegre. Para que falar na tua alegria, tão postiça quanto a nossa, que tem a vantagem de ser incessante?

Tu és feio. Sempre foste feio, meu querido Zé Pereira. Acharam-te cômico outrora porque tu eras feio. Vingaste-te sem querer. No mundo, o caminho do aperfeiçoamento é a Beleza, a compreensão das coisas belas, dessa "beleza inteligível" de que falava Plotino. Todos tratam de ser mais belos moralmente. Nós tratamos de ser mais feios com o mesmo entusiasmo com que tu não sentes a tua fealdade insistente. Tendemos numa projeção coletiva de forças para não pensar, não compreender, não sentir senão o nosso ventre onde há um bombo e o nosso cocar, onde ainda deve existir uma cabeça. Se um homem de estudo viesse a esta cidade procurar-lhe as ideias e as sensações – teria como resumo de tudo o teu bombo, oco, elástico e teimoso.

Para que citar o teu bombo mais – grande símbolo?

Tu és magnificamente estúpido, de uma estupidez de frenesi mecânico. Citavam-te porque não ouvias nada, não sentias nada, não compreendias nada e seguias a suar, sem perder as forças, a maça numa das mãos, o bombo na pança, Hércules do vácuo, teimoso e inexoravelmente insistente. Agora, os homens que não têm um bombo e não têm uma maceta, ou pelo menos um tambor e um par de pratos, recolheram sem poder dormir. O resto anda pela rua "zé-pereirando", na reputação, na honra, na vida, na cabeça uns dos outros. Ninguém aceita explicações, ninguém compreende, ninguém reflete. Basta bater. É fácil. Os bombos que soam à pancada e dão pancada atordoam os ares. E esse imenso "zé-pereira" da população inteira, em conflito vário de sentido, sem pensar no desastre e no alimento de amanhã, tem como tu – ó Pai Venerável! – uma ideia fixa: bater nos bombos até rebentar, porque nisso resumiu a vida... Para que glosar a tua monomania frenética, se ela existe na brutalidade inconsciente dos dias normais?

    Poderias replicar que és o Carnaval, o anúncio jocundo da folia – essa periódica da fúria do gozo, que desde as legendas gregas se fez um ritual facultativo à carne fraca. Eras. Tu chegavas com o barulho que ensurdece como satisfeito da taberna colonial. Trazias a troça, a embriaguez, a luxúria às escâncaras e uma sociedade que tinha os seus valores morais e mentais, a tua pregunta: "você me conhece?" era uma chalaça popular transformada em gume destruidor. Agora não anuncias o Carnaval – porque o Carnaval é de todo o ano, com a ideia no teu curto período; já não fazes a pregunta porque ela foi traduzida no solene: "Sabe com quem está falando?" de toda gente; já não és importante, porque na preamar da ignorância todos são importantes como tu, importantes, imprevistos e ànônimos, por mais que toquem o bombo. Tu revolucionavas. Todos revolucionam. Tu exigias as atenções com o bombo. Hoje todos fazem o mesmo. Tu julgavas o próprio mérito capaz de tudo no curto prazo de três dias. Milhares de zé-pereiras, anônimos, sem máscara, mas em mangas de camisa e a suar, julgam-se capazes de tudo o ano inteiro e são jornalistas, literatos, deputados, doutores, ministros, influências, artistas a bater nos raros homens de valor utilizados na pele do bombo, e suando a convicção de que realizam uma obra de primeira ordem. Tu não és citado, porque em vez de ser Um estás diluído no Todo.

    José Pereira de Morais olhou-me desconfiado. Não compreendia e estava talvez resolvido a fazer-me bombo. Não era o primeiro que eu encontrava assim. Nem seria o último. Recuei com prudência. Mas a minha veneração pelo símbolo era formidável.

    – Não preguntes a ninguém a razão da ausência do teu nome nos papéis impressos! Estás acima dos jornais, ó sangue arterial da minha cidade! És maior que Dionisios em Tebas. Esse Deus falecido e cheio de saber obrigou, pela violência, um rei a consentir nos sacrifícios à sua divindade. Tu chegaste como um pobre-diabo, o terceiro estado da pândega, ó burguês de baixa extração, ó 89 dos prazeres. Mas o teu poder fatal foi tão forte que, de adesivo de férias, ficaste toda a cidade por todos os dias. És grande como os deuses e os sábios. A tua força fez-me maior que a de Platão e que a de Buda – desconhecidos. A tua ação é muito mais forte que a apagada ação das interpretações de Porfírio, dos livros dos Gnósticos e da própria Cabala!

O bombo não tem alma. Tu, entretanto, não bateste em vão. E, se a verdade nasce das correspondências, as armas da cidade se resumiriam bem no teu bombo, e na nossa bandeira, onde vibra escarinho o lema positivista, deveria fulgir como síntese do nosso sentir, do nosso pensar, do nosso entendimento, o ritmo único da tua e da nossa vida agora:

Bom! Bom! Bom!
Zigue-zigue-zigue bom!
Bum, bum, bum!

É o grande grito de guerra da tua Universidade no *hands-football* geral convencido, pernóstico, teimoso, obtuso e furiosamente gargalhante em que transformaste a cidade – Divino José Pereira de Morais –, ministro, deputado, jornalista, médico, advogado, senador, charlatão, sempre nada insolente, sempre renitente, sempre a ignorância feroz, capaz de tudo! Zé Pereira, essência, perpétuo Deus carioca, evoé!

José Pereira de Morais ergueu-se, cuspiu mais três vezes, repôs o bombo na pança.

– Não entendi o que levaste por aí a dizer. És uma besta. Se recomeçares, racho-te. Não tens importância alguma. Eu sim. Eu sou a Alegria. Eu sou o Carnaval. Eu sou o Zé Pereira, ouviste? E estou na minha terra!

Depois, tornou a cuspir e desceu, sem me saudar. Na rua o barulho era ensurdecedor. Parecia que as calçadas e as frontarias eram peles de bombo batidas pelos veículos e os transeuntes. Então, receoso do grande símbolo, fiz o que fazem os menos vulgares ao encontrar os inumeráveis zé-pereiras do nosso eterno Carnaval. Cheguei à janela, e gritei também para o Todo:

– Viva o Zé Pereira!

MARIA ROSA, A CURIOSA DO VÍCIO

Maria Rosa já deve estar em Bocaina. A autoridade disse-lhe palavras muito sérias; um circunspecto agente da segurança acompanhou-a no comboio; e o pai, carrancudo, e a família em lágrimas, fizeram-lhe um acolhimento desagradável. Maria Rosa da Cruz está ainda um pouco aturdida. A sua ousadia, a viagem fugida, o quarto da casa suspeita na rua do vício, a palestra com a dona da casa, o telefone e a polícia em seguida, com os repórteres, os delegados, os agentes, o interrogatório – tudo isso alarmou a sua pequena alma. Em silêncio, Maria Rosa tenta refletir. Mas por que aconteceu o contrário do que havia previsto? A que propósito o interesse hostil de tanta gente para obstar à realização do seu desejo? Com que direito, afinal? E Maria Rosa, de vez em quando, chora, lendo às escondidas as notícias dos jornais, a ironia e o pouco caso dos noticiaristas. "A menina veio de Bocaina com a pretensão de viver na Rua das Marrecas. A polícia recambiou-a aos pais. Ora a pretensão dessa menina!" Que indiferença tão escarninha sem motivo algum! Como é fria e má a sociedade!

Maria Rosa da Cruz tem razão para andar assim contrariada na cidade provinciana. Com os seus 16 anos, a sua pele de rosa-chá, a olência dos seus cabelos – julgava-se a vitoriosa e voltou a criança. Mas, se os espíritos apressados não demoraram a atenção sobre o seu feito heroico, outros menos frívolos não deixarão de compreender que a sua viagem de Bocaina à Rua das Marrecas, ida e volta, não só é a mais importante viagem do ano, como se faz considerável pelo símbolo e pelos ensinamentos.

Maria Rosa da Cruz, disseram os jornais, deixou a casa de um pai negociante para morar com a irmã. Aí, com precaução, arranjou a mala, comprou passagem, meteu-se no caminho de ferro, desembarcou na Central, tomou um taxímetro e tocou a alugar um quarto numa casa, que, por ser das menos livres, chamaremos livre. Essa aventura solitária de uma criança de família, diz o temperamento ultramoderno, a precocidade da donzela. De acordo com as praxes, as criaturinhas tombadas nesses ergástulos ergastulados pela polícia tiveram primeiro um grande amor, depois o mau passo e, finalmente, o abandono. O quadro patético, repetido em tantas peças e romances, permitia outrora a lágrima envergonhada das vítimas e a piedade social, aquela grande piedade social que se limita a repetir com mil entonações diferentes, inclusive a do desejo:

– Coitadita!

Maria Rosa não teve amor nem maus passos. Pertence a uma geração que avança sobre brasas. Acordou um dia como Jeanne d'Arc, com a inspiração de vir-se alistar no vício, antes que o seu coração pulsasse. E veio, curiosa e afoita. Os que não pensam, rirão. Os que olham a vida, refletirão, entretanto, de que, como a Virgem d'Arc, ela é um resultado do ambiente, do momento social e apenas um súbito exemplo patente da precocidade curiosa do vício que corre as ruas. A corrupção inconsciente domina o mundo, as grandes cidades. Todas caminham para o princípio absoluto: atingir o máximo do que pode ser atingido na terra – o cinismo. A vida foi sempre uma depravação, isto é, o uso dos instintos com o molho picante da imaginação. Nunca, porém, o foi como agora, porque o desejo de ser pervertido obriga as coletividades a um trabalho indireto de perversão. As coisas que pareciam males há dez anos, passam a ser banalidades, e as palavras, os gestos, os atos de cada um como o comentário a esses gestos e palavras e atos são sempre a obra de incitação excitante.

Para que as meninas comparecessem às festas, há anos, era preciso uma certa idade; para que aceitassem um par na dança tinham de obter o consentimento dos pais. E, como pintura, o uso do pó de arroz, era, talvez, excessivo, e, como leituras, o cuidado em torno do seu espírito tornava-se extremo. Hoje, as meninas desde os 12 anos fazem de moças, dançam o tango e o *one-step* de barragem com jovens cavalheiros, que muita vez desaparecem antes de travar conhecimento com os progenitores, leem os jornais, passeiam com a esperança do galanteio desses jornais e assistem a intermináveis sessões cinematográficas, a aprender com a Theda Bara e outras damas coleantes e serpentinas a ciência perversa das atitudes, só espontânea, em toda a história do mundo, na princesa Salomé, da corte corrupta de Tetrarca Herodes.

Nem a mãe nem o pai podem impedir esse tobogã moral. O pai tem muito que fazer. A mãe, digamos a avó, sente-se amesquinhada, humilhada, retida pelo Figurino. É a moda. É a civilização. É *chic*. Os irmãos – entidade outrora tão de recear – estão executando com outras meninas os mesmos tangos ou vencendo nos campos de *football* para a admiração febril das namoradas. Ao demais eles próprios participam da mesma excitação difusa. Não há mais crianças. Desde garotos, as conversas ouvidas asseguram-lhes que a vida se passa em negociatas. A leitura dos jornais, depois, é um cadastro de polícia, o cinematógrafo, a lição gesticulada da malandrice, a apoteose dos ladrões exímios, o conselho para a frieza de alma, a prova quadro vivo das tentações amorosas...

Esse ambiente de cantáridas não envolve apenas as crianças de uma certa classe social, envolve-as todas, das mais ricas às muis humildes, num nivelamento perturbador. Basta auscultar a vida urbana para ter disso a certeza. Qual o herói, qual a heroína das crianças dos oito aos 18 anos? O carnaval no-lo diz. A heroína é a *gigolette*, o herói o *apache*. E o ritmo dessa aspiração se faz ao compasso de uma dança sinistra, copiada pelo Dearly e a Mistinguette da fúria animal dos *rôdeurs* dos *boulevards* exteriores...

Essas crianças ficam assim os ingênuos libertinos, os corrompidos virginais, os cerebrais grotescos. Velasquez deixou-nos uma série de infantas de Espanha hieraticamente embutidas nos fatos rígidos das grandes damas. Tem-se a piedade retrospectiva ao olhar os semblantes menineiros de castigo nos paramentos da corte. Alguns pais de mau gosto vestem os seus petizes com a farda dos coronéis, ainda hoje. Tais crianças causam cólera e dó. Que se poderá dizer dos precoces atuais, verdes frutos com o cérebro pintado de maduro à força?

Os mais felizes são ainda os das classes elevadas, com o apoio da posição, do dinheiro, com a certeza de poder continuar na mesma vida. Quando muito ficam com o cérebro engelhado ou com uma secura de alma que os torna os fatigados da existência na idade em que as esperanças devem ser mais vivas. Com os pobres e os afastados, os do campo, os do interior, aonde chegam os jornais e passam as fitas corridas já nos cinemas elegantes – não! A atmosfera excitante cria apenas a miragem. Rapazes e raparigas anseiam pela vida fácil, pelo prazer contínuo, pela liberdade ociosa e dissoluta. Gozar! O verbo é um aguilhão, o único que os faz andar, chorar, rir. Ter dinheiro para gozar até pela madrugada em cafés iluminados, roubar sem ser preso, como toda gente segundo os jornais independentes, ter força e ter roupas e dormir até a hora do almoço! Correr de automóvel, pandegar com uma porção de rapazes, usar diamantes nas orelhas e nos dedos. Gozar!

Então, cada ano o número de gatunos, de jovens com expediente cresce na polícia, rapazes que ficaram *apaches* ou andam de mãos macias e passo tranquilo sem trabalhar. Então pelas ruas centrais aumenta o bando de pequenas de cabelo cortado, o pescoço de frangas depenadas.

– Mas a polícia, que faz a polícia?

Que pode fazer a polícia?

Os delegados atestam a insistência da mesma resposta:

– Quero ser assim. Não nasci para trabalhar. E se o senhor mandar-me para o juiz – eu fujo.

Um delegado romântico que lia Shakespeare quis acabar com a proliferação desse horror num distrito central. Postando polícias à porta das casas suspeitas, conseguiu em dois meses evitar o desastre procurando por 82 raparigas – à saída das fábricas, das oficinas. As respostas dessas meninas são de espantar. Noventa e nove por cento sustentavam a livre vontade e não falavam de amor... E o delegado frenético dizia-me:

– Apesar dos meus esforços, aumenta mesmo neste distrito a série de menores prostituídas!

É de imaginar numa cidade do interior a fascinação da grande cidade sobre o cérebro enfermiço das raparigas. As fotografias, as descrições dos jornais quando há crimes, as notícias de bailes das sociedades de prazer – essa impressão de gargalhada nervosa, de assobio histérico, de inferneira babélica. A cidade arde como um fanal no escuro. As mariposas precipitam-se. Algumas chegam perdidas. Maria Rosa da Cruz teve a sorte de vir e voltar pura, mas a sua aventura já foi contada pelos jornais de Paris, a propósito de duas ou três suas irmãs de cérebro da França... Essa Maria não teve culpa. Nem as de França. Elas são apenas as vítimas da convulsão moral no momento.

Aliás, Maria Rosa deve estar principalmente assombrada. Apesar de os anjos da guarda das meninas precoces terem resolvido nestes últimos tempos abandoná-las, sem defesa, ao erro, o seu anjo, anjo da roça, ou por desconfiança ou para dar um passeio aos centros dos pecados capitais, partiu de Bocaina com ela. No comboio os homens, em geral atrevidos, como afirmam os romances, não lhe fizeram propostas indecorosas. Na cidade, nenhum sátiro, logo ao desembarcar, lhe ofereceu champanhe. Na casa perdida, espiando a rua vagabunda, onde o desejo bestial rolava, o anjo, com sono, tirou-lhe a coragem de abrir a janela. Como a sua carne ainda não desejava e apenas o seu cérebro ruminava a fantasia de ser aquela realidade, deitou-se e dormiu pura no albergue do vício, com a cegueira que a preservava do instinto. Ao acordar, o anjo já estava de pé, resolvido a tomar uma resolução. E quando a patroa do harém público entrou a travar conhecimento com a nova huri, o anjo atravessou na fronte de Maria Rosa, na fronte por trás da qual havia a plantação sem raízes das torpezas idiotas – a sua asa invisível. E Maria Rosa da Cruz, a ingênua libertina, a curiosa de vício, teve a surpresa de encontrar na Rua das Marrecas, e num prostíbulo, aquilo de que nem os jornais, nem os romances, nem os cinemas dão notícias: o respeito, o medo, que os desgraçados têm pela virgindade. A patroa correu ao fone chamando a polícia como se ela, Maria, tivesse um tesouro. As autoridades chegaram para prendê-la como se ela, Maria, guardasse os diamantes dos reis. O delegado interrogou-a, como se ela, Maria, transida e a soluçar, fosse uma ladra má. O agente secreto acompanhou-a com o receio que ela, Maria, desse a algum cúmplice aquele roubo escandaloso. E Maria Rosa da Cruz levou do vício apenas a certeza desnorteante da covardia do vício.

Feliz criança com um anjo bom: a sua inocência! Talvez ainda agora a pobrezita inveje aquelas outras antigas curiosas a quem apenas viu e não falou na rua miserável. A viagem foi um sonho com uma ponta de verdade para o fim edificante. Todas aquelas mulheres, entretanto, sem amor, ao saber da sua aventura, bendisseram o anjo sério, o anjo que as abandonara a elas, sem piedade, no abismo, mas que salvou do sofrimento, da angústia, do desespero, da dor – Maria Rosa da Cruz, a pequena curiosa do vício...

PALL-MALL RIO
(1917)

RENTRÉE

*E*stá um dia indeciso. Ora chove, ora faz um lindo sol, esse sol sem a violência dos dias de verão. É perfeitamente agradável passear pela Avenida – o grande mostruário. Encontro Ataulpho de Paiva, cujo nome ainda outro dia era lembrado para a Academia Brasileira. O preclaro juiz diz-me logo:

– Um mês de chuva, um mês inteiro de Petrópolis, um mês submarino!

– Eu ia descansar, ia dormir...

– E divertiu-se todo o tempo?

– É que a estação nunca foi tão brilhante. Festas magníficas e uma grande animação – apesar da chuva. Ainda estou encantado com o último chá de Alberto de Faria. Alberto de Faria foi o rei da estação, incontestavelmente. Mas desci anteontem. Desci de vez. Já não torno à montanha. Isto aqui começa a ser agradável... É a *rentrée*!

A *rentrée*! Sim, é ela! É o melhor momento, o encantador momento da cidade, esse largo instante de cinco meses que vai de meados de abril a setembro. Não pensamos mais em calor, mesmo que haja muito calor, não sentimos tristezas, mesmo que se avolumem os motivos de tristeza. Há anúncios de teatros, há dez mil e um projetos de diversões, e o sol faz para todas as coisas um halo, um resplendor macio e sensual. Depois reaparecem as marechalas da elegância, as senhoras encantadoras. Trechos da Avenida são como a Rua da Paz antes da guerra, às sete da noite. Os costureiros chegaram com os últimos modelos, e nos salões dos estabelecimentos faz-se a hora das provas. Trechos do Largo da Carioca lembram a Rua do Rivoli, nos chás do Rumpelmeyer.

Logo depois de falar a Ataulpho de Paiva, alguns minutos diante da radiosa formosura da Sra. Bebê Lima Castro, toda de negro, alabastro precioso num estojo de treva.

– Mas estive doente!
– Os deuses não ficam doentes.
– Enquanto estão no céu. Eu tive a moléstia do mês de abril, a gripe, a moléstia que precede o inverno. *C'est la rentrée*!

Sim! É a *rentrée*! Não pode haver dúvida. A *gripe* é um dos fatais atestados de que Petrópolis vai ficar abandonado, e de que o Rio tem o seu instante de querer ser Paris, num cenário que lembra a Costa Azul...

Entro num chá. Cheio. A Sr.a Gastão Teixeira, a Sr.a Heitor Cordeiro, a Sr.a Murtinho, o diplomata Gomes Garriga, o príncipe de Belfort, o Dr. Pinto Lima. A Sr.a Gastão Teixeira deve estar zangada com a guerra, ela, a parisiense entre as parisienses. O diplomata cubano que fez conhecer Cuba entre os brasileiros, à espera de ser transferido para o Peru. Pinto Lima parece feliz. Ninguém ignora que esse *gentleman* sobrecarregou a diversão estival com o prazer de ser repórter mundano e que essas reportagens, além de serem um documento da nossa sociedade, são o mais completo serviço de informações da vida mundana, sobrepujando quantos repórteres profissionais, com a pretensão de velha elegância, têm aparecido há muitos anos.

– Então, sempre em Petrópolis?
– Não; desço também. É a *rentrée*!

Dá-me vontade de perguntar o mesmo ao príncipe de Belfort. Mas tenho a certeza de que, como escravo da moda, o príncipe deixa as margens do Piabanha.

Vou, então, a passear devagar. De um automóvel, o cumprimento do casal Alvaro de Teffé. D. Nicola volta de Petrópolis com a cintilação do seu espírito diabólico.

– Também desço!

– Sabe que guardei algumas das muitas frases de espírito com que encantou Petrópolis?

– Prometo não dizer mais nenhuma!

Mas, partido o automóvel, tenho a agradável surpresa de encontrar o Dr. Oscar Rodrigues Alves, secretário da presidência de S. Paulo. Quem o viu no seu árduo labor na capital do grande estado, fazendo do seu cargo, pelo talento, pela capacidade, pela retidão – o cargo insubstituível de um ministério sem pasta, não poderia perguntar se também vinha para o turbilhão do inverno carioca, após o repouso petropolitano. Mas, a sorrir, Oscar Rodrigues Alves, sem querer falar da política, diz-nos:

– Estou também no Rio. É a *rentrée*!

Sim! Felizmente! É a *rentrée*! Já começaram as corridas, já se organizam os chás dançantes do Jockey Clube, já há esperanças no Clube dos Diários permitir o tango nos seus salões, já os anúncios de companhias estrangeiras assustam pela quantidade. E, principalmente, já se pode respirar. O encanto da estação dizem-no as árvores cheias de harmonia; dizem-no o sol macio e o céu de veludo; di-lo a graça das mulheres, pelas ruas, nos seus vestidos de meio inverno.

Céus! É a *rentrée*! Como nos vamos aborrecer encantadoramente!

HORA DO CIRCO

Gosto imenso de ir ao circo. O circo é uma série de ensinamentos dados por criaturas que ignoram estar a ensinar. No circo, antes de tudo, aprende-se a modéstia. A modéstia só existe agora nos circos. Numa galeria de profissionais, desde o irritante político até o ator insignificante, só existe na vida – cabotinismo. O burlantim faz coisas que nenhum de nós faz ou fará e nem por isso exige admirações. José Bezerra não ficaria num circo meia hora. Do Dr. Wenceslau Braz os mais filosóficos ririam.

Vou sempre ao circo e dou-me com gente de circo. Um dos meus velhos amigos é o Spinelli, tão honesto, tão bom, tão simples. Essa gente está como que à parte no mundo. Além de modestos, eles são frenéticos trabalhadores pobres, com entusiasmo sempre ardente pela sua arte. Ninguém tem mais direito de se chamar artista do que um burlantim. Vemos a inconsciência pretensiosa dos literatelhos de um quarto de tigela a escrever sandices, versos sem significação, crônicas mancas; vemos os atores e atrizes guinchando em vez de cantar, representando horrivelmente mal com a *pose* de que nos fazem favor; vemos os políticos tateando sobre a nossa resignação a sua imbecilidade para errar sem remorso. Como, indo ao circo, depois encontramos o respeito da profissão, o desejo de fazer perfeito! Não há um burlantim que não se julgue diminuído quando não acerta um salto, um passe, um gesto.

Muita vez, por noite, eles trabalham em dois circos, em pontos opostos da cidade, e, tendo sempre muito pouco dinheiro, sempre pobres, sempre honestos, realizam sem ruído o princípio da arte pela arte.

Na pista de um circo está todo o drama do sacrifício à arte; sacrifício que é resignação, paciência, amor, veneração, criação, vida. Essas criaturas são obrigatoriamente sem vícios, realizam o ideal de uma arte de superiorização da vida física, mostrando de como o homem pode estar carnalmente acima – no salto que pertence à pantera, na contorção que é privilégio da serpente, nas atitudes de perigo alígero que são das flores nos cimos, no torvelinho acrobático que é das folhas sob o vendaval.

O filósofo Bergson gosta muito de ir ao circo. O velho Edmond Goncourt escreveu um admirável livro *Les fréres Zemganno*, em que plasmou o símbolo de dois artistas em dois palhaços fantasiados. A gente de circo não leu Bergson nem Goncourt. E não tem vaidade.

Eu vou ao circo – primeiro para ver a beleza física, os corpos refeitos em academias pelo exercício: mulheres que são Dianas elásticas; homens que conservam, mesmo na maturidade, a força leve da mocidade, crianças que têm o nervoso ar das frechas desferidas. Eu vou depois ao circo para estudar Arte – Arte que é exprimir sem esforço a beleza inédita das atitudes. Um homem que se despe sem esforço em cima de um fio de arame, um rapaz que realiza numa vara a elegância geométrica de alguns desenhos aéreos, a mulher que voa de trapézio em trapézio ou de barra em barra, realizam uma esplêndida obra de arte transitória, em que as dificuldades se liquefazem em sorrisos e nas quais o homem físico está acima do normal.

Eu vou também ao circo para me reintegrar na natureza: com o cômico dos palhaços – caricaturas espantadas – espantamos exageros da vida, tão sutis para nós. E o meu prazer é completo, porque eu faço parte de um público sem ódios, sem invejas, sem cabotinismo: as crianças que riem, os homens simples, cujo nome não aparecerá nos jornais jamais.

Ontem, como estivesse muito nervoso – por ter suportado dois amigos íntimos (meu Deus! que infâmia irão me pregar essas civilizadas criaturas?) –, uma hora de Câmara e quatro chás totalmente elegantes, fui acalmar-me no American Circus – com os mestres, sem o saber, de uma vida nobre.

Aos poucos sentia a tranquilidade, a bondade, a resignação heroica, o amor da beleza esparsa, que me voltavam. E, já no fim, tive o encantamento com um jovem palhaço, Harris Vinelli, a alegria moça, como que fugido de uma página do Goncourt ou do nosso malogrado Gonzaga Duque. Ele veste-se de seda lilás, traz a cara branca, as orelhas de lacre e a cabeleira como um casco fluido. Parece a princípio um *bluff* – a impertinência de um pequeno que quer ser palhaço, que quer fingir-se da estranha e dolorosa e digna profissão que é a gargalhada do acrobatismo, o grifo risonho e intencional do grande romance da pista. É uma criança, é uma paródia, é uma ingenuidade. Mas, de repente, ele salta. É como um alfange cortando o ar, é como uma esfera em rotação, é como um novelo que se emaranha, é como uma concentração de raios, é no espaço, numa velocidade de estrela em marcha, o desdobramento poliédrico de uma espantosa geometria acrobática, infinitamente modificada.

E, quando Harris Vinelli terminou o seu número, notei os sons melancólicos da charanga do circo – a charanga dos circos – que poema para um Rodembach! – e compreendi a mais uma das razões do meu amor pelos circos: – a grave tristeza fundamental que nos circos reside...

O TIPO DO CARIOCA

Deixou de chover! É uma extravagância. Nada mais interessante do que a chuva. Mas em termos. O Rio tem a especialidade de amostras do dilúvio. As nuvens e a administração reúnem esforços. Não há garoa, chuvisco. Há temporais e consecutivas inundações. Em algumas cidades a chuva é um encanto a mais. Ninguém deixa de sair em Paris, porque está a chover. Ninguém, em Roma, abandona a rua, porque chove. Mas no Rio, a chuva é o pânico. Correm todos logo com receio de voltar a casa, como é costume voltar em Veneza ao lar. Não há forças humanas que habituem o carioca à chuva. As ruas todos esses dias têm sido tristes. E tristes, porque o palco da nossa sociabilidade, a maior parte do nosso convívio mundano, o nosso salão, o nosso grande clube é a Rua...

Chovia há tanto tempo que o sol parece uma extravagância. Esquivo, indeciso, ora a brilhar, ora fugido, seria mesmo o sol? Mas a sociedade inteira estava com o desejo do grande clube ao ar livre, a Avenida, que entre nós reúne o *boulevard* e o Bois e o corso.

Há uma porção de tardes, os chás andavam desertos e a Avenida erma de encantos femininos. Hoje, não. Era a apoteose. Era toda a gente que vem das chuvas de Petrópolis ou das águas medicinais de Minas Gerais.

Um primeiro encontro: a Sr.a Alvaro de Teffé, Astréa Palm, a Sr.a Oscar Lopes. Os cinematógrafos, como as casas de chá, estão repletos. Eu oscilo entre as tragédias cinemânicas e o prazer que Donnay, da Academia Francesa, denomina: *five o'clockisar*. O melhor é ficar em plena Avenida, a olhar, o que é viver por todos. Da minha opinião é a inteligência rutilante de Astréa Palm. E precisamente por isso cumprimento essas senhoras ilustres à porta de um cinema para onde vai também Oscar Lopes, ainda contente com a manifestação que as telefonistas fizeram à sua crônica de domingo. Depois, um largo instante eu compreendo o prazer dos repórteres mundanos, que levaram ao excesso a reportagem, notando nos jornais o nome das senhoras notáveis pela beleza, pelo nome, pelo espírito ou pela elegância, sempre que essas senhoras aparecem à rua.

– Não será uma inconveniência?

– É um hábito, e uma deferência. Depois, desde que a Avenida é um grande salão, os repórteres notam o nome, como se estivessem nos Diários, no Jockey ou numa recepção de embaixada...

Hábitos não se discutem. Os repórteres não discutem também. E depois, de fato, somos todos conhecidos. A Política, a Finança, o Jornalismo e a Beleza passam. Vejo assim o general Bormann, que já foi da política e prova de como as viagens conservam a mocidade, os deputados Alaor Prata e Waldomiro perfeitamente felizes, o ministro Calogeras, com uma das suas mais breves gravatas, o general Joaquim Ignacio, de volta de ter pedido pelo seu quinto ou sexto protegido no dia, generoso e bom.

E depois são as senhoras: a condessa de Candido Mendes, a princesa de Belfort, a condessa de Paranaguá, a princesa de Rosemburg, a consulesa da Dinamarca, Mme Boettcher, a encantadora Sr.a Hilda Montenegro, a baronesa Pinto Lima, cuja conversa é sempre luminosa.

– Por que são os homens tão feios no Rio e as mulheres tão bonitas?
– É uma pergunta a prêmio?
– É uma pergunta sincera. E podíamos fazer outra.
– Qual?
– Por que as cariocas são Paris e os homens ainda não sabem vestir?
– Porque os homens na sua totalidade ainda não tiveram tempo senão de tratar de política ou do emprego público. E, depois, observe V.: os cariocas são os mesmos; as mulheres mudaram...
– Hein?
– Claro. Com a civilização e a Avenida e as viagens à Europa, deixou de existir o tipo carioca, como há definidamente o tipo sérvio, o tipo inglês, o tipo andaluz. As cariocas não se parecem as cariocas – são como criaturas escapas dos figurinos ou das gravuras d'arte. Aquela menina que vai ali, por exemplo. É brasileira. Pode ser, mas parece parisiense. Aquela outra loura é carioca. Mas será? Parece italiana de Roma. E repare em todas. De vez em quando aparece uma figura clorótica, de olhos grandes e braços finos. Talvez seja essa? Há, porém, uma outra gordinha, que bate com os tacões... Será essa? Não, meu caro amigo – é no *trotoir--roulant* da Avenida, vendo passar a Elegância, que compreendemos de como a Moda conseguiu desfazer o próprio tipo da carioca – dando-nos um delicioso *magazine* de reproduções de diversas raças.

JANTAR

Em torno à mesa, D. Nicola de Teffé, Astréa Palm. D. Luzia de Souza Bandeira, Alvaro de Teffé, a casaca de Souza Bandeira. É na residência Teffé, um dos antigos palacetes de Botafogo, ao centro de um grande parque-palacete, cujo caráter externo os proprietários tiveram o bom gosto de não transformar, e cujo interior é porém um inteiro francês. Não há nessa moradia festas estridentes e recepções numerosas. Há um ambiente de refinamento sem preocupação, de alegria branda, dessa coisa raríssima: o espírito, o espírito de viver inteligentemente. É preciso ver com cuidado as telas célebres esparsas nas várias peças da casa, a coleção de porcelanas e de faianças e todos esses tapetes que são maravilhas, tapetes de seda da antiga fábrica de Madri, tapetes em azul e sangue da Turquia, com *suratas* do Korão, tapetes da Pérsia, compostos da confusão de pétalas das flores dos jardins de Ispahan, tapetes de Brussa, alguns dos quais custaram anos de labor às operárias de rosto tapado, árabes mulçumanas, tapetes antigos d'Aracio, tapetes modernos dos Gobelins... Mas não há o tempo de ver em detalhes o encanto, senão como o enquadramento da existência que floresce em cada uma das figuras que estão à mesa. Os pratos sucedem-se. Cada prato traz um serviço novo de porcelana. Sobre as rendas da mesa cai a luz das lâmpadas como uma carícia, que demora nas flores e recorta em luz as mãos das senhoras.

A conversa é ora aguda e penetrante, ora grave, para ser logo depois frívola e elegante. As conversas fazem-se de recordações ou de observações. Não há palestra sem a inteligência que vê para além do que toda gente vê. Enquanto a conversa é como um adejo dourado, eu quero guardar a fisionomia mundana das três senhoras de tão grande destaque social. Será possível?

Astréa Palm poderia escrever e seria o perigoso e ao mesmo tempo complacente observador. A sua ironia é a independência da anotação imediata e irresistível. Se essa observação magoar, ela ficará aborrecidíssima. Há frases suas que são legendas de Hermann Paul, e períodos que pintam caricaturas. Ela é a detentora do espírito, do espírito que ataca às vezes para se defender, desse espírito originariamente francês, que está em todos os séculos da *Doulce France* e de que Fígaro é uma das últimas encarnações: Independência, *panache*, elegância, riso que ri quando não se quer aborrecer, e não se quer aborrecer nunca.

D. Luzia de Souza Bandeira, mais sentimental, tem a observação sensitiva a que não escapam os pequenos detalhes, amando a tradição e amando a continuidade da tradição, que é a vida contemporânea, como uma continuação radiosa, como um aperfeiçoamento. Um momento que ela fala de Paris, da sociedade parisiense – eu penso quanta gente tem estado em Paris sem ver Paris! Há justezas de julgamento de uma exatidão admirável. Tendo sabido ver Paris assim, ela vê o Rio sem má vontade, mas tão bem!...

D. Nicola de Teffé pode-se dizer que viveu a maior parte da sua vida breve em Paris. Mas é patriota, ama a sua terra. E é certo que, quando nasceu, em torno do seu berço os elfos, os gnomos, os pequenos reis irônicos da legenda, as fadas cheias de risos, Titania, Oberon e Ariel, resolveram fazer-lhe uma dotação inédita, dotação que, em linguagem do século, se poderia chamar *parisina*. Ela é o espírito que se derrama em favilas ardentes, é a graça imprevista, é a dominadora, sem esforço, simplesmente.

Astréa Palm está vestida de branco. D. Luzia de Souza Bandeira tem um vestido de *tafettas* negro. D. Nicola de Teffé uma *robe* de rendas cor de espuma e, apertando-lhe o pescoço, um fio de pérolas rosas. A uma frase de Souza Bandeira, as três sorriem. O primeiro sorriso é quase de Mephisto, o segundo é bondoso. O último é de uma irresistível alegria.

Na história da nossa vida mundana – essas três ilustres senhoras têm, por todos os motivos, um grande destaque. Eu as admiro e louvo principalmente pela personalidade de cada uma delas, personalidade acentuada pelo brilho de uma inteligência, que é como o halo de fulgor, a inicial do encanto, a consoante da vogal razão, do perfeito encanto.

E o jantar termina tarde. Sobre as flores e as mãos das senhoras a luz derramada das lâmpadas tem um tom de carícia estática...

O CLUBE E OS BAIRROS

*D*iante de um aperitivo no bar-salão do Jockey Clube – o prazer de ver aparecer Tobias Monteiro, jornalista que deu à nossa história política o vigoroso traço inédito de uma palpitante reportagem de almas, para explicar em toda a sua dramaticidade a Abolição e a República.

Tobias Monteiro estava um tanto desabituado do Rio, quando a Grande Guerra de novo para a Guanabara o transportou. Mas bastou desembarcar para retomar os seus antigos hábitos e aquele interesse patriótico que insensivelmente o faz a falar sempre de uma ideia de interesse para o Brasil.

– Um coquetel?

Tobias Monteiro não bebe senão água. Tenho-o a meu lado, apenas para conversar. Neste momento apareceram o Dr. Aguiar Moreira, Octavio Guimarães, o barão Shumann. Fala-se um pouco da extraordinária vida do Jockey nos últimos tempos, das facilidades confortáveis de que a diretoria cerca os sócios, dos chás dançantes. E, de novo a sós, Tobias Monteiro diz-me:

– A existência de um grande clube como os da Europa é impossível no Rio.

– Por quê?

– Porque o Rio é a cidade das grandes distâncias e são essas distâncias os fatores da sociabilidade de bairro a que somos mais ou menos forçados. Para o carioca, há o centro da cidade, a *city* para as horas de trabalho e o seu bairro, a sua cidade. Não foi ele que assim quis. Foi a despreocupação dos governadores da cidade e da imprensa, foi o descuido que demonstramos sempre pela resolução dos problemas que nos interessam.

O Rio tem a quarta parte da população de Paris, a oitava da de Londres, e, para a pessoa que quer ir de um bairro a outro, é a cidade maior do mundo. Não se vai, viaja-se para...

– Oh!

– Imagine V. um cavalheiro morador em Copacabana, tendo de ir visitar um camarada no Silvestre ou no Engenho Novo. Em nenhuma cidade há distância urbana que leve o tempo despendido por esse cavalheiro na sua viagem. Em menos de duas e meia horas não chega ao ponto. De Paris a Bruxelas gasta-se quatro horas...

Com quase todos os bairros acontece o mesmo, é o mesmo tempo perdido. Como manter relações com tais distâncias? A gente de Botafogo tem só de se dar com a gente de Botafogo e a gente do subúrbio com a gente do subúrbio. Daí a impossibilidade de um grande clube central, com grande frequência diária. E, como a necessidade do clube é um fato, em vez do grande clube a que é impossível vir depois do jantar, os bairros desenvolvem a autonomia e criam os centros de reunião, os clubes dos bairros, de que são exemplos o Clube de S. Cristóvão, o Copacabana Clube...

Chegamos a tal ponto de personalização e de isolamento autônomo, que não há bairro sem clube, e creio agora que sem jornal também. São cidades livres ligadas...

– E haveria meio de torná-las unidas?

– Mas claro! O meio de encurtar as enormes distâncias resultantes do alargamento da cidade, no vale, em torno dos morros, seria um traçado de túneis e avenidas diretas. O prefeito prático seria aquele que ligasse os bairros. Para pôr Laranjeiras no Rio Comprido, basta o túnel. Imagine que tempo se aproveita, deixando de dar uma volta imensa. Assim com outros pontos, por meio ainda de túneis ou de retas, como a que pretendeu realizar o Rivadavia com a do Rio Comprido.

A cidade precisa cada vez mais de um novo sistema circulatório, com muito maior número de grandes artérias. Não seria só à sociabilidade, mas à vida, ao comércio, que o serviço seria prestado. Sabe V.? Um túnel poria diretamente a Central no Cais do Porto. E assim por diante...

Tobias Monteiro continua a falar. Tem imensa razão. É, aliás, um modo interessante de explicar a razão por que as grandes centralizações caem sempre no Rio, ao passo que cada vez mais vinga o separatismo individualista. Demolens escreveu o *Como a estrada cria o tipo social*. Tobias dá-nos na palestra um pequeno estudo da topografia psicológica: *De como a planta do Rio feita ao Acaso criou uma porção de pequenas cidades na cidade*.

O diabo é que cada vez o isolamento e o exclusivismo se intensivam. Hoje, quem mora no Leme deixa de se dar com o seu amigo mais íntimo se ele passa para o Méier. A princípio não se veem. Depois não têm mais o que dizer um ao outro. Pensam já de modo diverso. E, tanto o Leme como o Méier têm clubes, *skatings*, *grounds*, circos, teatros, sociedades – tudo próprio. Não falta nada. Nem o literato. Há poetas do Leme e poetas do Méier. E, graças aos deuses, muito menos perniciosos que os colegas da Avenida Central...

NO AUTOMÓVEL CLUBE

Chegar à querida cidade e ter a mesma impressão de encanto, de civilização, de apuro! Os automóveis reluzem, os *rotchilds* rodam pelas ruas conduzindo senhoras encantadoras, os homens vestem com discreta elegância. E não há mendigos, como nesse colossal centro de pavores que se chama o Rio de Janeiro.

Uma outra sensação da elevação moral. A política atravessa uma crise. Homens eminentes renovaram a dissidência a propósito da escolha de candidato à presidência: dois secretários pediram demissão e os *leaders* da Câmara e do Senado renunciaram aos cargos. Mas, de parte a parte, a mesma linha, a mesma correção de palavras de que os jornais são um reflexo. O jornalismo e a política mesmo em luta são cavalheiros. Atitudes decisivas e a boa educação.

Mas eu deixo a política para depois e vou almoçar ao Automóvel Club.

O Automóvel Clube é decerto, dos *cercles fermés* do Brasil, o mais elegante e o mais ilustre. Os grandes nomes de São Paulo dão-lhe o renome aristocrático; e a arte faz do seu interior um dos sítios mais agradáveis. Todos os seus salões, todas as suas dependências têm o *confort* e a opulência dos grandes clubes de Londres. A decoração, o mobiliário, o arranjo geral são de resto exatamente iguais ao seu homônimo de Londres. E a gente que o frequenta encontra a cada passo o hábito desses ambientes – são perfeitos *gentlemen*.

Encontro à entrada Joaquim de Souza Queiroz, elegantíssimo.

– Quando a chegada?
– Hoje, pela manhã.
– Muitos dias?
– O tempo de sentir a mudança do clima.

Andamos um pouco pelo salão onde se está diante de um panorama esplêndido; vamos à biblioteca, paramos no *fumoir*, a lembrar Paris, onde vária vez nos encontramos. Joaquim de Souza Queiroz cada vez mais jovem, eu cada vez mais velho, ambos perfeitamente contentes. Eu pergunto por José Paulino Nogueira, a alma da organização do Automóvel Clube, o modelo da distinção e da elegância, cuja vida é um desfiar de dias luminosos. O Automóvel Clube fez-lhe há tempo merecida homenagem inaugurando o seu retrato pintado pelo Rocco.

– José Paulino na fazenda...

Vamos então almoçar. O restaurante do clube é uma novidade. Está no magnífico *bar*, naquele bar mobilado esplendidamente e onde só a mesa em que se servem as bebidas custou mil libras e fez alguém denominá-la o "altar-mor".

Vejo a almoçar o conde Sylvio de Penteado, que ainda há pouco escrevia no *Jornal* interessantes artigos sobre economia política; Edu Chaves, a nossa grande glória na aviação, que aparece com o seu físico de atleta e a bondade da alma a brilhar-lhe nos olhos vivos; J. Malheiros, de uma intensa alegria; o Dr. Souza Queiroz com o seu perfil inteligentíssimo; Francisco de Oliveira Passos, o jovem Prates, enfim, o "Todo São Paulo" masculino.

O almoço é demorado. Há um delicioso bordel e um *pillaff*, não como se faz em Constantinopla, mas como se fazia no Maxim's antes da guerra. E a palestra é encantadora. Joaquim de Souza Queiroz está contente e a sua ironia a frio caricaturando recordações faz-me rir com prazer.

Afinal, são quatro horas da tarde. Tenho que sair, ir ver amigos da Câmara, dos jornais. Despeço-me. Ao atravessar a galeria vejo o eminente conselheiro Prado, que não falta nunca ao seu clube e a quem cercam do respeito que só São Paulo sabe ter pelas suas figuras veneráveis. E já na rua, ao tomar o automóvel, é com grande prazer que aperto a mão a Washington Luís. O prefeito Washington Luís é a inteligência aguda, o espírito disciplinador que por onde passa deixa indelével o benefício da sua passagem. A quem se deve o exemplo que é a força pública de São Paulo? E na Prefeitura, lutando com todas as crises, Washington Luís age com uma tenacidade e um sentimento d'arte raros.

Eu sou *washingtonista* antes de conhecer o prefeito, há bem uns oito anos, com a certa esperança de vê-lo ocupar cargos de muito maior responsabilidade no Estado e na União. O Brasil teria muito a lucrar se Washington Luís fosse ministro do Interior quatro anos.

Mas o aperto de mão é rápido. O prefeito entra no Automóvel Clube e eu sigo através das ruas cheias de um povo alegre, sadio, bem-vestido, nervoso – um povo que trabalha e parece não pensar em crises porque reage contra todos os abalos com coragem e com saúde.

O GUARDANAPO DO GARÇOM CARIOCA

*M*elancolicamente eu acendera um charuto. O charuto é a única e derradeira volúpia do jantar nos comedouros nevrálgicos desta cidade, o charuto é o refúgio de todos os desejos contidos, de todas as cóleras refreadas, de todos os medos escondidos, de todas as coragens heroicas, de um cliente obrigado das casas onde se come desde que se tenha dinheiro – o charuto é o páramo, é a contemplação entre espirais de fumo do campo de batalha, onde mais uma derrota sofreu o nosso estômago. Quando se acende um charuto é como se a gente acabasse de operar o Estômago, a quem já com tanto respeito se referia Esopo.

– Querido amigo, esqueçamos a dura prova! dizem os membros reunidos ao sacrificado Estômago. Divaguemos fumando este havana, que talvez seja falso como as mulheres e os políticos.

– Mas sinto ainda a impossibilidade de digerir os pedaços maus que cá tenho.

– O charuto distrair-te-á.

E o Estômago, resignado, obedece. Obedece sempre. Graças a Deus! Quando não obedece morremos. Neste país em que todos mandam, ninguém obedece e tudo corre mais ou menos, só ainda algumas partes do corpo é que se restringem às suas funções e obedecem. Talvez seja por pouco tempo. Mas, aproveitando os últimos momentos em que ainda podemos gozar da passividade do Estômago sem que o Estômago tenha a excitá-lo o jornalismo oposicionista, melancolicamente queimava o meu charuto e ainda com mais melancolia os meus olhos pousavam numa mesa ao lado, desfeita e suja. Eram duas da tarde. Já não havia ninguém para almoçar. Passou um criado, deixou um guardanapo enxovalhado, seguiu adiante. E eu continuava a olhar. De repente ouvi uma voz impertinente.

– Que está a olhar?

Voltei-me. Talvez fosse algum literato da novíssima geração ou algum jovem elegante. Mas não havia ninguém às mesas por trás, e a voz vinha da frente, vinha da mesa onde o guardanapo do garçom ficara.

– Sabes a quem contemplas? continuou a voz.
– Eu não contemplo nada.
– Contemplas sim.
– Fumo apenas.
– E olhas para mim.
– Mas quem és tu que eu não vejo?
– Mísero mortal, eu sou o Guardanapo do "Garçom" do Hotel!

Larguei o charuto com uma sacudidela brusca e todo o ser, e atentei bem, cravei bem os olhos no pano enxovalhado, que parecia rir em todas as rugas. Deuses Poderosos! Era ele, era Aquele tremendo nada que ninguém vê, era o símbolo da nossa dispepsia que me falava. E o Guardanapo, sem dar tréguas ao me espanto, continuava:

– Sim, sou eu. Há dez minutos, pobre coitado! que te olho e que rio. Estavas admirado de me ver aqui abandonado, com esperança talvez de que eu vá para a lavanderia? Engano puro e cego! Não vou.

Estou apenas a refazer as forças perdidas. No jantar retomo as funções. Não te admires, não!

Eu sou a arma do garçom d'hotel, eu sou o símbolo da comedoria pública, eu sou o primeiro anunciador do prato. Somos propriamente um povo de guardanapos, a guarda de honra da alimentação nas casas de pasto. Mas há fidalgos, há burgueses, há socialistas em outros países, há o duque guardanapo do primeiro garçom do Cecil ou do Carlton, há o guardanapo Vanderbilt do Astoria, há o guardanapo de sangue azul do Café Anglais, na França e na Inglaterra e nos Estados Unidos. Aqui, porém, só há um, só o guardanapo democrata, que não serve uma vez só, mas o dia inteiro, o único, o incomparável guardanapo do garçom carioca...
Guardanapo democrata!
– Aqui somos todos democratas ou democráticos.
– E tu?
– Eu sou ambas as coisas, e ainda mais – digno de respeito. Por que ris, mísero mortal? Assim como o cinto de Pallas que era único, assim como o broquel de Aquiles que era um só, assim como a espada de Rolando que não teve substituta, eu também sou único. Observa-me desde as tabernas, das casas de pasto baratas. Pouso no ombro do garçom. Ele canta os pratos e sacode-me, ele serve os pratos e sacode-me, ele limpa a mesa e arrasta-me pela mesa, ele sua e limpa a cara comigo, ele serve outro prato e é comigo que se encontra para limpá-lo. O freguês tem as botas com poeira, e eu afasto a poeira; caiu gordura no fato do freguês; eu acudo; o garçom tem a boca suja de um pitéu engolido à pressa na copa, e eu lhe limpo a boca, o garçom por acaso lava as pontas dos dedos, e eu enxugo essas pontas, o garçom precisa esconder qualquer coisa que lhe acontece de repente, e eu tapo o acontecimento imprevisto.
– Depois?
– E depois continuo a servir, a limpar os pratos, a espanar as mesas, a adejar do ombro para as mãos, das mãos para os pratos e as mesas, como uma flâmula de paz, como um pequeno branco sinal de confiança e tão carregado de

vários ideais, cheio de nódoas de vinhos, de molhos, de suores, de contatos múltiplos, que mudo o tecido de alvo em desenho oriental num fundo branco. Podes compreender um caixeiro de casa de pasto berrando: "salta um bife à portuguesa!" sem que eu esteja esticado entre as suas mãos ou caindo sobre o seu ombro pouco limpo?
— Não compreendo, mas é uma grande falta de higiene.
— Higiene, que é lá isso?
— És um portador de micróbios.
— Micróbio é patacoada. Até a Igreja positivista é dessa opinião.
— Ou antes, um portador de moléstias, de porcarias.
— O que não mata engorda, e eu sou um símbolo.
— O que me faz pensar que as classes baixas têm uma força de resistência extraordinária.
— As classes baixas! Mas o Guardanapo aqui é democrata. Eu sou o mesmo único e solitário nas casas de pasto, nos hotéis ditos de primeira ordem, nos restaurantes elegantes. Seria uma loucura com o preço das lavadeiras, que houvesse nas mãos do garçom um guardanapo para servir cada freguês. Nada de divisões de trabalho. Os clientes são muitos, mas o garçom é único para uma porção de mesas. Depois, a verdadeira compreensão dos caracteres vem da última convivência. Se um guardanapo servisse a cada freguês não teria tempo de ser sentido pelo garçom e não lhe prestaria seviços confiantes e leais.
— Isso é psicologia...
— ... Social porque de guardanapo.
— O guardanapo espanta-me!
— Porque não vês o que aos teus olhos se apresenta. Aqui, como nas casas de petisqueiras, acordo com o garçom, tapo-lhe os bocejos, limpo-lhe os bigodes, limpo-lhe as mesas, limpo-lhe os pratos, as botas, o fato dele e dos fregueses. Ao cabo do dia, voejando preso nas suas mãos, amarfanhado, hora e hora pousado no seu ombro ou no seu braço,

viajo da copa ao extremo da sala, rio dos fregueses, conto as gorjetas, ajudo-o, durmo quando ele cochila, estando a casa sem clientes, acordo quando o despertam e, no momento de nos separarmos, separamo-nos como velhos amigos – que fizeram juntos um bom negócio.

– Separam-se ao menos para sempre?

– Conforme. Se estou pouco amarrotado ainda sirvo para outro dia. O garçom, como todo homem, é um ingrato egoísta. Quando já não sirvo, larga-me.

Eu tinha recomeçado a fumar. O espanto do primeiro instante desaparecera. Só as coisas impossíveis se realizam. Um guardanapo fazendo o seu elogio crítico estava perfeitamente na ordem do dia. Era um guardanapo nietzscheano, um superguardanapo, um guardanapo da moderna geração. Aproveitara a ocasião, vira-me ali, falara. Falara apenas para fazer o seu elogio. Mas – como acontece com todas as coisas neste mundo, evidentemente o seu elogio, posto que baseado na aparente verdade e talvez por isso mesmo, prejudicava decerto a noção de asseio e de higiene que se pudesse ter do serviço de comida – num país apressado que despreza o comer habitual, porque lhe elevou o significado à faculdade de engolir dinheiro sem trabalho. Ia cumprimentá-lo e retirar-me. Mas lembrei-me que devia terminar por uma ironia que indiretamente me vingasse a mim e à minha classe pagante.

– Ah! guardanapo, compreendo agora por que me fazes a confidência desse tremendo drama de ação, do garçom e do guardanapo contra o freguês! És um despeitado entre os guardanapos. O garçom, o excelente garçom superior, a quem nem todas as gorjetas do mundo forçarão a servir-me bem – abandonou-te à hora do almoço, e vais para a roupa suja, antes de um dia inteiro de luta!

Neste momento retiniu uma campainha. Era um freguês retardatário que chegava. Veio a correr de dentro o garçom. Vinha sem guardanapo. Relanceou os olhos como à procura de um amigo querido, correu à mesa suja, apanhou o guardanapo tagarela, encaminhou-se com ele para o freguês, ouvi-o alisando a mesa com ele, limpou o prato com ele. Nas suas mãos o velho quadrado de pano (porque parecia idoso esse servidor nietzscheano), amarfanhado e esticado, parecia rir. Depois passou por mim correndo. Com ele, com o guardanapo no braço. E de lá trepado, a sorrir, na passagem rápida, o guardanapo vitorioso respondeu-me:

– Tolinho! Como te enganavas. Lembra-te onde estás. Eu sou o guardanapo do garçom carioca!

NECESSIDADE DA CARICATURA

Um jovem *gentleman*, como se chama agora. A começar pelos pés: borzeguins em que o couro aparece apenas na biqueira e no contraforte dos saltos; calça dobrada e larga do joelho para cima; casaco cintado logo abaixo do peito (o que lhe faz um pequeno ventre artificial de canguru) com botões grandes nas portinholas de todos os bolsos; camisa leve de riscas; gravata *petit-noeud* no colarinho baixo e mole; um chapéu de palha debaixo do braço; cara raspada e passada em creme com pó pelo processo americano; cabeleira negra lustrosa, toda para cima.

O *gentleman* espera. Como sacode o braço, verificamos que tem também uma pulseira.

É à porta de um estabelecimento que na célebre opereta inglesa e geralmente em todo o Japão daria pelo nome de "casa de chá".

De repente para um automóvel de luxo. Salta uma encantadora rapariga francesa. Botas brancas até quase ao joelho. Um vago vestido de linho rosa. Chapéu primavera. Parece uma caricatura do gênero *bergére*, divulgado pelas oleografias após uma série de pintores que no XVIII século pintaram muito em França para encher no século XX os museus e os palácios da Alemanha.

Acompanha a encantadora criatura um outro jovem ou *gentleman*.

Mesmo traje. Chapéu debaixo do braço.
O segundo *gentleman* precipita-se.
– *Tiens! On causait justement de toi!*
– *Vraiment?*
– *Yes!*
– *Very nice!*

Saúdam-se os três. Risos de uma frivolidade contente de ser frívola. Os jovens são positivamente brasileiros, brasileiros muito mais da gema que da clara. Chamam-se, porém, de Gaston e Jean, conversam em francês, só em francês.

– *Figure-toi, mon vieux...*

Um filósofo diante desse quadro elegantíssimo, que quase desafia os clubes do nosso prezado e brilhante cronista Sebastião Sampaio, ficaria a fazer reflexões sobre a civilização, a língua portuguesa e outras coisas impertinentes. Um velho de bom-senso estaria revoltado e diria:

– Por que não falam vocês em português? Leiam o Eça de Queirós, leiam vários homens de respeito, vejam os rapazes argentinos, com os quais as francesas transatlânticas têm todas aprendido a falar o espanhol!...

Esses dois sujeitos seriam mal-educados e nada adiantariam. Diante do quadro encantador, eu compreendi a necessidade da caricatura e senti duramente não ter o dom de Julião Machado, o grande, não ter o lápis de J. Carlos, não ter a vida diabólica de Calixto, não ser por segundos o Raul Pederneiras. Porque bastaria apanhar aquela mesa, os dois jovens de cabelos negros e chapéus debaixo do braço, a linda rapariga de cor-de-rosa e pôr como legenda as palavras: civilização francesa.

E ficaria um quadro de costumes, do nosso Rio atual, demonstrando de como uma simples menina às vezes de Bordéus transforma qualquer canto da terra do Guarani num Rumpelmeyer, onde não se fala uma sílaba nem de português nem de tupi...

O JOVEM CARIOCA

Carta ao Dr. Vieira Fazenda, do ano 2016 – Não é, prezado confrade, a pretensão de ser lido num futuro remoto, que me anima a escrever pensando na glória de um porvir tão desejado hoje pelos homens de mau estilo, denominados "literatos profissionais". Há alguns meses venho a estudar as páginas contemporâneas e nesse estudo tive a certeza de uma falta profunda: os jornais, os romances, as crônicas, as críticas tratam com desvelo a indumentária feminina, os costumes femininos, as opiniões políticas, as diversas crises, mas nenhum deles diz uma palavra sobre o jovem carioca de 1916, segundo ano da Grande Guerra.

Ora, com os jornais, as crônicas, as novelas, os romances, os desenhos, faz-se a história. E foi verdadeiramente assustado pela falta de documentos relativos ao rapaz de 1916, que eu pensei em enviar-lhe algumas notas de fato úteis, tanto a V., homem de documentação, como aos próprios rapazes, que sem mim ficariam inexplicáveis, indecifráveis – sem história.

Há diversas maneiras de fazer a história de uma geração. As tendências morais, por exemplo, a corrente de ideal, a análise das ideias. E há também a fotografia das roupas e dos costumes. Prefiro a fotografia, não só porque está muito na moda, como é documento do que realmente existe.

— Como era o jovem de 1916? indagará V. em 2016.

Esse jovem, de que os jornais não falam, nem os romancistas, nem o Pinto Lima, nem o Paulo de Gardenia, indiscutíveis autoridades mundanas – é muito interessante. Posso mesmo dizer que o jovem de 1916 realizou o que nenhum jovem dos anos anteriores pensara realizar.

Em primeiro lugar endireitou o tipo físico. Em 1890, em 1900 mesmo, os rapazes eram enfezados, de *pince-nez*, corcovados e na sua maioria amarelecidos. O jovem de agora é, em geral, forte, corado, sabendo dar pontapés (*football*), sabendo dar socos (*box*). Alguns atiram mesmo (*epée de combat*, florete).

O jovem anterior tinha um patriotismo retórico e redundante, e acontecia às vezes respeitarem as pessoas mais velhas, as inteligências cotadas, interessarem-se por certos ideais (a abolição, a calamidade republicana). O jovem atual restabeleceu, modificado, o princípio socrático: "interessa-te por ti mesmo". De modo que tem tempo de sobra para se aperfeiçoar.

O jovem megatério (sempre 1900) não viajara, desprezava o estrangeiro, achava ridícula a elegância masculina. Milhares e milhares de homens morreram antes de 1916 no Rio de Janeiro (parece incrível!) sem saber francês, sem ter estado em Paris, sem fazer contas no alfaiate. O de agora fala corretamente o parisiense do *boulevard*, o italiano, o espanhol (influências dos diplomatas sul-americanos e de todos os negociantes e cocotes estrangeiras, que só falam *el castellano*) tem conta em todos os alfaiates que fiam, em todos os camiseiros, em todos os *botiers*, manda cortar os colarinhos em Londres e tem por ideal acompanhar o figurino, copiando os rapazes que os emocionaram – por outras bandas...

Assim, é um prazer vê-lo na rua. Usam todos o cabelo para cima, como o Brulé, um ator francês que sucedeu a outro chamado Le Bargy como Rei da Elegância – muito mais rei, aliás, que o Ministro Bezerra o é do Açúcar. Têm umas roupas justas, cujo casaco abotoa, como diriam os nossos ancestrais, na *boca do estômago*. Usam calças sem suspensórios – para poder tirar o casaco na rua quando faz calor. Meditam na combinação das camisas com as gravatas e os lenços. Fazem as unhas das mãos (alguns também as dos pés – *pedicure*) como as romanas do tempo de Ovídio, as *merveilleuses* e as atuais "encantadoras", isto é, cortam as unhas em forma de ovo, passam, depois de vários ferrinhos, o polidor e acabam lambendo-as com um pincel de carmim líquido. São quase todos como Petrônio não era, mas como é Brulé: de face glabra. A face glabra requer a navalha (*rasoir*), compressas d'água a ferver depois da navalha, uma camada de creme para extinguir *le feu du rasoir*, creme que se aplica com um pó de arroz meio mineral em ligeiras massagens, e que dá ao rosto uma expressão das mais distintas.

Posto de tal modo, o jovem de 1916 frequenta os chás (*tea rooms*), namora (*flirt*), guia automóveis à disparada (*sport*), trata todos com imensa superioridade (bom-tom, *set*), dança (*tango*), diverte-se enfim. E, mal desponta a moda nova, logo a usa, com um ar fatigado que certo poeta denominou com maldade o *spleen dos recém-nascidos*...

Mas onde a aplicação do jovem de 1916 tem da verdadeira criação, é na maneira de andar. Todos em massa, com a disciplina alemã (a celebrada disciplina do suicídio em massa da batalha de Verdun), todos pensaram que o tango (dança muito em moda) poderia servir de modelo para um andar elegante na rua, nos restaurantes. De modo que V., respeitável confrade futuro, teria o mais inédito dos espetáculos, vendo nos tais *tea rooms* e nas ruas os jovens que andam pendidos para a frente, os braços meio abertos e os pés baralhando ondeantes *cortes* (figura dessa dança aflitiva), cortes hipotéticos e sem música, a não ser a da banda alemã, que de vez em quando insiste como as repetições cômicas dos *vaudevilles*.

É assim esse jovem admirável, de que se esqueceram acentuar a originalidade jornais, crônicas e romances. Ao lado da "encantadora", V. nos seus estudos poderá já colocar o "encantador" de 1916.

Como modo de falar (se o desejar), recorra às observações coléricas do diplomata Mayrinck. Quando um dos "encantadores", diz ele, vai convidar uma encantadora para dançar, toma um ar de sacrifício e diz:

– Quer V. tangar com a gente?

Das minhas notas externas atesto a veracidade. Da frase louvo-me no diplomata.

E creia na amizade deste, que desejaria viver no ano de 2016, mas que já está muito contente em viver com saúde um século antes.

A *SEASON*

Avenida. Quatro horas da tarde. Salão de um cinematógrafo. Ouvem-se palmas dentro. Agora, dão palmas às fitas! Um grupo de encantadoras: – Já foste ver *L'Argent?* – Impressionante, meu bem. – Meu bem será um modo de tratar, de acordo com o protocolo? – Não sei. Mas ainda penso no *Dinheiro.* – Como todos nós. – Não. Na fita, criatura. Fico sempre espantada de como os cinematografistas transportam os romances. – Os romances passam a outra coisa... – Não fales mal do cinema. Como diz o Carlos Peixoto, se não fosse o cinema, nós não tínhamos viajado o Polo Sul...

À porta ouvindo as encantadoras, é agradável ver o filme animado da Avenida, e reconhecer fisionomias ilustres – a Sr.a condessa de Avellar, a Sr.a Pedro Chermont, a Sr.a Studart, a Sr.a Placido Barbosa, a Sr.a Maria de Nazareth, a Sr.a Oscar Lopes, a Sr.a João Pedro, a Sr.a Julio Barbosa. Mesmo por alguns instantes, a palestra do jovem diplomata Sylvio Rangel de Castro.

Rangel de Castro é a distinção e a elegância discreta. Vai a São Paulo fazer as suas despedidas. Depois Guaratinguetá alguns dias, e no fim de junho, caminho de Londres, onde servirá na nossa legação.

– Sem saudade da nossa próxima estação de inverno?

– Quem sabe?

Os diplomatas saem sempre do Rio com saudade. São aliás os nossos melhores patriotas.

Mais adiante, porta de uma casa de modas, um costureiro que seria o Paquin, se não vendesse "modelos" que não são o Paquin. Algumas "encantadoras", o costureiro, isto é, o dono da casa. Diálogo: – Paris deve estar horrível! – Nem por isso. Custa é chegar lá. Imaginem pelo sud-expresso, a viagem de 30 horas passou a 58 horas! E tudo caro, caríssimo. – Os vestidos tomam proporções de arruinar a gente. – E com os direitos! – Por isso as viajantes... – As viajantes não pagam direitos, e estabelecem-se nos hotéis. Em cada hotel, há duas a três. Eu acabo também viajante e fecho a casa. – Por que não faz isso?

Não faz porque a casa está cheia. Apesar da crise, e mesmo com a ameaça do "imposto de honra", toda a gente veste bem. É um dos mistérios do Rio. Olho a rua, o *trottoir-roulant*: A Sr.a Emma Pola, primeiro prêmio de arte dramática, elegantíssima, dois grandes olhos impressionantes e definitivos – a elegância da Sr.a Dumas, professor de canto, que vem de uma audição para a imprensa, e que, tendo-a concluído à chegada do Sr. Raul Cardoso, diretor do Patrimônio, teve a gentileza de voltar para cantar de novo – o que sumamente comoveu o Sr. Raul Cardoso. Depois, a viscondessa de Porto d'Ave, a Sr.a Oliveira Castro e a senhorinha Herminia de Castro, a Sr.a Nair Teixeira, a Sr.a Helena de Carvalho, o ministro Lucas Ayarragaray.

– Partida para a Argentina?
– Meados do mês.
– E para a Itália?
– Ainda não sabemos.

Adiante. Porta da casa Arthur Napoleão. É um ponto de reunião musical artístico. Às quatro horas regurgita. Grandes nomes da musica e as novas *virtuosi*, que são todas lindas, a começar pela Sr.a Paulina de Ambrosio, que é como a harmonia passional de todos os encantos.

Ainda aí, o *trottoir-rolant*: a Sr.a Deborah Couto, a senhorinha Vera Alves Barbosa, a Sr.a Salvador Velloso, a Sr.a Victorino Maia, a Sr.a Rui Barbosa e sua filha a Sr.a Baptista Pereira, a Sr.a Ferreira de Almeida e sua filha D. Alice Ferreira de Almeida. D. Alice nasceu em Paris, viveu em Paris até outro dia. O Rio com este calor não lhe tirou aquela alegria de pássaro que era com a sua elegância feita de *parisina*, e com o brilho de uma inteligência luminosa – qualidade muito sua.

Neste momento, ao lado de Sanzonne, irrompe Pellas, Pellas, o jornalista italiano, autor moral de todas as *tournées* francesas ao Rio nestes últimos seis anos, Pellas, o anúncio da *season*, Pellas, a esperança do Municipal cheio, Pellas, o aperitivo do esnobismo. Pellas, o triunfal.

– Temos inverno! exclamo.
– Com este calor!
– Com a sua chegada.
– Com efeito. Guitry com a Desclos, o Joffre...
– O general?
– Não, o ator. A companhia lírica, D. Maria Guerreiro e Dias de Mendoza.
Lydia Borelli?
Peut-être!
É inverno mesmo com calor. Que importa a opinião do inglês jurando que o Rio tem quatro meses de verão e oito de calor? Com Guitry entramos nas peliças. É a arte – o Teatro com concorrência...

Neste momento passa o seu secretário Dr. João Louzada, o ministro José Bezerra, o Lebaudy do Açúcar, com aquela moda de calça de brim branco e jaqueta que também o impede de ser rei da moda. José Bezerra vai feliz. Como é fácil ser feliz!

E por sobre essa humanidade que se agita, o céu cheio de luz é como uma redoma de porcelana azul...

SER *SNOB*

Não há dúvida. A maioria da sociedade atravessa agora uma crise nervosa que se pode denominar a nevrose do esnobismo. É nas gazetas, é nos salões, é nas ruas – a moléstia invade tudo. Não há lar por mais modesto, não há sujeito por mais simples que não se sinta preso do mal esquisito de ser esnobe e o esnobismo é tanto a moléstia do galarim da moda, que uma porção de cidadãos graves já com afinco e solenidade resolveu fazer-lhe oposição. O esnobismo é como a neurastenia, é pior porque as altitudes e o repouso só conseguem desenvolvê-lo: o esnobismo é o mal que se sofre mas cuja origem se ignora e cuja marcha não se sabe onde vai parar.

Que vem a ser esnobe em terras cariocas? O esnobe do Rio é um homem que algaravia uma língua marchetada de palavras estrangeiras, fala com grande conhecimento da Europa, da vida elegante da Riviera, das *croisseries* em *yatchs* pelos mares do Norte, dos hotéis e da depravação do Cairo e de outras cidades oftálmicas do Egito, onde é moda ir agora; o esnobe nacional é o tipo que procura se vestir bem e ser amável – é afinal um reflexo interessante e simpático do esnobe universal, com a qualidade superior de ter pouco dinheiro.

Foi a imprensa que acertou de fazê-lo assim, porque foram os jornalistas que tiveram a ideia de inventar os *five o'clocks*, de chamar algumas senhoras belas de *lading-beauties*, de arranjar *gentlemen set* e de ver tudo *up-to-date* entre senhoras que, mesmo de vestido de chitinha, usam *tea-gowns*, servem o *samovar* e jogam o *bridge*; fomos nós que, munidos de quatro ou cinco magazines mundanos da América e da Europa, disparamos a fazer a fusão das línguas em nome da Elegância.

Esta tensão jornalística logo após a abertura das avenidas e da entrada dos automóveis foi como o rastilho para a explosão da bomba. Hoje os jornalistas são as vítimas dessa nevrose do *chic*.

A corrente era aliás inevitável. Os pequenos fatos são sempre a origem dos pequenos acontecimentos. O esnobismo começou pelos cardápios. Há muitos anos o prato nacional só era permitido em jantares familiares: há dez anos com *menus* à francesa, os cozinheiros tentam extinguir a velharia incômoda do peru *à la brésilienne* por um prato d'ave em que haja trufas: as estrangeiras trufas.

Há quem me pergunte se é difícil ser *snob*. Nada mais fácil, ao contrário. Basta executar simplesmente algumas coisas simples. Assim, o *snob* que se preza deve:

– Ir a todos os *five o'clocks* e citar depressa todos os nomes, na ponta da língua, das senhoras que dão recepções.

Jogar o *bridge* com as damas, o *poker* com os homens e falar seriamente dos *law-tennis*, do *polo* e do *football*.

– Não ter absolutamente senão a opinião do interlocutor. O homem é pelo imposto ouro? Elogia-se o imposto. O homem é contra? Ataca-se! As discussões são animadíssimas neste caso e basta, ao iniciar uma palestra, indagar: que tal acha você tal coisa?

– Ter uma conta grande no alfaiate e na modista.

Não faltar a uma primeira, mesmo arranjando o bilhete de borla para mostrar o seu tipo bem-vestido e correto pelo menos durante um ato.

– Frequentar, pelo menos uma vez por mês, um mau lugar onde haja damas formosas, que nos sorriam depois em sociedade. Dá um certo tom, dá vários tons mesmo; a palestra nos corredores do Municipal aos credores que nos julgam cheios de dinheiro, aos alvares que nos tomam por gozadores *blasés*.

— Gostar muito da *Bohemia* e da *Tosca*, as duas sensacionais operetas do maestro Puccini, e ler o *Modo de estar em sociedade*, dos autores cotados, mais as leis do Mayrink.

— Falar só das pessoas em evidência, dos gênios com a marca registrada. A admiração, neste caso, pode até ser tresvariada. Exemplo: Oh! a Ema Pola é um assombro. Aquela mulher faz-me compreender o impossível. Ou então: D'Annunzio? Se o conheço? Que estilo! As suas palavras são tão belas que tenho vontade de comê-las!

— Elogiar sempre as mulheres, indistintamente, fazer a corte fatalmente a todas, pasmar diante de cada *toilette*, de cada bolo da dona da casa, acariciar o totó da mesma, ser um só incenso, ser louvor da cabeça aos pés para com aquela que nos ouve e um tanto irônico para aquela de quem se fala, principalmente quando não há muita simpatia por parte da primeira, o que quase sempre é certo.

Com estas qualidades, que não são de difícil assimilação, todo o homem é um *snob*, um sujeito *chic*, destinado à simpatia geral.

Parece fácil? Pois, apesar disso, os *snobs* parecem Petards e cada vez é mais raro, segundo Rafael Mayrink, portar-se em sociedade ou chegar a fazer parte dela – o que enfuria todos os palermas negroides e jornalistiqueiros do vasto Rio!

CLIC! CLAC! O FOTÓGRAFO!

Ah! um fotógrafo!
A cena foi rápida. Era na Avenida. M.me de Figueiroa abriu nervosamente o leque, baixou a cabeça e deitou quase a correr. Na sua frente, porém, um sujeito louro, com o Kodack na mão ria a bom rir, e quando a linda senhora passou a seu lado, cumprimentou-a:

– V. Ex.a fez muito mal, minha senhora. A chapa vai sair preta.

– Vai sair preta?

– Pois está claro! A cabeça curvada, o leque escurecendo o rosto...

– Mas o senhor vai fazer sair isto?

– É para um jornal ilustrado. Com sua licença...

– Tem que sair mesmo?

– É fatal.

M.me de Figueiroa mordeu o lábio, hesitou e, de súbito, resolvida:

– Então, se não há remédio, tire outro instantâneo direito.

E ficou de pé, numa pose de ave real, sorrindo, enquanto o moço louro de novo a kodackizava.

Era na Avenida e a cena foi rápida. Mas, em outras ruas, em outros pontos da cidade, quantas cenas idênticas a essa se passam? Porque nós temos agora mais um exagero, mais uma doença nervosa: a da informação fotográfica, a da reportagem fotográfica, a do diletantismo fotográfico, a da exibição fotográfica – a loucura da fotografia.

Já não há propriamente mais fotógrafos profissionais, porque toda a cidade é fotógrafa. Já não há propriamente pessoas notáveis cuja fisionomia se faça necessidade informativa dos jornais, porque não há cara que não seja publicada. Não só as caras. As caras não bastam. As ruas, as casas, os aspectos dos céus, os combustores da iluminação, os carros, as carroças, as montanhas, as árvores. Há cinco anos, em visita a qualquer família de mediania burguesa, o visitante contava com quatro ou cinco desastres fatais: ouvir os progressos da filha mais velha ao piano, admirar as aquarelas da petiza do meio, aplaudir o caçula que recitava de cor os versinhos estropiados. Agora não. Agora é só fotografia.

– Esteve ontem no *footing*?
– Não, minha senhora.
– Foi pena. Estavam lá os fotógrafos de todos os jornais ilustrados. E contaram-me que um dos cinematógrafos mandou tirar uma fita. Aparecemos todos.
– Esta Maria é vaidosa!... Não se farta! Olhe que já tem saído numa porção de instantâneos...

Sim! É a verdade dolorosa! O mundo não tem a obsessão do espelho, tem a obsessão da fotografia!

Há uma senhora que saiu à rua? Zás! Kodack nela! Você vai ali à confeitaria? Instantâneo! E é a alucinação. Não se anda nas calçadas sem desconfiar dos transeuntes, não se sai à rua sem estudar o andar, por causa das dúvidas, não se atravessa uma praça sem a pergunta íntima:

– Quantos fotógrafos estarão agora fotografando-me?

E não é mesmo preciso sair à rua. Na Câmara, os deputados estão sentados, e de repente um tiro de magnésio: foi um instantâneo. Nas secretarias, os funcionários esforçadamente escrevem cartas às namoradas, quando de súbito invadem as salas batalhões de homens de unhas envernizadas, e clic! clac! e tome instantâneo. Nas fábricas, os operários estão a palestrar sobre a última greve e o direito que todo o operário tem de ver a diária aumentada, as horas de labor diminuídas, e aparece um homem, ergue a mão e paf! bifa o quadro natural. E como já se dão as senhoras na missa, às compras, nos banquetes, escrevendo no seu *hall* íntimo, e os cavalheiros em mangas de camisa no seu escritório, e as cocotes em menores e os presidentes de irmandades em grupos, e os piqueniques carnavalescos – é muito provável que muito em breve um fotógrafo, se não for chamado, solicitado, rogado antes – entre em casa de uma pessoa qualquer e exija, seja ele ministro ou contínuo:

– Dispa-se e mostre-me como vai para o banheiro! Quero tirar um instantâneo!

E, tremendo de gozo, a vítima, só com a ideia do instantâneo, correrá ao banheiro, mesmo que tenha por esse sítio do lar uma inexplicável implicância...

É que o fotógrafo é o tirano, é o agente da vaidade, é o Boreas da grande tolice universal, é o único sacerdote acreditado no fandango do mundo – a sociedade prostra-se.

– Você tira retratos?
– E instantâneos.
– Venha daí, vamos jantar.

A gente encontra na flora enorme uma infinita variedade de representantes: o fotógrafo artístico de quadros, o amador da fotografia d'arte, que tira retratos de senhoras bonitas em ambientes lânguidos e aspectos do luar nos lagos e nas florestas, o fotógrafo da cidade para cartões-postais, o fotógrafo repórter, o fotógrafo ilustrador – a que não escapam nem as vagas das ressacas na baía, o turbilhão de fotógrafos amadores, o fotógrafo *high-life*, o fotógrafo pândego que inventa por justaposições de chapas cenas picarescas de pessoas graves, o fotógrafo instalado, *vieux genre*, que olha para toda a flora com ares de pai nobre abandonado pelo filho pródigo... Ele entra, há o estremeção emocionante da massa, e ei-lo a manejar todos os polichinelos.

– Parem!
Todos param.
– Vire a cabeça!
Todos viram.
– Olhe para aqui!
Todos olham.
É que ele tem esse direito. Não só aqui. Em toda parte do mundo.

Clic! clac! o fotógrafo! Mas é o senhor do mundo, o senhor da vaidade universal, o único amigo que o Nilo Peçanha respeita sempre, o único cidadão que põe à vontade o Bezerra ministro, o prefeito interino, o Wenceslau transitório, todas as sociedades e até mesmo a alta sociedade!

HORA DO FUTEBOL
(*FOOTBALL*)

É o novo *ground*. O Clube de Regatas do Flamengo tem, há 20 anos pelo menos, uma dívida a cobrar dos cariocas. Dali partiu a formação das novas gerações, a glorificação do exercício físico para a saúde do corpo e a saúde da alma. Fazer *sport* há 20 anos ainda era para o Rio uma extravagância. As mães punham as mãos na cabeça, quando um dos meninos arranjava um haltere. Estava perdido. Rapaz sem *pince-nez*, sem discutir literatura dos outros, sem cursar as academias – era homem estragado.

E o Clube de Regatas de Flamengo foi o núcleo de onde irradiou a avassaladora paixão pelos *sports*. O Flamengo era o parapeito sobre o mar. A sede do clube estava a dois passos da casa de Julio Furtado, que protetoramente amparava o delírio muscular da rapaziada. As pessoas graves olhavam "aquilo" a princípio com susto. O povo encheu-se de simpatia. E os rapazes passavam de calção e camisa de meia dentro do mar a manhã inteira e a noite inteira.

Então, de repente, veio outro clube, depois outro, mais outro, enfim, uma porção. O Boqueirão, a Misericórdia, Botafogo, Icaraí estavam cheios de centros de regatas. Rapazes discutiam muque em toda parte. Pela cidade, jovens, outrora raquíticos e balofos, ostentavam largos peitorais e a cinta fina e a perna nervosa e a musculatura herculeana dos braços. Era o delírio do *rowing*, era a paixão dos *sports*. Os dias de regatas tornavam-se acontecimentos urbanos. Faltava apenas a sagração de um poeta. Olavo Bilac escreveu a sua celebrada ode *Salamina*.

Rapazes, foi assim que os gregos venceram em Salamina! Depois disso, há 16 anos, o Rio compreendeu definitivamente a necessidade dos exercícios, e o entusiasmo pelo *football*, pelo *tennis*, por todos os outros jogos, sem diminuir o da natação e das regatas – é o único entusiasmo latente do carioca.

Rendamos homenagem às Regatas do Flamengo!

O meu velho amigo, fraco e pálido, falava com ardor. Interrompeu-se para tossir. Continuou:

– Pois é este clube que inaugura hoje o seu campo de jogos. Haverá acontecimento maior? O Rio estará todo inteiro ali... Engasgou-se. O automóvel que passara a correr pelo palácio de José Carlos Rodrigues, onde se realizava a primeira recepção do inverno do ilustre jornalista, estacara. Estávamos à porta do novo campo de jogos. E o meu velho amigo precipita-se. A custo acompanhei-o por entre a multidão e, imprensado, quase esmagado, icei-me à arquibancada. Mas o aspecto era tal na sua duplicidade, que logo eu não soube se devia olhar o jogo do campo em que Gallo triunfava ou se devia comover-me diante do frenesi romano da multidão.

Não! Há de fato uma coisa séria para o carioca: – o *football*! Tenho assistido a *meetings* colossais em diversos países, mergulhei no povo de diversos países, nessas grandes festas de saúde, de força e de ar. Mas absolutamente nunca eu vi o fogo, o entusiasmo, a ebriez da multidão assim. Só pensando em antigas leituras, só recordando o Colosseum de Roma e o Hipódromo de Bizâncio.

O campo do Flamengo é enorme. Da arquibancada eu via o outro lado, o das gerais, apinhado de gente, a gritar, a mover-se, a sacudir os chapéus. Essa gente subia para a esquerda, pedreira acima, enegrecendo a rocha viva. Embaixo a mesma massa compacta. E a arquibancada – o lugar dos patrícios no circo romano, era uma colossal, formidável corbelha de belezas vivas, de meninas que pareciam querer atirar-se e gritavam o nome dos jogadores, de senhoras pálidas de entusiasmo, entre cavalheiros como tontos de perfume e também de entusiasmo.

Está uma arquibancada estupenda! murmurou-me Isaac Elbas.

Eu procurava conhecidos. Estava todo o Rio e reconheci apenas a Sr.a Nair Teixeira, com um delicioso vestido, e Gastão Teixeira, que fazia gestos entusiásticos; a Sr.a e as Senhorinhas Manoel Bernardez, a Senhorinha Carlota Vieira Souto, a Sr.a e a Senhorinha Hime, as Senhorinhas Beatriz Tasso Fragoso e Maria Lima Campos e Regina Trindade, a Sr.a João Felippe e as Senhorinhas Lanssance Cunha, Mariz e Barros, Ivany Gonçalves, Maria Pinheiro Guimarães, Souza Leão, Pereira da Silva, Aracy Moniz Freire, Souza Alves, Ritinha Candiota, Otto Shilling, Maria Augusta Airosa, Hilda Kopeck, Dora Soares, Sophia Tavares de Lyra, Rocha Fragoso, Mibielli, Bento Borges.

Pinto Lima, no outro extremo, com as duas gentilíssimas filhas, dizia-me adeus, e o Sr. Arnaldo Guinle, do Fluminense, parecia almejar a vitória do Fluminense.

Os gritos, as exclamações cruzavam-se numa balbúrdia. Os jogadores destacavam-se mais na luz do ocaso. E de todos os lados subia o clamor da turba, um clamor de circo romano, um clamor de Hipódromo no tempo em que era basilissa Theodora, a maravilhosa...

Nervoso, agitado, sem querer, ia também gritar por Gallo, que vencia e que eu via pela primeira vez. Mas o delírio chegara ao auge. O meu velho amigo dizia, quase desmaiado:

– Venceu o Flamengo num *score* de 4 x 1...

À porta 500 automóveis buzinavam, bufavam, sirenavam. E as duas portas do campo golfavam para a frente do Guanabara mais de seis mil pessoas arrasadas da emoção paroxismada do *football*.

VESTIDOS

Não há nada mais sério do que o vestido de uma mulher. Elas vestem-no sem pensar, elas mudam de moda pelo prazer de mudar. Mas os vestidos são pequenos poemas em tecidos, com muita poesia e imensa filosofia.
– Viste o vestido da Sr.a Renata Gomes?
– Que exagero!
Ninguém pensa que um vestido requer uma porção de artistas, artistas com a noção do movimento e a consciência da transitoriedade da sua obra. O primeiro artista é aquele que imagina os novos tecidos e a nova combinação de cores. O segundo é aquele que desenha os modelos. O terceiro é o costureiro. E o quarto é a mulher que veste essa obra de arte e a sabe valorizar.
A moda é o modelo geral. Muitas vezes meninas inconscientes andam pelas ruas com as idealizações de pintores ilustres. Muitas vezes o modelo é de um anônimo. De posse do figurino, a estação tem ou a forte manufatura, ou os artistas costureiros que assinam os seus trabalhos. O mesmo figurino fica assim ou detestável ou delicioso. Em Paris, assim como me interessavam os museus, interessava-me a Rua da Paz. E eu cheguei a conhecer um vestido de Ruff ou de Retferu como conheço e diferencio um quadro da escola lombarda ou da escola veneziana.

Ainda agora, com a estação de inverno, discute-se o vestido. As grandes casas de moda foram a pouco e pouco, pelas viagens consecutivas e a aproximação do *boulevard*, perdendo o seu império. Foi-se o tempo em que a casa Dreyfus correspondia a Paquin, de Paris, e o Palais Royal tinha um concorrido cinco a sete de provas. Em compensação, cada hotel tem uma, duas, três, *vendeuses* de modelos, e há ainda muitas em casas particulares. Esse comércio de *modelos*, eufemismo com que se denomina o vestido comprado feito – é lucrativo. Ainda outro dia conversava com uma das *vendeuses*.

– O ano passado tive prejuízo.
– Quanto ganhou?
– Só 14 contos.

Afora as encomendas de senhoras que aproveitam essas portadoras para mandar vir dos seus costureiros as últimas novidades, elas trazem remessas enormes. Uma delas chegou cá em maio com seiscentos modelos. Ontem teve que pedir mais pelo telégrafo. Com a ameaça dos impostos, a procura é afirmativa do princípio de que só o supérfluo é necessário.

Mas os vestidos assim, obra anônima, produzem o efeito de arte necessário, e são realmente vestidos com a elegância e a propriedade exigida? Vária vez eu meditei sobre a terrível dificuldade. Não basta vestir em Paris, mesmo com um grande costureiro. É preciso saber vestir. E daí todas as figuras notáveis de Paris em arte de vestir sejam duquesas ou sejam artistas, fazendo o acordo entre e seu físico e a moda. Basta notar através das revistas como recebem a moda figuras como a condessa de Noailles, a condessa de Montebello, a duquesa d'Estissac, as Sr.as de la Rochefoucauld, de Castellane. Elas mantêm o seu caráter, sujeitando a moda ao relevo da sua beleza. E a maioria desses admiráveis vestidos são desenhados por grandes artistas.

O mesmo acontece com as atrizes, que, segundo o frívolo julgamento, lançam a moda. Onde viram as senhoras um vestido como os da Réjane, quando a Réjane era rainha? Onde viram a moda dos vestidos de Lina Cavalliére ou de Marthe Regnier?

E na Itália, em Espanha, as elegantes excepcionais, como a infanta Beatriz, a duquesa de Aosta – não se sente nos seus vestidos o exemplar único?

Esse refinamento de arte é seguido aqui por algumas grandes damas. É impossível a um artista conter a sua admiração diante da Sr.a D. Laurinda Santos Lobo. Ela não está sempre bem-vestida, luxuosamente vestida. Ela realiza em cada *toilette* uma obra de arte que andasse. O artista que ideou o tecido, o artista que desenhou o modelo, o artista que compôs a *toilette* trabalharam para o seu desejo, e é ela o autor do poema pela maneira por que conduz essas maravilhas, simples complemento do seu encanto.

O mesmo acontece com a Sr.a D. Nicola de Teffé. Ela não se parece com as outras senhoras, estando perfeitamente (e permitam a vulgaridade dessa palavra, quando se trata de arte) na moda. Cada vestido seu é qualquer coisa de outra coisa. Tem personalidade, tem gênio. Nada como num grande salão, entre as senhoras belas e bem-vestidas, notar a diferença das suas *toilettes*, em que não há gosto só, luxo só – mas o encantamento da beleza.

A Sr.a D. Nicola de Teffé, tão inteligente, não pude deixar de mostrar a minha admiração por essas *toilettes*.

– Sei que o Gandara desenha as *toilettes* da condessa Etanistas de Montebello. Mas, os seus?

– Boa dúvida! fez a Sr.a de Teffé, a rir. Os meus últimos vestidos são desenhados pelo Bask – o artista cenográfico dos bailados russos. Esses modelos um pouco asiáticos, ele os traçou depois de conversarmos muita vez, e dele anotar cores e cortes que fossem com a minha fisionomia. Não são muito feios, pois não?

Como não sentir em tais *toilettes* a coletiva obra de grandes artistas vivida e realçada pelo milagre de uma graça tão pessoal? Vestidos! Todas as senhoras andam na moda e têm encantadoras *toilettes*. Mas é preciso tanta coisa mais para a vibração estética dessas obras de arte, de refinamento e de educação! Montesquieu de Fazensac disse um dia:

– É preciso tudo, e mais o gênio da *toilette*!

TANGOMANIA

Domingo musical. Durante o dia a guitarra do Sr. Salgado do Carmo, o violão do Sr. Brant Horta e a voz da Senhorinha Céo da Câmara na Associação dos Empregados no Comércio. À noite, no salão do *Jornal*, o concerto do Sr. Ernani Braga com o concurso do magistral Mischan Violin, da amadora Sr.a Fischer e dos professores Alfredo Bevilacqua e Carlos de Carvalho.

Como durante o almoço preparo-me para esse dia de harmonia em que começarei ouvindo Beethoven ao violão e fados corridos artisticamente, para acabar ouvindo Grieg por Mischan e as ondinas do *Ouro do Rheno* pelas Senhorinhas Beatriz Sherad, Henriqueta Silva e Carmen Ferreira de Araujo. Godofredo de Alencar protesta com violência:

— Não estás na moda; não estás Rio de Janeiro!

— Mas, criatura...

—Porque só há agora uma única música ouvida: o tango argentino.

— Oh!

— Creio mesmo que a cidade inteira só pensa seriamente no tango. Ainda há dias o fulgurante Malheiro Dias escrevia da tangomania. Ainda hoje Oscar Lopes assegura que dançamos sobre o vulcão do fim da pátria pelo menos. Malheiro e Oscar estão delicadamente ainda aquém da verdade.

Antes da guerra houve em Paris o delírio do tango. As revistas de ano ainda o exageraram nas suas críticas. Estava em Paris por essa época. Pois estou crente que no tango o Rio vence a Paris de antes da guerra.

– Não é possível.

– É a verdade, sempre impossível.

Já não se trata de prazer, trata-se de uma doença mental coletiva. Tenho ido após a minha chegada a alguns bailes e a alguns chás. E a minha própria impassibilidade acabou por enervar-se. É demais.

Outro dia fui a um chá. Eram quatro horas. Tocavam o tango. Esses tangos são conhecidos meus há quatro anos, conhecidos de variados *trés-tangos*, e dos *etablissements de nuit* de Paris. Olhei o salão. Dançavam o tango. Fiz como se não ouvisse nem visse. Fui conversar.

Passada uma hora, de repente reparei na orquestra. Tocavam o tango. Olhei a sala. Dançavam o tango. Fugi para o salão de cima. Ao cabo de largo tempo, consultei o relógio. Eram sete horas. Desci. Tocavam o tango. Dançavam o tango.

Como se tratava de um chá elegante, chá de um grupo requintado e reservadíssimo, como não estávamos nesses estabelecimentos de Paris, deu-me então de raiva a vontade de ver dançar o tango. E sentado, com a mão no queixo, olhei a crise da doença aguda. Eram as mesmas meninas e os mesmos rapazes sempre. A maioria das meninas encantadoras; a maioria dos rapazes como se tivessem nascido no tango.

– Realmente é uma geração tangante.

– Desses que mesmo na rua estão como conduzindo um par. E dançavam o tango. E ao cabo de certo tempo eu verifiquei que entre as várias modalidades do tango, meninas e rapazes, impressionados decerto pelo êxito europeu do Duque, copiavam no salão essas deliciosas danças teatrais do célebre dançarino baiano. Não podia ser um prazer. Notavam-se em certas fisionomias a fadiga e o alheamento proveniente da fadiga – esse alheamento dos semblantes depois de meia hora de raciocínio matemático.

Alguns pares dançavam como o Duque. Outros tentavam em vão. E se parasse a música teríamos todos a impressão de um pátio de doidos, em que os doidos pretendessem resolver com os pés um problema difícil de geometria.

Então como o tango é musica mais triste que a cantiga mais triste, mais merencório que o som dos sinos ao cair da tarde, mais agourento que uma marcha fúnebre à espera das salvas da artilharia, caí num estado de estupidez absoluta, de cretinismo contemplativo. E tocavam o tango. E dançavam o tango! Quando um cavalheiro piedoso tentou fazer-me voltar à razão – e por sinal era Afrânio Peixoto, psiquiatra antes de regenerador cívico, ouvi o tango da orquestra exótica do Luna Park, o tango obsedante daqueles índios fantasiados que faziam na Porte Maillot durante meses a fio a pauta musical dos discípulos do *professeur* L. Duque.

– E daí? Que tem o teu caso com os meus concertos?

– Tem muito. Tem tudo. Ninguém vai mais a concertos. Ninguém pensa mais ou ouve outra coisa que não seja o tango. Fado? Beethoven? Grieg? Pascal? Spinoza? Poesia? Miguel Angelo? Poetas, filósofos, arte – que vale isso tudo diante do tango? O tango é a modalidade da dança de S. Vito atacando o Rio em peso. Pensamos por tango, andamos tangando, amamos ao som do tango, comemos a tango. Tango! Tango! Tangomania!

E ali mesmo, no comedouro vazio do Jockey Clube, Godogredo de Alencar, furioso, com o braço torcido e trocando os pés, complicou o corpo nas torturantes figuras do tango, o Deus lúgubre da dança que todos dançam.

Fora tocava o tango a banda alemã. E os automóveis, os transeuntes, os pingos da chuva, as casas pareciam remexendo o eterno, o exasperante e intérmino tango...

BIBLIOGRAFIA BÁSICA SOBRE O AUTOR

ANTELO, Raúl. *João do Rio:* o dândi e a especulação. Rio de Janeiro: Timbre/Taurus, 1989.

_____. As rugas de João do Rio. In: *Boletim Bibliográfico da Biblioteca Mário de Andrade.* São Paulo, dez./jan. 1985.

_____. João do Rio e o belo em máscara. In: *Folhetim* nº 508, *Folha de S.Paulo,* São Paulo, 2 dez. 1986.

BROCA, Brito. *Vida literária 1900.* Rio de Janeiro: José Olympio, 1960.

_____. João do Rio e a crônica política. In: *Naturalistas, parnasianos e decadistas:* vida literária do realismo ao pré-modernismo. Campinas: Editora da Unicamp, 1991. p. 242-48.

_____. Cronista de outrora. *A Gazeta,* São Paulo, 7 jan. 1950.

CANDIDO, Antonio. Radicais de ocasião. In: *Teresina etc.* Rio de Janeiro: Paz e Terra, 1980. p. 83-94.

_____. Atualidade de um romance inatual. In: RIO, João do. *A correspondência de uma estação de cura.* São Paulo: Scipione, 1992.

COUTINHO, Afrânio. João do Rio. In: *A literatura no Brasil.* Rio de Janeiro: Sul-Americana, 1971. v. 6, p. 115-17.

CUNHA, Helena Parente. João do Rio: o escritor e a paixão da rua. *O Estado de S.Paulo,* São Paulo, 4 dez. 1983, p. 4-5.

_____. O espaço da rua e da noite. In: RIO, João do. *Os melhores contos*. Seleção de Helena Parente Cunha. São Paulo: Global Editora, 1990. p. 5-9.

EULÁLIO, Alexandre. João do Rio ou a religião da moda. In: *Remate de males*. Campinas: Editora da Unicamp, jun./1993. p. 217-23.

FARIA, Gentil de. *A presença de Oscar Wilde na Belle Époque literária brasileira*. São Paulo: Pennartz, 1988.

FUSCO, Rosário. Presença de João do Rio. In: *Vida literária*. Cap. XXIV. São Paulo: Panorama, 1940.

GENS, Rosa Maria de Carvalho. Os tempos mudaram, meu caro... In: RIO, João do. *O momento literário*. Rio de Janeiro: Fundação Biblioteca Nacional, D. Nacional do Livro, 1994 (Introdução).

GOMES, Renato Cordeiro. *João do Rio*. Vielas do vício, ruas da graça. Rio de Janeiro: Relume Dumará, 1996.

LEVIN, Orna Messer. *As figurações do dândi*. Um estudo sobre a obra de João do Rio. Campinas: Editora da Unicamp, 1996.

MAGALHÃES JÚNIOR, Raimundo. *A vida vertiginosa de João do Rio*. Rio de Janeiro: Civilização Brasileira/Brasília, DF: INL, 1978.

MARTINS, Luis. João do Rio: a vida, o homem, a obra. In: *João do Rio:* uma antologia. Rio de Janeiro: Sabiá/INL, 1971.

PASTURA, Angela F. Perricone. João do Rio: repórter dos miseráveis da rua e cronista *snob* dos salões. In: *Imagens de Paris nos trópicos*. Rio de Janeiro: Papel Virtual Editora, 1999.

PRADO, Antonio Arnoni. Mutilados da *Belle Époque*. Notas sobre as reportagens de João do Rio. In: SCHWARZ, Roberto (Org.). *Os pobres na literatura brasileira*. São Paulo: Brasiliense, 1983. p. 68-72.

RODRIGUES, Antonio Edmilson Martins. *João do Rio:* a cidade e o poeta. O olhar do *flâneur* na *Belle Époque* tropical. Rio de Janeiro: FGV, 2000.

RODRIGUES, João Carlos. *João do Rio:* uma biografia. Rio de Janeiro: Topbooks, 1996.

_____. A flor e o espinho. In. RIO, João do. *Histórias da gente alegre:* contos, crônicas e reportagens da *Belle Époque*. Seleção, introdução e notas de J. C. R. Rio de Janeiro: José Olympio, 1981. p. 8-18.

_____. *João do Rio:* catálogo bibliográfico. Rio de Janeiro: Secretaria Municipal de Cultura, Dep. Geral de Doc. e Inf. Cultural, Divisão de Editoração, 1994.

SCHAPOCHNIK, Nelson. *João do Rio*. Um dândi na Cafelândia. São Paulo: Boitempo Editorial, 2004.

SECCO, Carmem Lúcia Tindó. *Morte e prazer em João do Rio.* Rio de Janeiro: Francisco Alves, 1978.

SENNA, Homero. Paulo Barreto, cronista de uma época. In: *Paulo Barreto 1881-1921:* catálogo da exposição comemorativa do centenário de nascimento. Rio de Janeiro: Biblioteca Nacional, 1981. p. 9-12

SÜSSEKIND, Flora. *Cinematógrafo de letras:* literatura, técnica e modernização no Brasil. São Paulo: Companhia das Letras, 1987.

_____. O cronista e o secreta amador. In: RIO, João do. *A profissão de Jacques Pedreira.* 2. ed. Rio de Janeiro: Fundação Casa de Rui Barbosa; São Paulo: Scipione, Instituto Moreira Salles, 1992.

VELLOSO, Mônica Pimenta. O popular como transgressão da ordem; as crônicas de João do Rio. In: *As tradições populares na* Belle Époque *carioca*. Rio de Janeiro: Funarte/Instituto Nacional do Folclore, 1988. p. 27-38.

VENEU, Marcos Guedes. O *flâneur* e a vertigem: metrópole e subjetividade na obra de João do Rio. In: *Estudos históricos.* Rio de Janeiro: Fundação Getúlio Vargas, 1990, v. 3.

BIBLIOGRAFIA

As religiões no Rio. Rio de Janeiro; Paris: H. Garnier, [1904].

O momento literário. Rio de Janeiro; Paris: H. Garnier, [1905].

A alma encantadora das ruas. Rio de Janeiro; Paris: H. Garnier, 1908.

Cinematographo: crônicas cariocas. Porto: Chardron, 1909.

Era uma vez... Rio de Janeiro: Francisco Alves, 1909. Em parceria com Viriato Correia.

Dentro da noite. Rio de Janeiro; Paris: H. Garnier, 1910.

Fados, canções e danças de Portugal. Rio de Janeiro; Paris: H. Garnier, 1910.

Portugal d'agora. Rio de Janeiro; Paris: H. Garnier, 1911.

Vida vertiginosa. Rio de Janeiro; Paris: H. Garnier, 1911.

A profissão de Jacques Pedreira. Rio de Janeiro; Paris: H. Garnier, 1911.

Psycologia urbana; o amor carioca; o figurino; o flirt; a delícia de mentie; discurso de recepção. Rio de Janeiro; Paris: H. Garnier, 1911.

A bela madame Vargas. Rio de Janeiro: F. Briguiet, 1912.

Os dias passam... Porto: Lello, 1912.

Eva. Rio de Janeiro: Villas Boas, 1915.

Crônicas e frases de Godofredo de Alencar. Lisboa: Bertrand, 1916.

No tempo de Wenceslao. Rio de Janeiro: Villas Boas, 1917.

Sésamo! Rio de Janeiro: Francisco Alves, 1917.

Pall-Mall Rio de José Antonio José: inverno mundano de 1916. Rio de Janeiro: Villas Boas, 1917.

A correspondência de uma estação de cura (romance). Rio de Janeiro: Leite Ribeiro & Maurillo, 1918.

Adiante! Paris: Aillaud; Lisboa: Bertrand, 1919.

A mulher e os espelhos. Lisboa: Sociedade Editora Portugal-Brasil, 1919.

Na conferência da paz. Rio de Janeiro: Villas Boas, 1919-1920. 3 v.

Ramo de loiro: notícias em louvor. Paris: Aillaud; Lisboa: Bertrand, 1921.

Rosário da ilusão... Lisboa: Sociedade Editora Portugal-Brasil; Rio de Janeiro: Americana, [1921].

Celebridades, desejo. Rio de Janeiro: Centro Luso-Brasileiro Paulo Barreto, 1932. Edição póstuma.

BIOGRAFIA

João Paulo Alberto Coelho Barreto nasceu no Rio de Janeiro, em 5 de agosto de 1881. Desde muito jovem, antes de completar 18 anos, iniciou sua carreira no jornalismo, sendo sua estreia realizada em *A Tribuna*, no dia 10 de junho de 1899. Em 26 de novembro de 1903, aos 22 anos, passou a fazer uso do pseudônimo João do Rio, como assinatura da reportagem "O Brasil lê" na *Gazeta de Notícias*, jornal onde permaneceu até 1913. Segundo Brito Broca[1], o cronista carioca recorreu a Jean Lorrain, pseudônimo de Paul Duval, por quem tinha grande admiração, como leitor que especialmente recolhia a predileção do escritor francês pelos temas do *bas-fond*, as inflexões dos apelos noturnos da rua, o *frisson* de escandalizar pelo exótico. Mediante aprofundada pesquisa, Gentil de Faria[2] aponta certos ingredientes de escrita a partir dos quais João do Rio teria encontrado modelo em Jean de Paris, pseudônimo de Napoléon-Adrien Marx, escritor cujas principais modalidades de produção tinham a cidade como matéria-prima, inscrevendo, no tom de inúmeras crônicas, as mutações urbanas da Paris do final do século XIX.

---

[1] BROCA, Brito. *Vida literária 1900*. Rio de Janeiro: José Olympio, 1960.
[2] FARIA, Gentil de. *A presença de Oscar Wilde na Belle Époque literária brasileira*. São Paulo: Pennartz, 1988.

Entre fevereiro e março de 1904, provavelmente influenciado pelos artigos de Jules Bois, em *Petites religions de Paris*, João do Rio começou a publicar uma espécie de reportagem sobre as diferentes modalidades religiosas praticadas no Rio de Janeiro. Tendo causado alta repercussão entre o público, tais reportagens foram reunidas no volume *As religiões no Rio*, editado no mês de dezembro. Para Alexandre Eulalio[3], a marca extraordinária desse livro, com a venda de aproximadamente oito mil exemplares em seis anos, colocou João do Rio entre um dos primeiros autores de *best-sellers*.

Em 1905, de 13 de março a 28 de maio, elaborando entrevistas com escritores, publicou uma série de reportagens como inquéritos literários, o que resultou, em 1907, na edição de *O momento literário*, obra que traça um painel expressivo sobre a literatura brasileira da época.

Em agosto de 1907, sob o pseudônimo Joe, inaugurou, no jornal *Gazeta de Notícias*, a coluna dominical *Cinematographo*, mantida até dezembro de 1910. Evidentemente, o título de tal coluna – traduzindo o *flirt* do autor com os novos aparatos da técnica, como sublinha Flora Süssekind[4] – assumia a intenção de inscrever uma escrita constituída como procedimento que procurou mimetizar – na captura dos fantasmas citadinos – a sintaxe de imagens invocadas pela novidade do cinema.

Em 2 de dezembro de 1908, João do Rio deu início a sua primeira viagem à Europa, atento ao interesse por parte da *Gazeta de Notícias* de fornecer, aos integrantes da numerosa colônia lusitana no Rio de Janeiro, informações mais diretas sobre a realidade de Portugal, de modo a

---

[3] EULALIO, Alexandre. João do Rio ou a religião da moda. In: *Remate de males*. São Paulo: Unicamp. jun. 1993.

[4] SÜSSEKIND, Flora. *Cinematógrafo de letras*: literatura, técnica e modernização no Brasil. São Paulo: Companhia das Letras, 1987.

esclarecer as notícias desencontradas a propósito dos fatores que sugeriam a precipitação de um clima satisfatório à proclamação da república naquele país. Desde o momento em que aportou em Lisboa, ele endereçou suas notas à construção de uma cartografia eminentemente guardiã de fabulações da subjetividade. Nas palavras de J. Carlos Rodrigues[5], João do Rio "apaixonou-se por Lisboa de tal modo que isso marcou sua vida pessoal e profissional daqui por diante". Segundo Raúl Antelo[6], a passagem por Portugal facultou ao escritor carioca uma experiência de reencontro, que pode ser classificada como "retorno à utopia de uma felicidade primigênia". A relação de João do Rio com Portugal deflagrou situações de deslocamento que afetavam o contexto da exagerada e dependente francofilia da *Belle Époque*. Como o próprio autor observa na apresentação de *Fados, canções e danças de Portugal*, percebemos que seu convívio com a memória lusitana destoava dos diagramas jacobinos. No momento em que a modernização da cidade conclamava – pelas miragens do progresso – uma evidente ordenação antilusa, mostrar-se simpatizante do propósito de fortalecer os laços com o Antigo Reino equivalia a construir um discurso provocador, como vemos na exposição que faz de seu trabalho *Portugal d'Agora*: "o único livro de um brasileiro sobre Portugal e de um brasileiro que, certo do futuro de sua pátria, ama fervorosamente Portugal."

Em novembro de 1909, fez o lançamento do livro *Era uma vez...*, onde apresenta um conjunto de contos infantis em coautoria com Viriato Correia.

---

[5] RODRIGUES, João Carlos. *João do Rio:* uma biografia. Rio de Janeiro: Topbooks, 1996.
[6] ANTELO, Raúl. *João do Rio:* o dândi e a especulação. Rio de Janeiro: Timbre/Taurus, 1989.

Em 12 de agosto de 1910, aos 29 anos, tomou posse na Academia Brasileira de Letras, preenchendo a vaga do poeta Guimarães Passos, a quem entrevistou na série O Momento Literário. De maneira interessante, João do Rio foi o primeiro acadêmico a empossar-se de fardão, seguindo a ideia encaminhada por Medeiros e Albuquerque. Nesse mesmo ano, realizou a publicação do livro *Dentro da noite*, contendo 18 contos, entre eles os consagrados "História de gente alegre", "O bebê de Tarlatana Rosa" e "O carro da Semana Santa", este dedicado a Elysio de Carvalho, numa espécie de retribuição à dedicatória feita pelo escritor alagoano a Paulo Barreto no livro *Five o'clock*.

No dia 30 de dezembro de 1910, embarcou pela segunda vez para a Europa, tendo como projeto original o compromisso de levantar dados sobre o jornalismo europeu, com vistas à criação de "um vespertino de feitio moderno", que seria concretizado em *A Noite*.

Pela Companhia Nacional de Teatro, em 1912, fez a estreia de *A bela Madame Vargas*, peça que – para alguns estudiosos – é a verdadeira incursão de João do Rio como teatrólogo, a partir da ideia de dar forma dramática a um famoso crime ocorrido na Tijuca, em abril de 1906[7].

Em novembro de 1913, para a sua terceira viagem à Europa, o autor articulou um roteiro bastante distinto dos desdobrados por suas visitas anteriores. Nesse percurso – que cumpriu passagens por várias cidades da Alemanha e montou, entre outras, incursões por Atenas, Istambul, Beirute, Jerusalém e Cairo –, foram frequentes as situações que desencadearam no viajante lembranças saudosas do Brasil. Em alguns momentos, fazendo vibrar um sentimento que o autor nomeia como "saudade patriótica", essas

---

[7] LEVIN, Orna Messer. A reação nacionalista no teatro brasileiro dos anos 10. In: CONGRESSO ABRALIC. Cânones e Contextos, 5., 1998, Rio de Janeiro, p. 925, v. 3.

lembranças foram ativadas pela surpresa de deparar com a presença da música popular brasileira em lugares tão distantes, como as noites em que ouve, "sob a égide da Acrópole", uma orquestra executar V*em cá, mulata*, ou, em Constantinopla, uma sanfona tocar "um estribilho carnavalesco".

Em julho de 1915, fez a estreia paulista de *Eva*; esta peça recebeu elogios de Oswald de Andrade, nas páginas de *O Pirralho*, destacando no trabalho do jovem autor carioca a relevância de contribuir com acuidade renovadora para a expressão da dramaturgia brasileira. Como complemento de seu gosto pela importância do teatro, fundou e dirigiu, em 1916, a Sociedade Brasileira de Autores Teatrais (SBAT).

Em julho de 1918, fez o lançamento do romance epistolar *A correspondência de uma estação de cura*, tendo como cenário a cidade de Poços de Caldas. Para Antonio Candido[8],

> um dos encantos deste romance leve e agradável é a sua inatualidade – dessas inatualidades que acabam sendo atuais, porque conservam para o leitor de agora o tom e o sabor da vida que passou.

No dia 29 de dezembro de 1918, atendendo diretamente a um convite feito pelo jornal *O País*, ele partiu para a sua quarta viagem à Europa, que teve como propósito cobrir a Conferência do Armistício, em Versalhes. Diversos críticos mencionam a marcante atuação jornalística de João do Rio, que escreveu cerca de 80 reportagens, concentradas em três volumes, com mais de 800 páginas, enfocando

---

[8] CANDIDO, Antonio. Atualidade de um romance inatual. In: RIO, João. *A correspondência de uma estação de cura*. São Paulo: Scipione (Fundação Casa de Rui Barbosa/Instituto Moreira Salles), 1992.

as mudanças do cenário europeu provocadas pela Grande Guerra. Na opinião de Raimundo Magalhães Junior[9], nessas reportagens, mais que as "impressões pessoais", podemos recolher "o espelho do pensamento do mundo ocidental no momento". Nos relatos de sua última viagem à Europa, João do Rio fez comparecer um olhar melancólico na observação das paisagens de um tempo afetado pela guerra, mas um olhar igualmente empenhado em recolher, nas "cintilações do progresso", o crepúsculo de uma época: "criaturas de sensibilidade, podeis ter a certeza: parou a divina sinfonia da alegria de Paris".

Em outubro de 1919, fez-se a edição de *A mulher e os espelhos*, reunindo 18 contos, entre os quais "A amante ideal" "A aventura de Rosendo Moura" e "A fada das pérolas". No texto de apresentação do livro, o contista comenta que: "também a arte universal vive da espantada admiração do homem em torno da Mulher. Apenas, uns temem-na como a Sereia, outros adoram-na como Divindade."

Em 1921, além de *Ramo de loiro:* notícias em louvor, contendo dez ensaios literários, fez a publicação de *Rosário da ilusão*, em que apresenta 13 textos que chama de "histórias inúteis, mas verdadeiras".

No dia 21 de junho de 1921, no interior de um táxi, a caminho de sua casa em Ipanema, João do Rio faleceu de enfarto do miocárdio. A cerimônia de seu enterro, no Cemitério São João Batista, teve o acompanhamento de aproximadamente 100 mil pessoas, entre várias personalidades intelectuais e políticas, assim como a presença emocionada do povo em geral.

---

[9] MAGALHÃES Jr., Raimundo. *A vida vertiginosa de João do Rio*. Rio de Janeiro: Civilização Brasileira, 1978.

RESUMO BIOBIBLIOGRÁFICO DE EDMUNDO BOUÇAS E FRED GÓES

Edmundo Bouças nasceu no Rio de Janeiro, em 8 de novembro de 1948. É doutor em Poética pela Universidade Federal do Rio de Janeiro, onde é professor das áreas de Teoria Literária e Literatura Comparada. Na UFRJ, exerceu, entre outras, as funções de diretor adjunto de Cultura e Extensão e de coordenador do Programa de Pós-graduação em Ciência da Literatura. Em 1989, concretizou seu pós--doutoramento na Università degli Studi di Roma La Sapienza. Pesquisador do CNPq, possui vários ensaios publicados em livros e periódicos no Brasil e no exterior. Como líder do grupo "Estéticas de fim do século" – vinculado ao Diretório dos Grupos de Pesquisa no Brasil/CNPq – fez, recentemente, o lançamento dos livros *Arte e artifício: manobras de fim-de-século*, *O labirinto finissecular e as ideias do esteta*, *Corpos-letrados, Corpos-viajantes, Dândis, estetas e sibaritas*.

Fred Góes nasceu no Rio de Janeiro, em 3 de fevereiro de 1948. É compositor, contista, ensaísta, professor-doutor de Teoria da Literatura da Faculdade de Letras da UFRJ.

É membro do Conselho de Cultura do Estado do Rio de Janeiro desde 1999. Entre 2003 e 2004, desenvolveu pesquisa em nível de pós-doutoramento em Ciências Humanas, com bolsa da Fundação Rockefeller, junto ao Centro de Estudos Latino-americanos da Universidade de Tulane, em Nova Orleans, nos Estados Unidos. É pesquisador do CNPq e, nesse mesmo órgão de fomento à pesquisa, é líder do Grupo Interdisciplinar de Estudos Carnavalescos. Como letrista foi gravado por destacados intérpretes da música popular brasileira. É autor de inúmeros ensaios publicados em livros e periódicos especializados no Brasil e no exterior e dos seguintes livros: *O país do carnaval elétrico* (1982); *Gilberto Gil* (1982); *O que é geração beat* (1984), com André Bueno; *Melhores poemas Paulo Leminski* (1996), com Álvaro Marins; *Em nome do corpo* (1998), com Nízia Villaça; *Que corpo é esse? Novas perspectivas* (1999), com Nízia Villaça (org.); *50 anos de trio elétrico* (2000); *Nas fronteiras do contemporâneo* (2001), com Nízia Villaça (org.); *Brasil, mostra a sua máscara* (2007), e *Antes do furacão:* o Mardi Gras de um folião brasileiro em Nova Orleans (2008).

ÍNDICE

O cronista e as máscaras da "cabeça urbana do país" ..   7

A ALMA ENCANTADORA DAS RUAS
(1908)

A pintura das ruas	25
Visões d'ópio	31
Cordões	39
As mariposas do luxo	51
A fome negra	58
As mulheres mendigas	65
Pequenas profissões	74

CINEMATOGRAPHO (CRÔNICAS CARIOCAS)
(1909)

Quando o brasileiro descobrirá o Brasil?	85
Junho de outrora	91
Gente de *music-hall*	96
As crianças que matam	103
O barracão das rinhas	109
O dito da "rua"	116

A decadência dos chopes 121
Os humildes 127
O velho mercado 133
A pressa de acabar 139

VIDA VERTIGINOSA
(1911)

A era do automóvel 147
O amigo dos estrangeiros 154
O chá e as visitas 162
Modern girls 168
Os livres acampamentos da miséria 174
Esplendor e miséria do jornalismo 182
O homem que queria ser rico 189
Um mendigo original 195
O último burro 202
O dia de um homem em 1920 208

OS DIAS PASSAM...
(1912)

A revolução dos "filmes" 217
Gente às janelas 223

CRÔNICAS E FRASES DE GODOFREDO DE ALENCAR
(1916)

Afrodísia 231
As opiniões de Salomé 237
Zé Pereira 244
Maria Rosa, a curiosa do vício 251

PALL-MALL RIO
(1917)

Rentrée	261
Hora do circo	264
O tipo do carioca	267
Jantar	270
O clube e os bairros	273
No Automóvel Clube	276
O guardanapo do garçom carioca	279
Necessidade da caricatura	285
O jovem carioca	287
A *season*	291
Ser *snob*	294
Clic! Clac! O fotógrafo!	297
Hora do futebol (*football*)	301
Vestidos	304
Tangomania	308
Bibliografia básica sobre o autor	311
Bibliografia	314
Biografia	316
Resumo biobibliográfico de Edmundo Bouças e Fred Góes	322

GRÁFICA PAYM
Tel. (011) 4392-3344
paym@terra.com.br